GUANDA NOIR

In copertina: illustrazione di Giancarlo Caligaris
Grafica: Giovanna Ferraris / *the*World*of*DOT
Progetto grafico: *the*World*of*DOT

ISBN 978-88-235-2435-4

Gruppo editoriale Mauri Spagnol
www.guanda.it

MARCO VICHI

LA CASA DI TOLLERANZA

Tre avventure del commissario Bordelli

UGO GUANDA EDITORE

A nonna Maria,
che aspettava di leggere questo libro

LA CASA DI TOLLERANZA

Firenze, febbraio 1949

«Odio queste cose» disse per la terza volta il vice commissario Bordelli alla guardia che gli camminava dietro, Pasquale Scacciati. Erano le undici di sera. Stavano salendo su per le scale di una vecchia e maleodorante palazzina di via delle Burella, diretti al terzo piano. Il questore Rossano due o tre volte all'anno ordinava di irrompere nelle case di tolleranza per un controllo, alla ricerca di reati di ogni genere, dai più banali, come l'alcol di produzione clandestina e le sigarette di contrabbando, fino ai più gravi, come la ricettazione, la droga o la minore età delle prostitute, che a volte erano ragazzine scappate di casa. E forse il questore imbastiva queste retate anche nella speranza di un «colpaccio», come trovare un ricercato o delle armi nascoste. Altri uomini della Pubblica Sicurezza, in quello stesso momento stavano entrando nei postriboli di via dei Pepi, via dell'Ortone, via delle Terme, via del Presto, via dei Federighi... Operazioni noiose e spesso inutili, che servivano solo a far vedere alle cittadine oneste e timorate di Dio che le forze dell'ordine mal tolleravano quei luoghi di peccato, dove spesso andavano a divertirsi i loro mariti.

Approdarono al terzo piano e Bordelli, invece di irrompere, bussò gentilmente alla porta. Sentirono i passi di Madama Fedora, la tenutaria grassona che ormai conoscevano piuttosto bene. La porta si aprì, e Fedora saltò al collo del vice commissario, sbaciucchiandolo.

«Tesoro, che piacere... Adoro il tuo cognome e la tua acqua di colonia... Accomodatevi, prego... Cosa posso fare per voi?» Si fece da parte e i due uomini entrarono nel salottino deserto. L'aria puzzava di sigarette, di profumo scadente, di sesso, di divani vecchi.

«Le ragazze sono tutte occupate?» chiese Bordelli accendendo una sigaretta, che forse a quell'ora era già la ventesima.

«Lo sai, bello... Non mi piacciono le bestiole in mostra...»

«Lo so, lo so...» Sapeva anche altre cose, ma faceva finta di nulla. Ad esempio, c'era sempre qualcuno affacciato a una finestra del vicolo che avvertiva dell'arrivo degli sbirri, e se in una delle camere c'era qualche nome importante lo facevano uscire da una porticina secondaria che sbucava al piano di sotto.

«Le bimbe sono nell'altro salottino... Ne chiamo un paio? Volete favorire? Un regalino per voi, ovviamente.»

«Molto gentile, ma non importa.» Il vice commissario sbirciò Scacciati, che si mordeva un labbro.

«Allora gradite un cognacchino?» chiese Fedora.

«Quello sì, grazie... Anche tu, Pasquale?»

«Perché no» disse il giovane. Era entrato nella Pubblica Sicurezza da poco più di un mese, si sentiva ancora un po' spaesato, ma sembrava un ragazzo sveglio.

«Vi faccio servire subito, mettetevi comodi...» Fedora uscì dal salottino, e poco dopo la sentirono gridare.

«Rosa! Rosaaa! Dove sei?» Poi silenzio. Dopo qualche minuto entrò una biondina con gli occhi ridenti, poco vestita, con le labbra rosso fuoco e i piedini infilati in due pantofoline rosa con il tacco a spillo e la pallina di piume. Aveva un vassoio con una bottiglia di cognac e due bicchierini.

«Ecco lo sciroppo per gli sbirri» disse, con una vocina da adolescente, appoggiando il vassoio sul tavolino. Aprì la bottiglia e con un sorriso rosso rosso riempì i bicchierini.

«Quanti anni hai, bella?» chiese Bordelli.

«Quanto basta...» rispose lei, facendo un inchino ironico.

«Bevi con noi?»

«Eh no, non bevo in servizio... io.»

«Abbiamo avuto una giornata lunga, ci consideriamo fuori servizio» si difese il vice commissario, ma fu quasi tentato di non bere il cognac.

«Serve altro, signori della questura?»

«Dai, stai un po' qui con noi.» Bordelli aveva provato un'istintiva simpatia per quella ragazza, fin da quando era apparsa con il vassoio. Gli avrebbe fatto piacere scambiare due parole con lei. Non aveva nessuna voglia di rovistare negli armadi e nei cassetti, di chiedere i documenti alle ragazze e ai clienti. Arrivò Fedora, con il suo grasso tremolante.

«Puoi andare, Rosa» le ordinò.

«No, falla restare...» disse Bordelli. La biondina guardò la tenutaria, che socchiuse gli occhi per dire che andava bene.

«Però se la cerca un cliente me la ripiglio» disse Fedora.

«Torno subito» disse Rosa, e uscì dal salottino camminando come una diva, consapevole di avere un sedere bellissimo.

«Quando è arrivata?» chiese Bordelli.

«Da un mesetto, eppure abita qua dietro. Lavorava a

Pistoia. È richiestissima, sono quasi gelosa» mormorò Fedora.

«Maggiorenne?»

«Ma sì! Ma sì! Ha venticinque anni.»

«Fedora, sai che detesto queste pagliacciate, mi tocca farle per accontentare il questore. Se hai qualcosa di serio da nascondere dimmelo subito, e vediamo un po' cosa possiamo fare.» Aspettando la risposta, Bordelli prese il bicchierino.

«Non sto nascondendo un assassino e non ho ragazze minorenni... Ho qualche sigaretta di contrabbando, ti interessa?»

«Solo se me le fai pagare.» In quel momento tornò la bella biondina, Rosa. Si lasciò andare su una poltrona e si mise a sferruzzare a grande velocità.

«Che stai facendo?» le chiese Bordelli, mentre Fedora andava a cercare le sigarette.

«Non certo un maglione per te, caro» disse lei. Quant'era carina, Dio mio. Scacciati le guardava le gambe fingendo di non guardarle.

«Oh, non mi dispiacerebbe un maglione rosa» la provocò Bordelli.

«Niente da fare, sbirraccio cattivo. Questo qua è per un bimbo di quattro anni, il figlio di un'amica... non puttana» precisò Rosa, e scoppiò a ridere. Bordelli era sempre più affascinato da quella ragazza che emanava candore. Di solito le prostitute erano un po' volgari, con l'animo appesantito dalla vita, o comunque intristite, rassegnate, se non del tutto marcite. Lei no. Quella bella ragazza bionda aveva l'aria dell'adolescente ingenua che vede passare accanto a lei il peggio della vita senza soffrirlo, come se il Male fosse una fortezza volante che scaricava le sue bombe sempre da un'altra parte.

«Ma se te ne commissiono uno? Ovviamente pago.»

«Non se ne parla nemmeno» disse lei, continuando a sferruzzare a una velocità impressionante. Tornò Fedora, e passò le sigarette a Bordelli.

«Grazie mille» disse il vice commissario, e pagò il dovuto.

«Insomma, volete stare qua tutta la sera a far flanella?» chiese Fedora.

«Be', sto parlando con la bella Rosa.»

«Contento te...»

«Tanto finché ci siamo noi non arriva nessuno, giusto?»

«Sai com'è...» disse Fedora, alludendo al *palo* che si occupava di avvisare i clienti in arrivo della presenza degli sbirri. Mentre per avvertire quelli già sdraiati nei letti insieme alle signorine premeva lei stessa un pulsante, che accendeva una luce rossa in un angolo della stanza.

«E quelli che sono adesso nelle camere? Facciamo un controllino?» disse Bordelli.

«Ti prego, Franco... Ti giuro sulla Madonnina dei Malcontenti che non c'è nessun ricercato, nessun assassino... Ma c'è un politico importante... Se la notizia esce da questa casa, quello lì non tornerà mai più, e come puoi immaginare me la farà pagare...»

«Non lo vorrei mai.»

«Dai, prenditi Rosa e chiuditi in una camera, vedrai che ti farà contento» disse Fedora, un po' in ansia. Con gli sbirri non si poteva mai sapere come andava a finire. Rosa rimase impassibile, a sferruzzare. Bordelli invece sorrideva.

«Semmai stasera avrei bisogno di un massaggio, ho un

gran male al collo» disse. A quelle parole Rosa alzò lo sguardo.

«Sono bravissima anche a fare massaggi, vero Fedora?» Nel suo sguardo non c'era nessuna malizia.

«Ah sì, quando mi viene il colpo della strega mi rimette a nuovo, con le sue manine sante» confermò la tenutaria. A quel punto Bordelli si lasciò conquistare.

«Non chiedo di meglio... Pasquale, tu puoi andare.»

«Agli ordini, capo» disse Scacciati alzandosi, e finì il cognac in un sorso.

«Fai una bella relazione, in fondo scrivi... *Nulla di fatto*. Ci vediamo domani in questura.»

«Sì, capo.» Si avviò verso la porta assai malvolentieri, seguito da Fedora. Il vice commissario gli disse a voce alta: «Pasquale, so che non ci crederai, ma sono soltanto in cerca di un massaggio al collo».

«Certo capo!» C'era da giurare che pensasse a quanto si sarebbe divertito il suo superiore dentro il letto della bella biondina. Fedora gli chiuse dietro la porta con sollievo: fuori uno, adesso toccava all'altro. Rosa mise da parte il golfino, prese Bordelli per mano e se lo portò in camera.

«Levati le scarpe e sdraiati sul letto.»

«Obbedisco...»

«Vediamo un po', dov'è che ti fa male?»

«Soprattutto qui...»

«Lascia fare a me.» Era normale che in quel luogo le ragazze dessero del tu a tutti gli uomini, anche al presidente della Repubblica, nessuno ci faceva caso, anzi era divertente.

La bionda Rosa si comportava bene, non lo provocava. Era lui stesso che si provocava da solo, pensando alle belle forme di quella ragazza, al suo bel viso, ai suoi occhi pieni di vita, alle sue labbra infuocate, alla sua simpatia... Ma sapeva ugualmente che non avrebbe ceduto alla marchetta. Non gli era mai piaciuta l'idea di pagare una donna. Rosa era davvero brava a fare massaggi, e dopo una mezz'ora il collo di Bordelli stava molto meglio.

«Quando ti fa male il collo o la schiena vieni a trovarmi a casa, commissario.»

«Sono ancora vice...»

«Diventerai presto commissario, parola di Rosa.»

«Chi lo sa...»

«Comunque dico sul serio, mi diverto un sacco a fare massaggi.»

«Guarda che vengo davvero.»

«Ma sì, non ti farò nulla che non farei alla tua fidanzata... Diglielo, che non deve essere gelosa.»

«Dove abiti?» le chiese Bordelli, pensando che Eliana, la ragazza con cui era fidanzato da qualche mese, sarebbe stata gelosa solo a vederlo parlare con Rosa.

«Qua vicino, in via de' Neri... Ho affittato un appartamentino molto molto carino, e prima o poi me lo compro.»

«A che ora ti trovo?»

«La sera lavoro dalle otto a mezzanotte, la mattina mi alzo alle dieci o anche più tardi...»

Pochi giorni dopo Bordelli andò davvero a trovarla a casa, verso le due di pomeriggio, per farsi fare un bel massaggio alla schiena. Un appartamentino adorabile, arredato con dolce femminilità, un nido caldo, una specie di carrozza magica che ti portava altrove...

«Però in casa mia non si fuma» disse lei, gentile ma perentoria.

«Obbedisco.» Bordelli era sempre più affascinato dal candore di quella bella ragazza bionda, che la notte lavorava in una casa di tolleranza e il giorno amava fare golfini, cucinare, ascoltare musica, e addirittura cantare, anche se più stonata di lei c'era solo la campana del Bargello.

«Sdraiati qua e togliti le scarpe.»

«Sei un angelo...»

«Me lo dicono tutti.»

«Oooh, che bello...» disse Bordelli, appena le manine di Rosa cominciarono a mettersi all'opera.

«Che tipo di criminali arresti, tesoro?»

«Quello che passa il convento... Ladri di macchine, scassinatori, falsari... Ma se capita, addirittura assassini» disse Bordelli, anche se non era poi così vero.

«Dai, racconta...»

«Be', una volta mi trovai di fronte un gigante... dico sul serio, sarà stato alto due metri...»

Bordelli tornò spesso a trovare Rosa, anche a notte fonda, nel giorno di chiusura della casa chiusa. Massaggi, tartine, pasticcini, vino, musica... Quell'appartamento all'ultimo piano di via de' Neri era un nido. Anche se nell'aria aleggiava sempre quel gioco tra femmina e maschio, Rosa non oltrepassava mai i limiti dello scherzo, come aveva promesso. Da lei il vice commissario si sentiva a casa, e in compagnia della biondina era più libero di quando usciva con la sua fidanzata Eliana, una ragazza più o meno della stessa età di Rosa, che studiava medicina, figlia di un chirurgo importante.

Un giorno Rosa lo cercò in questura e lo invitò a pranzo in una trattoria nella zona di Santa Croce. Bordelli accettò più che volentieri. All'una, in via de' Neri, incatenò a un palo la bicicletta, una robusta Bianchi che era stata di suo padre. Accese l'ennesima sigaretta e si mise a camminare su e giù sul marciapiede, aspettando che lei scendesse. Guardando la sua Bianchi pensava all'automobile che avrebbe voluto acquistare, ma non era ancora il momento. Due anni prima aveva comprato un appartamento in San Frediano, con l'aiuto dei suoi genitori e di un piccolo mutuo agevolato a cinque anni della BNL, e prima voleva finire di restituire il prestito. Per il momento si accontentava di pedalare, e le rare volte in cui aveva bisogno dell'automobile per fare un giro con la fidanzata, si faceva prestare la Topolino da suo babbo. Eliana ogni tanto gli diceva che poteva chiedere un'automobile a suo padre, che ne aveva addirittura tre, un'Ardea, un'Aprilia e una Fiat 1100 Musone, ma lui preferiva lasciar perdere.

Rosa arrivò dopo una ventina di minuti, con il rossetto da lavoro, i tacchi a spillo, un cappottino rosa da fatina delle fiabe. In fondo era vestita in modo semplice, ma il contrasto era assai provocante. A dire il vero, tutto di lei era provocante, anche i capelli, anche le mani, il naso, le orecchie...

«Adoro essere puntuale» disse Rosa, prendendolo a braccetto e trascinandoselo dietro come un cicisbeo, in quelle strade dove pochi anni prima passavano i tedeschi. Si appoggiava a lui, senza malizia, e gli raccontava gli ultimi film che aveva visto... *Anni difficili*, *Ladri di biciclette*, e il grande Totò, che la faceva ridere e piangere. Bordelli sorrideva, soffiando il fumo della sigaretta verso il cielo... Ma il destino volle che in piazza Santa Croce, da una traversa, sbucasse una bella ragazza mora, non una ragazza qualsiasi... la sua fidanzata. Appena lo vide a braccetto con quella bionda seducente, Eliana si bloccò per un istante, ma subito dopo riprese a camminare guardando dritto davanti a sé fingendo indifferenza, con un'ombra di disprezzo sulle labbra. Rosa sembrava un'oca, ma non lo era, e se ne accorse.

«La tua fidanzata?»

«Sì, ma solo fino a tre secondi fa.»

«Molto carina.» Rosa si morse un labbro e si staccò dal vice commissario.

«Che vuoi fare?» chiese lui.

«Aspettami qui.»

«Oddio, no...»

«Zitto.» Sbattendo svelta i tacchi sulle pietre della strada, Rosa raggiunse la ragazza e la prese a braccetto. Eliana cercò di sganciarsi, ma Rosa la tenne ben stretta e si mise a parlarle. Bordelli seguiva la scena da lontano, sconfortato. Buttò via la sigaretta e ne accese un'altra. Eliana dopo qualche passo sembrò calmarsi, anche se continuava debolmente a cercare di liberare il braccio. A un tratto si fermarono, senza smettere di parlare, fino a che Eliana sorrise e... si avvicinò a Rosa e le stampò un bacio sulla guancia. Tornarono indietro insieme. Eliana abbracciò il suo fidanzato, che aveva creduto un traditore, e quando lui cercò di dire qualcosa, le due ragazze gli tapparono la bocca con un gesto perentorio. Andò a finire che si ritrovarono tutti e tre a pranzo insieme nella trattoria scelta da Rosa.

A tavola si divertivano un sacco. Bordelli scoprì con piacere che la sua fidanzata non era rigida come pensava. Anzi Eliana era molto carina con Rosa, ascoltava i suoi racconti sulla casa di tolleranza con il sorriso sulle labbra, e faceva commenti salaci. Bordelli non se lo sarebbe mai aspettato, era davvero sbalordito... e soprattutto si chiedeva come avesse fatto Rosa a conquistarla.

Alla fine le due ragazze avevano assunto un'aria complice, e quasi lo escludevano dal gioco. Ma lui era contento di vederle insieme a cinguettare, erano una sorta di simbolo di uguaglianza, di fraternità, di libertà... l'incarnazione di una rivoluzione.

Rosa volle offrire il pranzo a tutti i costi, dicendo che le costava mezza marchetta. Eliana la ringraziò sorridendo, baciò il suo fidanzato e se ne andò a studiare lo scheletro umano. Bordelli accompagnò Rosa a casa, prese un altro caffè e non disse di no a un massaggio alla schiena. Si sdraiò sul divano, lei si tolse le scarpe e si mise a cavalcioni sul suo sedere.

«È proprio carina la tua fidanzata...»

«Come diavolo hai fatto a tranquillizzarla?»

«Figurati se ho voglia di dirtelo...» disse lei, ridendo. Bordelli era davvero curioso di sapere come avesse fatto, ma capì che Rosa si sarebbe tenuta il segreto, e si rassegnò.

«Come si sta in questo quartiere?» le chiese.

«Oh, benissimo. Dicono che sia scalcinato, ma a me non sembra... e poi c'è un sacco di gente simpatica.»

«Dio che bello...» disse Bordelli, mugolando di piacere sotto le manine esperte di Rosa.

«A parte un tipaccio che da qualche mese è venuto a stare nel palazzo di fronte.»

«Non ci devi mica abitare insieme...»

«Ci mancherebbe, è orribile... Lo vedo spesso fumare come un turco sul suo terrazzino, un buchetto incassato in mezzo ai tetti...»

«È un tipaccio perché fuma?»

«Grullo! Dico sul serio, non mi piace per niente, secondo me ha qualcosa da nascondere... Magari è un assassino... Potresti fargli una visitina...»

«Perché non ti piace?» disse Bordelli, convinto che

Rosa fosse caduta nella solita cosa che succedeva sempre... Conosci un calzolaio e gli fai vedere le scarpe, conosci un dentista e gli fai vedere i denti, conosci uno sbirro ed ecco che c'è subito qualcuno da arrestare...

«Intanto è di Milano» disse Rosa, come se fosse un difetto.

«Come lo sai?» chiese lui, distrattamente.

«Tiene spesso la finestra aperta, lo sento parlare al telefono... Non so perché, ma la sua voce rimbomba come un campanaccio e arriva alle mie orecchie, anche se non capisco nulla... Dio mio che voce odiosa, a volte grida, arrabbiato. Non si accorge di me, perché rimango nascosta dietro le mie piante.»

«Dovrebbe essere un assassino solo perché è milanese?»

«No no, dico così perché è pelato, senza barba e senza baffi...»

«Ah, ecco...»

«Ma quando esce di casa si mette una parrucca, i baffi e la barba finta, e porta gli occhiali neri anche quando fa buio.»

«Ah...» Bordelli alzò il capo e si voltò a guardarla.

«Stai fermo, tesoro.»

«Ne sei sicura?»

«Cosa?»

«Che il milanese si mette la parrucca e la barba finta.»

«Se lo dico, è così.»

«Spiegamelo meglio... Come fai a sapere che è proprio lui? Magari hai visto due persone diverse...»

«Sono una donna e sono abituata a guardare gli uomini.»

«Forse ti sei sbagliata.»

«Non mi sbaglio. Lo riconosco dalla corporatura, da come cammina, dal modo di fare... Ci posso scommettere quello che vuoi.»

«Racconta...»

«Che vuoi che ti racconti?»

«Come hai fatto a vedere che si camuffa?»

«Facile... Un pomeriggio si è messo a fumare una sigaretta sul terrazzino. Sembrava molto nervoso. Verso le quattro e mezzo è tornato dentro e ha fatto una telefonata, sempre con la finestra aperta. Quella volta ho capito, da qualche parola, che stava fissando un appuntamento con qualcuno alle cinque in piazza della Signoria, sotto il pisello del David.»

«Ha detto così?»

«Ma no, lo dico io... Non m'interrompere.»

«Scusa...»

«Insomma, mi sono messa alla finestra a spiare, così per curiosità. Prima delle cinque da quel portone non è uscito nessuno, solo un uomo con i capelli, barba baffi e occhiali neri, che si è incamminato verso via della Ninna, ed era vestito come il milanese che parlava al telefono... Stessa camicia, stessi pantaloni, e camminava nello stesso modo, un po' goffo, come un orso che ha bevuto troppo.»

«Allora è proprio lui» commentò Bordelli, sempre più incuriosito.

«Certo che è lui. Se non ti basta senti questa. Qualche giorno dopo l'ho incrociato per la strada, conciato con la parrucca e tutto il resto. Gli ho chiesto l'ora, lui mi ha risposto in modo sgarbato, ma ho riconosciuto bene la voce e l'accento milanese... Adesso sei convinto?»

«Eh sì.»

«Non è che se faccio marchette devo per forza dire cretinate, caro il mio sbirro.»

«Ma no, figurati... Anzi, mi fai vedere dove abita questo tipaccio?»

«Ma sì, vieni con me, però fai finta di nulla» disse lei. Entrarono in una cucina deliziosa, ordinata e pulita, dove la porta finestra era ornata da tendine rosa che sembravano sottovesti. Uscirono su un terrazzino incassato nel tetto.

«Dio mio» disse Bordelli.

«Che c'è?»

«Hai una vista...» Sopra la distesa dei tetti si vedevano emergere la Torre d'Arnolfo e la Cupola di Filippo.

«Be', sai che questo appartamento non lo voleva affittare nessuno?»

«E perché?»

«D'estate è caldo, d'inverno si congela, il quartiere non è elegante, e ciccicci ciccicciá... Be', devo dire che era ridotto piuttosto male, e questo terrazzino non c'era.»

«Ah, l'hai fatto te?»

«Ma no, l'hanno fatto i muratori.»

«Sì certo, dicevo che...»

«Dio mio, scherzavo... Non le prendi mai, tontolone...»

«Vabbè... Chissà quanto ti è costata» disse Bordelli, con un'alzata di spalle.

«Non molto» disse lei, ridacchiando.

«Hai avuto una bellissima idea, ma se poi il proprietario non ti vende la casa?»

«Non farmi ridere, me la vende, me la vende...»

«Bene.»

«Comunque il tipaccio abita là di fronte» disse Rosa, facendo un lievissimo cenno con il capo, senza dare nell'occhio.

«Quel palazzo giallo?»

«Sì, e la terrazzina è quella senza fiori.»

«Vista...»

«La finestra con la persiana marrone, quella chiusa, è sua.»

«Capito.»

«Brrr... Andiamo dentro?» disse Rosa, scossa da un brivido di freddo.

«Sì...» Riattraversarono la cucina e tornarono nel salottino.

«Una grappa?» disse Rosa.

«Così poi mi addormento...»

«E cosa devi fare?»

«Vado al lavoro, ma torno a trovarti presto.»

«La prossima volta portami dei bignè alla cioccolata.»

«Vado a prenderli da Castaldini» disse Bordelli, infilandosi la giacca.

«Sì, sì, sììì...» Rosa lo accompagnò alla porta e gli dette un bacino sulla bocca.

«Non dirlo alla tua fidanzata» sussurrò.

«Ciao, comportati bene» disse il vice commissario, trottando giù per le scale. Attraversò il centro ritto sui pedali, con la fretta di arrivare in questura, schivando i passanti e le rare automobili, e ci mancò poco che andasse a finire contro un barroccio spinto da un vecchietto.

Dieci minuti dopo era già seduto di traverso sulla sua scrivania. Mentre fumava e rifletteva sul milanese, il suo pensiero a momenti deragliava... Continuava a fissare una crepa sulla parete di fronte, che nel tempo aveva cominciato a somigliare al viso di una vecchia... Chissà, magari era lo spirito di una povera malata di mente vissuta e morta tra quelle mura, che per secoli avevano accolto un ospedale. Il suo ufficetto era appunto nella parte più antica di quell'immenso edificio, che risaliva al XIV secolo ed era stato rimodernato da Pietro Leopoldo poco prima della Rivoluzione. Dopo grandi lavori, concepiti già prima della guerra, da soli tre anni ospitava la questura. Quei muri antichi si muovevano, erano vivi, come quelli delle ville dei secoli passati. Lui ci si trovava bene, e non si sarebbe meravigliato se un bel giorno avesse incontrato un fantasma. L'altra parte dell'edificio, invece, era recente e rientrava nell'architettura di «ritmo razionalista», e di certo era disdegnata dalle anime dei defunti...

Bordelli condivideva quella stanzetta con un giovanissimo vice commissario in prova, che in quel periodo era in trasferta a Grosseto per un'indagine su una banda di ricettatori. Dunque adesso quello spazio era tutto suo, e anche i pensieri erano tutti suoi... E se il milanese era davvero un criminale che si nascondeva? Valeva la pena di fare una piccola indagine. Prima di tutto doveva trovare il nome del proprietario dell'appartamento, e se era stato affittato, anche il nome dell'inquilino. Era bene muoversi con cautela, senza mettere in allarme il milanese. Se aveva qualcosa da nascondere, non doveva assolutamente capire che qualcuno lo stava cercando. E l'istinto gli diceva che quell'uomo non aveva la coscienza pulita, anche perché si fidava dell'intuizione di Rosa, una ragazza limpida, incapace di farsi suggestionare dalla malignità o da una stupida immaginazione.

La mattina dopo sarebbe andato di persona agli Uffizi, all'Archivio dell'Ufficio Tecnico Erariale. Aveva l'indirizzo del palazzo e sapeva che l'appartamento era all'ultimo piano. Se l'immobile non era stato venduto di recente, trovare il proprietario sarebbe stato facile. Se invece era stato venduto negli ultimi anni, o magari anche subito prima della guerra, di certo le trascrizioni non erano aggiornate, e ci sarebbe voluto più impegno, probabilmente qualche ora di ricerche alla Conservatoria. Bene, adesso poteva mettersi a scrivere la relazione sull'arresto di quella mattina, un ragazzo che aveva rapinato un fornaio di Borgo Pinti ed era stato inseguito a piedi da una guardia per le vie del centro. Un povero affamato che lui avrebbe lasciato andare.

Nel cuore della notte sentì sfondare la porta, e quando vide apparire due tedeschi con il mitra spianato cercò la pistola sotto il cuscino... Si svegliò sudato, con il cuore che gli batteva nelle orecchie. Si ributtò giù, ansimando. Non era da molto che si era tolto la divisa del San Marco. Aveva ancora la memoria colma dei ricordi della guerra, finita da meno di quattro anni. Gli capitava spesso di fare brutti sogni, era normale. Dopo due anni di navi e uno di sommergibili, aveva vissuto un anno e mezzo di pattuglie in prima linea e di scontri a fuoco. Aveva visto morire molta gente, su tutti e due i fronti, e di nazisti ne aveva ammazzati non pochi, facendo ogni volta una tacca sul calcio del mitra. Dopo la fine della guerra aveva passato un anno a Brindisi a fare servizio d'ordine. Soltanto da due anni, vincendo un concorso, era entrato in Pubblica Sicurezza come vice commissario in prova, con l'idea di continuare una sorta di guerra di Liberazione. Gli avevano affidato subito un caso di omicidio di cui nessuno sembrava volersi occupare. Un giovanotto, figlio di un industriale più o meno fascista, era stato ucciso a coltellate. Si ipotizzava una vendetta dei partigiani. Bordelli aveva iniziato da poco la sua indagine, senza arrivare a nulla, quando gli era stato detto di lasciar perdere, e il caso era stato archiviato. Lui aveva capito che in fondo non si voleva scoprire la verità. Non era il periodo giusto per rovistare in faccende che affondavano le loro radici nella guerra appena finita, con la povertà che aleggiava tra la maggior parte della popolazione. C'era di mezzo anche l'amnistia di Togliatti di tre anni prima, che per pacificare il paese e scongiurare una nuova guerra civile aveva creato non pochi malumori. Calamandrei aveva detto che quel colpo di spugna, teoricamente doveroso, era stato però nella pratica un po' troppo precipitoso e assai poco scrupoloso, un perdono « generalizzato » che aveva fatto uscire di galera criminali di guerra, sia del regime fascista, sia della RSI, e questa manica larga avrebbe potuto avere in futuro conseguenze assai spiacevoli.

Bordelli non riusciva a riprendere sonno, e continuava a camminare in mezzo alle macerie della guerra. Sarebbe mai riuscito a dimenticare? A vivere senza pensare a quello che aveva attraversato? Continuò a ricordare, a sentire gli scoppi delle mine, le urla dei feriti...

Dopo un paio d'ore il quartiere cominciò a svegliarsi. Gli artigiani uscivano di casa sbattendo la porta, salutandosi di lontano, i bambini assonnati venivano trascinati a scuola da mamme implacabili, i barrocci dei verdurai passavano nella strada per andare a fermarsi nei soliti posti... Aveva scelto di vivere in San Frediano, non solo perché le case costavano meno, ma anche perché gli piaceva stare in mezzo a quel popolo di artigiani, di filibustieri, di persone semplici, di pirati, di poveri delinquenti leali capaci di tagliarsi una mano per un amico, di rischiare la galera per mangiare, donne e uomini che amavano il proprio quartiere come una madre.

Alle sette si alzò dal letto. Fece un bagno caldo, mandò giù un caffè, accese la prima sigaretta e uscì di casa per cominciare le sue ricerche. Alle otto meno un quarto allucchettò la bici a un palo sotto il loggiato degli Uffizi, nei pressi del portone dell'Archivio dell'Ufficio Tecnico. C'erano già diversi architetti e geometri ad aspettare l'apertura. Nell'aria si spandeva il puzzo non sgradevole dello sterco dei cavalli e degli asini che erano passati la mattina presto per andare ai mercati.

Finalmente il portone si aprì, e dopo un'oretta di coda riuscì a consultare il fascicolo del palazzo dove viveva il milanese. Si segnò il nome del proprietario dell'appartamento dell'ultimo piano, dottor Giampiero Rovani. Andò subito in questura e cercò il suo telefono sull'elenco. Il dottor Rovani non era di certo uno che si arrangiava per vivere, visto che abitava in piazza D'Azeglio, una delle più belle della città. Bordelli sapeva bene di dover andare con i piedi di piombo. Se davvero Rosa aveva ragione, e quel milanese si stava nascondendo, non doveva correre il rischio di metterlo in allarme. Uscì di nuovo, per andare a telefonare in un bar. Preferiva non chiamare dal suo ufficio, non doveva saltare fuori che c'entrava la Pubblica Sicurezza. Non era un'indagine ufficiale, era una sua iniziativa. Che cognome poteva usare? Ci pensò un attimo, sorrise, e dopo un bel respiro fece il numero.

«Casa Rovani» disse una donna.

«Buongiorno, mi scusi... Sono il geometra Casini dell'Ufficio Tecnico Erariale, parlo con la signora Rovani?»

«Sì, mi dica.»

«Posso disturbarla cinque minuti?»

«Che è successo?» Era un po' agitata.

«Non si preoccupi... Abbiamo bisogno di fare un controllo sulle particelle catastali dei palazzi di via de' Neri, e ci risulta che suo marito possieda un appartamento al num...»

«Oh, di queste cose non so nulla» lo interruppe lei, come se le avesse chiesto cos'era lo spinterogeno.

«Va bene, dove posso trovare suo marito?»

«In ufficio, le do il numero della banca.»

«Grazie.» Bordelli scrisse il numero, salutò la signora e riattaccò. Come cognome aveva scelto un sinonimo del suo, così non rischiava di scordarselo. Un altro bel respiro e chiamò la banca. Ci mise un po' a farsi passare Rovani. L'uomo rispose con la fretta nella voce, come se stesse per mettere giù da un momento all'altro, ma forse era solo la sua indole, perché in realtà era molto gentile e paziente.

«L'ultimo piano di via de' Neri? Non è più mio, l'ho venduto due anni fa a una signora di Milano che però vive a Roma, vedova di un nobile siciliano... Com'è che si chiama? Aspetti... Non sono bravo a ricordare i nomi... Alessan... No... Adriana... Sì... Adriana... Fumagalli... Come le dicevo, vive a Roma... Ha comprato per investimento... Ci deve parlare?»

«Sì, stiamo facendo un controllo sulle particelle, dobbiamo verificare alcuni palazzi in via de' Neri» disse Bordelli.

«Mi spiace, non ho sottomano il telefono della Fumagalli, ma nel contratto c'è il suo indirizzo... Se ha fretta può chiamare il notaio della signora... Nicola Pariani, ha l'ufficio in viale Matteotti, a meno che non sia già andato in pensione... Era piuttosto vecchiotto... Posso cercarle il numero...»

«Non importa, grazie. Lo trovo sull'elenco.» Si salutarono. Bordelli consultò l'elenco del bar, e trovò lo Studio Pariani in viale Matteotti. Rispose il figlio Giulio, notaio anche lui, come spesso accadeva a Firenze. Suo padre era andato in pensione pochi mesi prima, e tutti i suoi contratti erano stati depositati alla Conservatoria dei Registri Immobiliari.

«Potrei parlare con suo padre? Se ha buona memoria, magari mi risparmia una ricerca alla Conservatoria.»

«Certo, le do il numero.»

«Grazie...» disse Bordelli, per la terza volta in pochi minuti. Se non avessero inventato il telefono, per parlare con la moglie di Rovani, con Giampiero Rovani, con il notaio Pariani e con suo padre ci avrebbe messo una giornata, ma solo spostandosi velocemente a cavallo.

Il vecchio Pariani aveva una buona memoria, e nel caso di quello specifico contratto gli venivano in soccorso un paio di particolari. La signora Adriana Fumagalli era una ricca vedova, una donna assai elegante e sofisticata, una donna speciale, difficile da dimenticare, e soprattutto il suo indirizzo romano era vicolo del Fico, e Pariani, quando era bambino, viveva in via del Fico, nel quartiere di Santa Croce. Il vecchio notaio aveva voglia di parlare, e si era messo a raccontare la propria infanzia con voce commossa... Quando era bambino l'elettricità non arrivava in tutte le case, il telefono e la radio non esistevano... Aveva visto nascere interi quartieri, quando era ragazzo la facciata del Duomo non c'era ancora, e l'aveva vista costruire... Aveva pianto insieme a suo padre per la distruzione del Mercato Vecchio e del ghetto... Bordelli ascoltava il vecchio senza interromperlo, gli sembrava di sentir parlare di un'epoca antichissima, di fatti avvenuti secoli e secoli prima... Non riusciva a immaginare un mondo senza il telefono, senza la radio, senza la luce elettrica...

«Mi scusi, le sto facendo perdere un sacco di tempo» disse a un tratto il vecchio notaio.

«Ma no, è molto interessante.»

«La ringrazio della gentilezza, nessuno ha voglia di ascoltare i racconti dei vecchi.»

«Grazie a lei.»

«Adesso le restituisco la libertà... Che Dio la protegga...»

«Arrivederci.»

«Addio» disse il notaio, e mise giù. Bordelli inghiottì un po' di tristezza, poi voltò pagina. Voleva parlare subito con la signora Fumagalli, fece un bel respiro e chiamò il centralino della TETI... Gli faceva sempre un effetto strano pensare che Teti era la più bella delle Nereidi, e s'immaginava che le centraliniste fossero tutte belle come lei.

«Signorina, vorrei Roma... Sì, aspetto... Grazie...» Dopo qualche cloc si sentì la voce di una ragazza.

«Casa Fumagalli.»

«Buongiorno, è possibile parlare con la signora Adriana?»

«Con chi parlo?»

«Sì, mi scusi... Sono il geometra Casini, Ufficio Tecnico di Firenze.»

«La signora non è in casa, dovrebbe rientrare per pranzo.»

«Nel pomeriggio la trovo?»

«Credo di sì, se non cambia idea.»

«D'accordo, chiamo più tardi.»

«Però non dopo le tre, altrimenti non potrò passargliela... Ha la canasta con le amiche.»

«Va bene, la ringrazio.»

«Di niente.»

All'una Bordelli suonò il campanello dei suoi genitori, in viale Volta, dove era nato e cresciuto. Andava spesso a pranzo da loro, almeno tre volte alla settimana. Aveva le chiavi, ma gli piaceva suonare, un po' per rispetto, un po' per gioco.

Appena si aprì la porta, il gigantesco Blisk sbucò fuori e gli mise le zampe sulle spalle per leccargli la faccia.

«Buono, mi butti in terra... Ciao mamma...»

«Ciao Franchino, hai fame?»

«Come sempre... Il babbo c'è?»

«Sta leggendo il giornale.»

«Ciao babbo...» gridò.

«Ciao...» sentì di lontano.

«Mamma, faccio due passi con Blisk e arrivo.»

«Allora aspetto a buttare la pasta.»

«Dieci minuti... Vieni, Blisk...» disse Bordelli, staccando il guinzaglio dall'attaccapanni. Il vitello si mise a saltare come un cucciolo, e se l'ingresso non fosse stato vuoto avrebbe buttato giù tutto. Era un cane lupo enorme, castrato, un cane dei nazisti che nel '44, dopo un conflitto a fuoco, Bordelli aveva trovato ferito dentro il cratere provocato da una bomba di mortaio. Lo aveva curato, e alla fine della guerra se lo era portato a casa. Sua mamma aveva paura di quel pachiderma, era troppo grande per lei, e avrebbe preferito che suo figlio lo tenesse con sé. Bordelli a volte se lo portava a casa per una settimana o due, ma non poteva tenerlo sempre. Stava tutto il giorno fuori per lavoro, non aveva un giardino, e Blisk sarebbe rimasto da solo per molte ore, chiuso in casa. Fece il giro dell'isolato, accarezzandolo ogni tanto.

«Scusa Blisk, ma sono sicuro che stai meglio qua.» Comunque andava a trovarlo spesso, e ovviamente restava a pranzo o a cena dai suoi. Si mangiava bene a casa Bordelli, si era sempre mangiato bene. Era una tradizione di famiglia da generazioni. Ma al di là di quello, andare a pranzo dai suoi gli piaceva, anche se sua mamma gli aveva proibito di fumare in casa. Nonostante avesse quasi quarant'anni e avesse fatto la guerra, insieme ai suoi genitori ritrovava l'atmosfera di quando era bambino. Riconosceva l'odore di quelle stanze, l'odore della sua infanzia, rivedeva pavimenti e mobili e quadri che aveva avuto negli occhi per un sacco di tempo, e si muoveva tra quelle pareti come in una fiaba dove i decenni potevano essere scavalcati a piacimento.

«Blisk, è ora di tornare.»

Quando c'era lui, sua mamma non apparecchiava in cucina, ma in tinello, e usava il servito buono, come se fosse domenica. Lui protestava, diceva che non importava, ma lei era contenta così, e diceva che lui non doveva impicciarsi. A tavola si raccontavano cosa avevano fatto durante la settimana. Suo padre commentava le notizie politiche, sempre un po' arrabbiato con questo e con quello, e soprattutto con la neonata Repubblica Italiana. Sua madre invece gli chiedeva se mangiava bene, come andava con la fidanzata e se si stesse occupando di qualche faccenda pericolosa.

«Solite cose» la rassicurava lui. Ma sua madre non ci credeva. Quel giorno, poi, era particolarmente preoccupata.

«Non è che ti fanno cercare gli assassini, vero?»

«Ma no» disse lui, pensando che invece era proprio quello che gli sarebbe piaciuto fare.

«Non ti è bastata la guerra? Santo Iddio, non potevi continuare a fare l'avvocato?»

«Non ho mai fatto l'avvocato, non nel senso che intendi tu.»

«Ma sì, quando eri con quello là, come si chiama...»

«Mamma, non è un lavoro che fa per me.»

«E come mai?»

«Te l'ho detto un sacco di volte. Non posso stare chiuso in un ufficio a battere a macchina cose a cui non credo, bugie di ogni genere.»

«Almeno mi facevi stare tranquilla.»

«Dai, mamma...»

«Zitto, lasciami parlare... In guerra hai scampato la morte chissà quante volte, anche grazie alle mie preghiere, ma non bisogna sfidare la pazienza di Dio.»

«Oh, hai fatto la peperonata» disse lui per interrompere il discorso, e come faceva sempre le giurò che come cucinava lei non cucinava nessuno.

«Sciocchezze» mormorò lei, arrossendo, e finalmente parlarono d'altro. Comunque era vero, a casa Bordelli si mangiava assai bene, e di solito anche gli uomini sapevano cucinare. Forse il primo che non si distingueva in cucina era proprio lui, Franco, ma nessuno gliene faceva una colpa.

La loro era una famiglia unita, si volevano molto bene. Contrasti ce n'erano, come è normale che sia, ma nulla che andasse a intaccare l'affetto che li legava uno all'altro. Anzi, a volte i contrasti erano divertenti. Ad esempio, suo padre stava invecchiando e non voleva ammetterlo. Ci sentiva poco, e se qualcuno si azzardava a dirglielo s'infuriava.

«Ci sento benissimo, perdio! Guarda, adesso vado nel corridoio, provate a bisbigliare qualcosa.» E si alzava.

«Resta a tavola, Ettore, che si fredda.»

«Ci sento benissimo...» E si rimetteva a sedere.

«Ma sì, ma sì, ci senti benissimo, dai, non ci roviniamo il pranzo, che c'è Franchino.» Cominciavano a mangiare, e dopo un po' suo padre si calmava. La mamma lanciava di nascosto un'occhiata d'intesa al figlio, che voleva dire: mai contraddire un uomo quando ha fame.

Quel giorno, dopo mangiato, Franco disse che doveva chiamare un numero di Roma per lavoro. Sua mamma fece un viso preoccupato. Telefonare a Roma voleva dire chiamare lo 04 del centralino, e costava un occhio.

«Oddio, non starci tanto.» Temeva lo 04 più del demonio.

«Se vuoi vado a telefonare in un bar, ma dovrei andare via adesso.»

«Ma no, se è importante fai pure.»

«Grazie, ci metto pochi minuti.» Si chiuse in salotto e chiamò il centralino.

«Signorina, vorrei un numero di Roma... Ah, ho capito... Va bene, certo...» Non era possibile parlare subito, la linea con la capitale era sovraccarica. Prenotò la chiamata e andò in cucina a prendere il caffè. Si mise a chiacchierare con sua mamma, che ancora lo guardava come se fosse un bambino, con lo sguardo sempre pieno d'amore e di comprensione. Lo squillo del telefono arrivò prima del previsto.

«Vado io...» gridò, per paura che rispondesse suo padre. Corse a chiudersi in salotto e sollevò il ricevitore.

«Signore, le passo Roma.»

«Sì, grazie...»

Clac... Cloc...

«Casa Fumagalli...» Era di nuovo la cameriera.

«Buonasera, sono il geometra Casini, ho chiamato anche stamattina da Firenze...»

«Sì, mi ricordo... Attenda, vado a cercare la signora...»

«Grazie.» Aspettò diversi minuti, poi sentì una bella voce con l'accento milanese.

«Pronto?»

«Signora Fumagalli?»

«Sì, con chi parlo?»

«Scusi il disturbo... Mi chiamo Renato Casini, telefono da Firenze, sono un geometra dell'Ufficio Tecnico Erariale, stiamo facendo un controllo sulle particelle catastali di alcuni palazzi di via de' Neri, e ci risulta che due anni fa lei abbia comprato un appartamento all'ultimo piano al numero civico 19/bis...»

«Oh, non so, può darsi» disse la signora.

«In che senso, scusi?»

«Di queste faccende si occupa il Riccardino, il mio amministratore...»

«Ah, ecco.»

«Io gli dico cosa mi piacerebbe, e lui lo fa.» Due anni prima aveva deciso di sbarazzarsi di una cosetta su a Torino, un caseggiato in una viuzza del Quadrilatero, e di ricomprare a Firenze, che le stava decisamente più simpatica della città sabauda. E così lo aveva detto al Riccardino. Lui si era occupato delle questioni noiose e delle scartoffie, poi lei era andata dal notaio a mettere le firme sui contratti, perché di procure non ne voleva fare. L'amministratore aveva scelto sei o sette appartamenti nella città di Dante, in quartieri diversi.

«Capisco...» mormorò Bordelli, pensando divertito a

quanto aveva faticato lui per comprare le sue quattro stanzucce in via del Leone.

«Però non mi chieda dove siano queste proprietà, perché non saprei risponderle» disse la signora, con la voce di chi sta sorridendo.

«Potrebbe darmi il nome e il telefono del suo amministratore?»

«Ma certo... Si chiama Riccardo Galbiati, dovrebbe essere un avvocato, o qualcosa del genere, ha lo studio in corso Vittorio, è l'unico numero che so a memoria, pensi un po', non sapevo nemmeno quello dello studio di mio marito.» Gli dettò il numero, e Bordelli lo scrisse su un foglietto.

«Grazie, e scusi il disturbo.»

«Oh, si figuri... La saluto» disse la donna, e prima che mettesse giù, Bordelli fece in tempo a sentire la cameriera che diceva... *Signora, la marchesa la attende nel salottino azzurro...*

Bordelli oltrepassò in bicicletta il cavalcavia delle Cure, sentendo ancora sulla guancia il lungo bacio di sua mamma. Aveva salutato Blisk promettendogli che sarebbe tornato presto.

Continuando a pedalare con una sciarpa avvolta intorno al collo, imboccò il viale che due anni prima era stato intitolato a Don Minzoni. Diverse strade e piazze di Firenze avevano cambiato nome, ma quel viale, a partire dalla seconda metà dell'Ottocento, di nomi ne aveva cambiati sei in settant'anni, come gli aveva raccontato l'anno prima un vice questore appassionato di storia fiorentina... Viale Militare, viale del Pallone, viale Regina Vittoria... E mentre lui era in guerra aveva cambiato altri due nomi. Nel '40 era stato dedicato a Italo Balbo, morto da poco a Tobruk, e nel '43 alla principessa Clotilde, una Savoia che non era fuggita di fronte al pericolo, e infine a Don Minzoni, ucciso dai fascisti.

Si fermò a metà del viale e s'infilò in un bar, dove sapeva che il telefono era chiuso dentro a una sorta di cabina. Voleva chiamare subito il Riccardino, l'amministratore della signora Fumagalli, e aveva preferito non gravare sulla bolletta dei suoi genitori.

«Mi dà la linea, per favore?» Si chiuse nella cabina, compose lo 04 e chiese alla centralinista di parlare con Milano. Questa volta fu più fortunato, gli passarono la linea dopo nemmeno un minuto.

«Pronto?» disse la voce gelida e frettolosa di una giovane donna.

«Buonasera, sto cercando l'avvocato Galbiati...»

«Con chi parlo, scusi?» Un accento più milanese di così non si poteva trovare, pensò Bordelli, e d'istinto si sforzò di non far sentire il suo accento fiorentino.

«Sono il geometra Casini, Ufficio Tecnico Erariale di Firenze.»

«Per quale pratica?»

«Nessuna... Devo parlare con l'avvocato in merito a una proprietà della signora Fumagalli.»

«Attenda, prego.»

«Grazie...» disse Bordelli, ma la signorina lo aveva già messo in attesa. Passò un lungo minuto, poi un altro, e tra un fruscio e l'altro ecco di nuovo la signorina del centralino.

«Che fa signore, raddoppia?»

«Sì sì, grazie...» Porca miseria, chissà quanto gli sarebbe costata quella telefonata... Finalmente sentì un clac.

«È ancora in linea?» chiese la segretaria.
«Sono qua...»
«Le passo l'avvocato...» Un lungo ronzio e di nuovo la signorina...
«Raddoppia?»
«Sì, certo...» Ancora secondi che passavano, poi finalmente sentì la voce del Riccardino.
«Pronto?»
«Buonasera avvocato, sono il geometra Casini, Ufficio Tecnico di Firenze... Mi scusi il disturbo...»
«Si tratta della signora Fumagalli, mi diceva la segretaria.»
«Sì, mi conferma che lei è l'amministratore dei beni della signora?»
«Certamente, mi dica pure.»
«Ecco, stiamo facendo un controllo sulle particelle catastali del palazzo al 19/bis di via de' Neri... Ci risulta che l'ultimo piano sia di proprietà della signora.»
«Esatto. Cosa le serve di preciso?»
«Abbiamo riscontrato un errore di trascrizione, a seguito di un frazionamento che risale a prima della guerra... Non le sto a spiegare nel dettaglio, si tratta di noiose faccende burocratiche... Ma purtroppo dobbiamo entrare nell'appartamento per fare alcune misurazioni» disse Bordelli, e aspettò la reazione dell'avvocato... che rimase calmissimo.
«Quell'appartamento al momento è affittato, se n'è occupato un mediatore immobiliare di Firenze. Dovrebbe rivolgersi all'inquilino.»
«Va bene, grazie.»
«Mi pare sia un ragioniere che lavora in banca, ha una sorella sposata a Firenze e voleva un pied-à-terre.»

«Per favore, può darmi il suo nome e magari un telefono?»

«Certamente... Ma dovrebbe richiamarmi domani, ho un appuntamento dall'altra parte di Milano, devo uscire tra poco e ho un cliente in saletta d'attesa.»

«D'accordo...» disse Bordelli, anche se per un attimo era stato sul punto di chiedere all'avvocato di cercare subito quel nome... Ma doveva stare attento, lui adesso era un impiegato dell'Ufficio Tecnico, non un vice commissario di Pubblica Sicurezza.

«Chiedo alla Milena di cercarmi il fascicolo dell'appartamento... Vuole che faccia avvertire il ragioniere che lei lo sta cercando?» chiese l'avvocato.

«No grazie, non si disturbi, è meglio che lo chiami io direttamente, è una cosa un po' noiosa da spiegare.»

«Come vuole...»

«A che ora posso telefonare domani?»

«Un momento... Mi faccia vedere l'agenda... Dunque, alle nove e mezzo ho un'udienza... alle undici devo andare a... e dopo... Sì, ecco, facciamo alle dodici.»

«Va bene, grazie.»

«Puntuale, mi raccomando, alle dodici e quindici devo uscire per un appuntamento.»

«Sarò puntualissimo.»

«Bene, a domani.»

«A domani.» Bordelli riattaccò, e gli uscì un sospiro di delusione. Doveva aspettare il giorno dopo, non c'era altro da fare. Un impiegato dell'Ufficio Tecnico non avrebbe mai insistito per avere subito quel nome, non avrebbe avuto senso. E sperava davvero che alla solerte segretaria milanese non venisse in mente di chiamare il ragioniere che aveva preso in affitto l'appartamento...

Non aveva nessuna voglia di tornare in ufficio, e s'incamminò verso il centro. Voleva pensare, e magari riuscire a distrarsi. Spesso faceva un gioco, osservava una donna e cercava di capire che vita avesse, se era contenta, innamorata, se aveva lasciato qualcuno o se era stata lasciata... Ma quel giorno giocare era difficile, la sua attenzione era tutta per quel milanese, non riusciva a pensare ad altro. Arrivò in fondo a via San Gallo, oltrepassò via Guelfa e proseguì in via Ginori. Rischiava di dimenticarsi che quella sera doveva andare a cena dai genitori della sua fidanzata, ma forse avrebbe trovato una scusa di lavoro, una perquisizione, o magari un'irruzione... Non si era mai sentito a suo agio in quella casa, non solo perché era una grande e austera villa sopra Careggi, dove ogni cosa era al suo posto, dove tutto era pulito fino all'ossessione e i domestici in livrea si muovevano silenziosi come fantasmi. Erano i genitori di Eliana a metterlo a disagio, sempre con quello sguardo apparentemente benevolo ma invece sprezzante, anche se indulgente, addirittura paziente... *Nostra figlia ha preso questa cottarella, noi non approviamo, ma accettiamo, di certo non faremo scenate, comunque non siamo poi così preoccupati, prima o poi Eliana capirà che si merita ben altro e troncherà la relazione...* Lui glielo diceva, a Eliana...

«Non mi va di venire a cena dai tuoi, lo capirebbe anche un bambino che non sono felici di vedermi, e sinceramente la cosa è reciproca, sarei più contento di cenare in cucina con la servitù.»

«Non dire stupidaggini.»

«Di cosa parli? Dei tuoi che mi guardano dall'alto o della cena in cucina?»

«Non dire stupidaggini e basta» diceva lei, e lo baciava. Chissà quanto tempo sarebbero rimasti insieme. Lui per adesso ci stava bene, era innamorato, ma sotto sotto sentiva serpeggiare qualcosa di sbagliato... Ecco, si era distratto, aveva smesso di pensare al milanese... Con Rosa invece si trovava bene, e non sapeva nemmeno spiegarsi come mai. Quella bella ragazza bionda gli faceva lo stesso effetto che fanno le capre ai cavalli, gli dava un senso di tranquillità. Quando era insieme a lei non pensava mai al mestiere che faceva, gli era difficile immaginarla in un letto ad aspettare uomini sempre diversi che pagavano per averla... Stava per sbucare in piazza San Lorenzo... Doveva anche ricordarsi di... Ma non fece in tempo a finire il pensiero... Vide un ragazzo sfrecciare da sinistra a destra e sentì le urla di una donna... Corse fino all'incrocio, guardò a destra e vide un ragazzo che correva a perdifiato tra le bancarelle e i furgoni degli ambulanti, schivando a malapena la gente e a volte urtando qualcuno... A sinistra, subito dietro l'angolo di via de' Gori, alcuni passanti stavano soccorrendo una vecchia signora che era caduta in terra... *Ohiohi, ohiohi... Pigliatelo! Pigliatelo!...* si lamentava la vecchia... *L'hanno derubata... Le hanno strappato la borsa...* gridava la gente... Erano passati sì e no tre secondi.

«Non fate andar via la signora... Pubblica Sicurezza...» gridò Bordelli, e si lanciò all'inseguimento... Vide il ragazzo oltrepassare l'angolo con via della Stufa e poco dopo scomparire in Borgo la Noce... Anche lui correva come una lepre, pochi secondi dopo era già arrivato al lungo vicolo, gettò un'occhiata ma tirò dritto, perché come si aspettava non aveva visto il ragazzo... Era impossibile che avesse fatto quasi cento metri in così poco tempo, dunque aveva voltato in via del Gomitolo, proprio come lui aveva pensato... Proseguì fino all'angolo di via dell'Ariento e volò correndo sotto il loggiato di via Sant'Antonino, rischiando di buttare in terra un signore che si spaventò e si mise a imprecare... Bordelli alzò una mano per scusarsi ma non si fermò, intanto scandagliava la strada, ma in mezzo alla gente non vide nessuno che correva... Forse aveva intuito bene, il ragazzo si era fermato in una minuscola piazzetta che si apriva lungo via del Gomitolo dell'Oro, per rovistare nella borsetta e poi buttarla via... Appena arrivò all'angolo sbirciò nel vicolo, non vide nessuno, s'infilò nella stradina, e quando si affacciò nella piazzetta trovò il ragazzo che stava ancora frugando nella borsetta della vecchia signora... Magro, ansimante per la corsa, vestito male, doveva avere più o meno vent'anni.

«Scusa, sto cercando via Rosina...» disse Bordelli, avvicinandosi. Il ragazzo non fece in tempo a capire che si ritrovò un braccio intorno al collo, lasciò cadere la borsa e si divincolò per cercare di liberarsi, ma rinunciò quasi subito.

«Non scappo, giuro» disse, rassegnato.

«Siediti in terra e togliti le scarpe.»

«Perché?»

«Fai come ti ho detto» disse Bordelli, sempre tenendolo per il collo. Il ragazzo piegò le ginocchia, si sedette sulle pietre e si sfilò le scarpacce luride e mezze rotte, rimanendo con i piedi nudi, non proprio profumati. Ma di certo in quel modo gli sarebbe stato più difficile scappare, senza contare che prima avrebbe dovuto alzarsi e Bordelli, che stava in piedi, lo avrebbe facilmente riacciuffato.

«Lei chi è?» chiese il ragazzo.

«Pubblica Sicurezza.»

«Cazzo...» Stava quasi per piangere, poi si riprese.

«Come ti chiami?»

«Aldo.»

«E poi?»

«Pacioni.» Aveva lo sguardo smarrito, ma sembrava proprio che fosse il suo sguardo di sempre.

«Hai un documento?» chiese Bordelli.

«Be', sì...» Tirò fuori una carta d'identità che sembrava appena uscita da un pollaio. Bordelli la aprì e si mise a leggere, senza perdere d'occhio il ragazzo... *Pacioni Aldo, nato a Firenze il 7 febbraio 1930, celibe, nazionalità italiana...* Alla voce professione non c'era scritto nulla... *Residenza, via del Cionfo 2 B... Connotati e contrassegni salienti, Altezza m. 1.72, Corporatura: magra, Capelli: neri, Occhi: castani, Colorito: olivastro... Segni particolari: N.N.*

«Non hai un lavoro?»

«Secondo lei?»

«Sei già stato in carcere?»

«Perché?»

«Dimmelo pure, tanto lo saprò comunque.»

«Tre mesi.»

«Quando?»

«L'anno scorso.»

«Per cosa?»

«Furto.»

«Cosa avevi rubato?»

«Bicicletta» disse il ragazzo. Era davvero difficile strappargli le parole di bocca.

«Hai i genitori?»

«La mamma.»

«E tuo padre?»

«Morto in guerra, dice mia madre» mormorò il ragazzo, poco convinto. Sembrava un po' più calmo.

«Che fa tua mamma?»

«Lava i panni alle Cure.»

«Un lavoro duro.»
«Si spacca la schiena per una miseria.»
«Capisco, non è un bel momento, ma arriveranno tempi migliori.»
«Certo, come no.» Stava prendendo coraggio, aveva il tono di chi ha voglia di sfogarsi. Si vedeva che aveva freddo ai piedi, ma non diceva nulla.
«Rimettiti le scarpe ma resta seduto. Se scappi ti vengo a cercare e sono guai» disse Bordelli. Il ragazzo si rimise le scarpe, senza dire una parola.
«Non scappo...» mormorò.
«Invece di strappare la borsa alle vecchiette, non preferiresti fare qualcos'altro?»
«Cosa?»
«Non so... magari una cosa stranissima, ad esempio lavorare.»
«Lei la fa troppo facile.»
«Ci hai provato?»
«Non vogliono chi è stato alle Murate.»
«E prima?»
«Lavoretti... per due spiccioli...»
«Perché non ti arruoli nella Pubblica Sicurezza?»
«Mi prende per il culo?»
«Non ci sarebbe nulla di strano. Anche le guardie sono attirate dal crimine, solo che stanno dall'altra parte.»
«Che?»
«Lascia perdere...»
«Non posso fare la guardia, ho la fedina sporca.»
«Vedo che sei informato.»
«In galera s'imparano un sacco di cose.» Il ragazzo non capiva bene cosa stesse succedendo, ma adesso era più tranquillo.

«Quella vecchia signora poteva farsi male, o forse anche morire.»

«Ma no...»

«Ma sì, e poi magari se la passa peggio di te.»

«Non credo proprio.»

«Comunque sia, non dovresti derubare una povera donna.»

«Ormai l'ho fatto.»

«Lo so, ma hai tutta la vita davanti.»

«Sai che vita.»

«Ascolta... Tutti i lavori possono essere fatti bene o male. Se becco un poveraccio che ruba una mela, posso incatenarlo, picchiarlo e trascinarlo in tribunale... Oppure posso lasciarlo andare, perché capisco che ha rubato per fame. Sta alla mia coscienza scegliere e decidere... Mi segui?»

«Sì...»

«Anche quelli che rubano dovrebbero ricordarsi che esiste la coscienza... Be', ovviamente ti suggerisco di non rubare... Questo paese è uscito ieri da una guerra, ci sono ancora le macerie, deve essere ricostruito... Ci sono molte opportunità, per chi riesce a coglierle... Chi ha ingegno può arrivare molto lontano, te lo assicuro... Ma se dovessi commettere un furto, se proprio fossi obbligato a farlo, cercherei di seguire un mio codice, non dimenticherei di mettere in moto la coscienza... Insomma, non deruberei mai una povera vecchia, non le strapperei la borsetta, rischiando tra l'altro di farle battere il capo sul marciapiede... C'è furto e furto... Se non hai da mangiare non devi rubare a un poveraccio, sennò oltre che un ladro sei un figlio di puttana... Capisci cosa voglio dire?»

«Sì...»

«Lo spero...»

«Sì, ho capito» disse il ragazzo, guardando Bordelli come se avesse davanti un marziano.

«Sentimi bene, Aldo... Per questa volta ti lascio andare...»

«Ah...»

«Però a una condizione... Alzati pure...»

«Che devo fare?» chiese il ragazzo, alzandosi.

«Domattina vai in Borgo San Frediano. Più o meno all'angolo con via del Leone c'è la bottega di un falegname. Lui si chiama Leopoldo, lo riconosci, ha una lunga barba bianca. So che cerca un ragazzo per insegnargli il mestiere, perché non ha figli. Io ci avrò già parlato... Gli dirò della galera, anche lui è stato in villeggiatura alle Murate, sa quel che vuol dire... Siamo d'accordo?»

«Sì...» Ancora non ci credeva.

«Nella borsa della donna c'erano dei soldi?»

«Solo questi» disse il ragazzo, sfilando di tasca il misero bottino.

«Rimettili dov'erano, nessuno deve capire che hai aperto la borsa.» Il ragazzo raccolse la borsa, ci rimise dentro il denaro e la consegnò a quello sbirro un po' matto.

«Ecco...»

«Dirò che mi sei sfuggito. Ma se domani scopro che non sei andato da Leopoldo...»

«Ci vado, ci vado... Giuro...»

«Adesso sparisci.» Il ragazzo esitava, fissava Bordelli, forse voleva dire qualcosa, magari ringraziare quello strano sbirro.

«Io...»

«Vattene» disse Bordelli. Il ragazzo accennò un sorriso, poi si avviò lungo il vicolo camminando con calma. Il vice commissario se ne andò dalla parte opposta, e mordendosi un labbro s'incamminò verso via de' Gori, per restituire la borsa alla donna e mentire sul ladro. Sperava di aver fatto bene a lasciare libero quel ragazzo. Gli sembrava che avesse gli occhi buoni, non da bastardo. Per carità, non era certo l'unico parametro per giudicare una persona, ma preferiva continuare a fidarsi del proprio intuito... Però era meglio che non venisse a saperlo il dottor Rossano, il questore, con i suoi trent'anni e più di carriera sulle spalle... Gli sembrava di sentirlo...

Bordelli, cosa vogliamo fare? Ci sono delle leggi, non spetta a noi interpretarle... Abbiamo tolto di mezzo migliaia di ex partigiani che erano stati arruolati nelle questure come guardie, proprio perché non succedessero strane cose, e lei si mette a fare il giudice di strada... Che diavolo di messaggio vogliamo dare ai cittadini? Chi ha lo sguardo angelico non va in galera e chi invece ha lo sguardo cattivo viene spedito dietro le sbarre? Questo suo modo di fare è pericoloso, se lo lasci dire... Per carità, lei è un ottimo funzionario, onesto e capace, ma se continua così si scordi di fare carriera... Non diventerà mai questore, mi dispiace dirglielo...

Be', secondo lui quel ragazzino poteva salvarsi, bastava dargli un po' di fiducia, almeno valeva la pena di provarci... Non doveva dimenticare di fermarsi alla bottega di Leopoldo per avvertirlo, e il giorno successivo, tornando a casa, si sarebbe fermato di nuovo dal falegname per chiedergli se il ragazzo si era fatto vivo.

Il giorno dopo, poco prima di mezzogiorno, Bordelli si mise a fumare e a camminare su e giù davanti a un bar di via San Gallo. Aspettava il colpo di cannone che alle dodici in punto veniva sparato dalle mura del Forte Belvedere. Il boato era puntualissimo, serviva anche a rimettere a posto gli orologi. I fiorentini lo chiamavano il vòtapentole, perché a quell'ora molti si mettevano a mangiare. Bordelli di solito pranzava all'una passata, a volte addirittura alle due, dipendeva da quello che aveva da fare. Ma di certo non saltava mai il pranzo, come facevano ogni tanto alcuni suoi colleghi.

Pensando alla sera prima gli venne da sorridere. Verso le otto aveva telefonato a Eliana, per dirle che era davvero dispiaciuto, anzi dispiaciutissimo, ma non poteva proprio andare alla cena dei suoi genitori... Porca miseria, all'ultimo minuto gli avevano assegnato un'operazione importante, di cui non poteva dire nulla, una faccenda delicata che doveva rimanere segreta. Eliana aveva mangiato la foglia, e si era lasciata sfuggire un risolino. In fondo nemmeno lei si trovava troppo a suo agio con quei genitori noiosi, che camminavano con un palo nel sedere a cinque centimetri da terra, e di certo appena poteva...

Booooom!

Guardò il suo Longines, che segnava sempre l'ora giusta, poi spinse la porta e s'infilò nel bar per telefonare. Disse alla centralinista che voleva parlare con Milano, e in poco tempo riuscì ad avere la linea.

«Buongiorno signorina, sono Casini dell'Ufficio Tecnico di Firenze, ho un appuntamento telefonico con l'avvocato Galbiati...»

«Buongiorno geometra, attenda prego.»

L'avvocato era stato di parola. Il ragioniere che aveva affittato l'appartamento di via de' Neri si chiamava Giacinto Benedini, lavorava in una filiale di periferia della Banca Commerciale, della quale gli dette indirizzo e telefono.

« Grazie, avvocato. »

« Si figuri, geometra... Mi stia bene. »

« Arriveder... » Ma l'avvocato aveva già riagganciato. Bordelli prese un caffè, accese una sigaretta e si mise a riflettere: adesso cosa doveva fare? Non voleva sbagliare mossa... Se il milanese con la parrucca nascondeva qualcosa di poco pulito... Se il ragioniere lo sapeva e lo copriva... Se addirittura il ragioniere della Commerciale era un complice... Se... Se... Se... Troppi se... Anzi, mancava un altro SE, il più importante, il più fastidioso... E se il milanese era semplicemente un tranquillo signore di Milano che aveva il complesso della crapa pelata? Porca miseria, proprio adesso doveva venirgli quel dubbio? Gli era caduto addosso come una frana di sassi... Magari aveva buttato via il suo tempo... Eppure, quando Rosa gli aveva raccontato del milanese... No no, il suo sesto senso gli diceva che non si stava sbagliando... In guerra annusava spesso i nazisti in luoghi dove nessuno immaginava di trovarli, era come se per quelle faccende avesse un sesto senso... Ecco, aveva già ritrovato la fiducia in se stesso, poteva andare avanti senza scoraggiarsi.

Per riflettere s'incamminò verso il centro, come faceva sempre in quelle situazioni. Qual era la prossima mossa da fare? Doveva muoversi con cautela, altrimenti rischiava di mettere in allarme il milanese e di mandare tutto all'aria. Si mise a fare un po' di ragionamenti a ruota libera, anche piuttosto semplici, giusto per togliere di mezzo le cose inutili...

Cominciò a far girare le rotelle, senza sforzarle troppo... Insomma, dando per scontato che nell'appartamento vivesse un criminale, non poteva essere semplicemente un pregiudicato. Se hai saldato il conto con la giustizia e nessuno ti sta cercando, perché dovresti nasconderti? E a maggior ragione valeva per un incensurato, qualunque misfatto stesse architettando. Restavano solo due possibilità, quelle che aveva sempre avuto in mente... Il milanese era un ricercato o un evaso. Erano quelli i motivi più plausibili per camuffarsi. Dunque, prima di tutto era meglio non parlare con il ragioniere della Banca Commerciale. Era stato proprio lui, Benedini, ad affittare l'appartamento, e che fosse o no un complice o un favoreggiatore del milanese, avrebbe potuto avvertirlo e mettere a rischio l'arresto... È vero che in questura non ricordava di aver mai sentito parlare di ricercati e di evasi lombardi, ma non poteva certo sapere tutto quello che succedeva in Italia. E se non lo incaricavano direttamente di dare la caccia a qualcuno, non era facile che ne venisse a conoscenza. Poteva dare un colpo di telefono alla questura di Milano, sperando in un po' di fortuna. Non era detto che il milanese – se era davvero un evaso – fosse fuggito da San Vittore, e se era ricercato, chissà in quale parte del paese lo stavano cercando. Purtroppo le questure non erano ancora ben collegate tra loro, si diceva spesso che c'era bisogno di organizzare un sistema nazionale più efficiente... Insomma non era facile avere un riscontro, ma ci avrebbe provato. Così come stava provando a togliere dai guai Aldo, il giovane scippatore. La sera prima era passato dalla bottega di Leopoldo e gli aveva raccontato tutta la storia, chiedendogli se poteva prendere in prova il ragazzo. Il vecchio falegname aveva un'aria da saggio, per via della grande barba bianca che lo faceva somigliare a Tolstoj, e forse un po' lo era.

«Va bene, se è un bravo ragazzo me ne accorgerò presto» aveva detto, sorridendo.

«Intanto vediamo se viene» aveva detto Bordelli, che ci sperava davvero.

Cammina cammina, era arrivato vicino a Santa Croce, e pensò di fare un salto da Rosa, come ormai gli capitava abbastanza spesso. Voleva anche dare un'occhiata al palazzo di fronte, nella speranza di riuscire a scorgere il milanese. S'infilò nel portone, che aveva la serratura mezza rotta e restava sempre accostato, e salì fino in cima. Bussò alla porta. Rosa gli aprì senza nessuna fretta, come al solito, e appena lo vide gli tappò la bocca e gli fece l'occhiolino, accennando alla presenza di qualcuno. Bordelli le chiese con lo sguardo chi fosse, e lei rispose solo muovendo le labbra in modo esagerato, senza emettere alcun suono... *La tua fidanzata...* Bordelli era incredulo e imbarazzato, stava quasi per andarsene, ma Rosa lo prese per una mano e se lo trascinò dietro.

«Cara, guarda un po' chi c'è.» Quando entrarono nel salottino, Eliana si alzò sorridendo e andò a dare un bacio sulle labbra al suo uomo.

«La tua amica mi ha invitato a pranzo, così almeno ti vedo» disse, alludendo alla sera prima.

«L'ho incontrata qua sotto, e così...» disse Rosa, contenta. Il piccolo tavolo accanto alla finestra era già apparecchiato.

«Be', siete tra donne, è meglio che vada.»

«Ma no sbirro, resta anche te... Vado a prendere un altro piatto» disse Rosa, e se ne andò in cucina ancheggiando sulle sue pantofoline con il tacco e il piumino marabou.

«Ma quanto è bella questa casina... La adoro...» disse Eliana, guardandosi intorno.

«Piace molto anche a me.»

«Mi ha detto che vieni spesso a trovarla.»

«È solo un'amica» disse Bordelli.

«Non sono gelosa, non ti preoccupare... Non di Rosa...

Lei è così... come dire?» Mentre cercava la parola apparve Rosa.

«Sono così come?»

«Non trovo la parola giusta...» disse la fidanzata dello sbirro.

«Spero che non sia... puttana.»

«Ma no, stavo cercando in tutt'altra direzione» disse Eliana, ridendo.

«Sai perché non trovi la parola, fringuella mia? Perché non esiste, deve essere ancora inventata» disse Rosa.

«Forse hai ragione...»

«Chissà quando nascerà il poeta capace di trovare la parola giusta per me... Ci mettiamo a tavola?»

«Dove mi siedo?» chiese Bordelli.

«Nel mezzo» ordinò Rosa.

«Non mi oppongo.»

«Ma i bignè di Castaldini?»

«Non sapevo di venire qua...»

«La prossima volta se non li porti non ti faccio entrare» disse Rosa. Andò a prendere un vassoietto con gli antipasti e si sedettero a tavola.

«Che buono... Cos'è?» volle sapere Eliana, e le due giovani donne si misero a parlare di cucina e di ricette. Si sorridevano come se fossero amiche da sempre. Bordelli le guardava, affascinato. Erano così differenti... eppure per certi versi si somigliavano, anche se era difficile scoprire in cosa. Poi le due grazie cominciarono a parlare d'altro... Si divertivano... Bordelli parlava poco, soprattutto ascoltava e osservava, però non si sentiva un intruso, era piuttosto uno spettatore... La mora e la bionda, giovani, fresche, piene di vita... Non aveva mai visto Eliana così allegra... Rosa era una bambina incontenibile, le piaceva raccontare... Aveva cominciato a lavorare nell'autunno del '43 nei campi militari degli Alleati, e dopo la guerra era approdata alle case di tolleranza...

«Avevo un cliente, un paio d'anni fa... uno di quelli affezionati che tornano ogni settimana, stesso giorno, stessa ora... un signore distinto, mi sembra che lavorasse in banca... mi parlava di sua moglie, si lamentava che 'in quelle cose' la sua signora fosse assai noiosa... diceva sempre 'quelle cose', oppure 'quelle certe faccende'... era buffissimo... quando si spogliava piegava tutto per benino e lo riponeva sopra una sedia... poi veniva sul letto, e 'in quelle cose' riusciva a lasciarsi andare, diceva frasette irripetibili, sembrava un ragazzino scappato dal collegio che può finalmente sfogarsi... e insomma, mi parlava continuamente di sua moglie, di quanto a letto fosse legnosa... allora gli dissi... Caro Ciribibbi, perché non insegni tu alla tua cara moglie a fare certe altre cosine? Magari si diverte anche lei... perché non provi? Lui all'inizio scuoteva il capo... ma figuriamoci, la mia signora... certe cose... mai e poi mai... si scandalizzerebbe... è cresciuta in una famiglia di bacchettoni... uno zio prete... ma io insistevo, gli suggerivo in che modo cucinare i discorsi per sua moglie... piano piano, a fuoco lento, con gentilezza, con mezze frasi, allusioni, tittittì, un passettino per volta... (*Eliana la guardava con il sorriso sulle labbra, divertita e affascinata*) Lui diceva no no no, ma poi senza dirmi nulla ci provò davvero, a insegnare quelle cosine alla sua signora... mamma mia, fu un successo strepitoso, del tutto imprevedibile... sua moglie, mi disse, si era appassionata, stava diventando una regina di quelle 'certe faccenduole'... (*Eliana batté addirittura le mani e ridendo disse... Oplà!*) E una sera lui venne a dirmi che non sarebbe più tornato, ormai quello che cercava da me ce l'aveva a casa sua... Per ringraziarmi mi aveva portato un regalo, due bellissimi orecchini d'oro, costosissimi, che quasi ho paura a mettermi... Che tenero, sono davvero contenta per lui... Vuoi un'altra polpettina, topina mia? Ecco qua... E te, sbirraccio? Be', da come mi hai guardata, o vuoi spogliarmi o vuoi tre polpette... Ma sì, ma sì, prendile, dai che devi crescere... Un'altra volta ho provato a fare la stessa cosa con un cliente molto giovane... un avvocatino magro magro, che ogni tanto dopo aver consumato si metteva a piangere tra le mie braccia... O erano le mie gambe? Oh oh, scusate la battuta... Insomma questo mingherlino veniva da me un paio di volte al mese, senza regola, e ogni tanto mi diceva con un sorriso triste che sua moglie a letto era uno stoccafisso... Allora ci provai anche con lui, gli dissi cosa poteva fare, cosa poteva dire a sua moglie... Lui mi diede retta, poveretto, ma la moglie lo prese a ceffoni gridando che non era una puttana da bordello, che quelle cose sporche le facevano le donnacce... Insomma, non tutte le ciambelle riescono col buco, come si dice... »

« Posso farti una domanda? » disse Eliana, ancora sorridendo per quegli aneddoti divertenti e anche per il modo che Rosa aveva di raccontarli.

« Dimmi, passerotta. »

« Ma non ti fa senso andare a letto con uomini che non conosci... magari brutti, vecchi, sgradevoli? »

« Non ci vado mica a letto, cara micetta. »

« Cioè? »

« Sono loro che vengono a letto con me, io faccio finta. »

« Ah... » disse Eliana, poco convinta. Rosa rimase in silenzio per qualche secondo, immobile, poi si nascose il viso nelle mani e scoppiò a piangere, singhiozzando, e le sue unghie rosse sembravano una corona di sangue.

«Rosa... no... dai... scusa...» disse Eliana alzandosi, e con le lacrime agli occhi andò ad abbracciarla. Bordelli guardava la scena ammutolito, senza sapere cosa fare. Di fronte alle donne che piangevano non sapeva mai cosa fare, aveva sempre paura di sbagliare, anzi sbagliava. Eliana si sentiva in colpa per quel pianto, e cercava di consolare la sua nuova amica... A un tratto Rosa alzò il viso, e stava sorridendo.

«Ma... allora...» Eliana era sbalordita, e Bordelli anche.

«Passerotta, volevo spiegarti meglio quello che dicevo poco fa...»

«Cioè?» Adesso Eliana sorrideva, lo stupore si era trasformato in divertimento e curiosità.

«Quando un'attrice piange sulla scena, tutti si commuovono perché sta piangendo... ma non piange mica davvero.»

«Comincio a capire...»

«Quando un cliente viene a letto con me, crede di venire a letto con me, ma va a letto con un'attrice, con una donna che recita una parte... Non sono mica io, anzi, io sono chissà dove, di certo non in quel letto... E loro sono con una specie di copia di me stessa, una bambola che sembra Rosa ma non lo è nemmeno per sogno... Ecco fatto.»

«Be', sono davvero ammirata.»

«Andiamo avanti... Un bel caffè, sbirro?»

«Lo prendo fuori, devo scappare» disse Bordelli, alzandosi. Un baciamano a Rosa, un bacio sulla bocca a Eliana, e se ne andò portandosi dietro la bella sensazione di avere imparato un sacco di cose. Trottò giù per le scale e s'incamminò a passo svelto verso la questura. In quella situazione aveva preferito non rompere le scatole con la faccenda del milanese, e aveva evitato di chiedere a Rosa di affacciarsi dal terrazzino.

Era stato un pranzo davvero divertente, e tra una polpetta, un bicchiere di vino e una fetta di torta si era innamorato ancora di più di Eliana, che lo aveva sorpreso con il suo modo di fare. Sapeva che lei era una ragazza piuttosto moderna, ma non si aspettava proprio di scoprire che fosse libera fino... fino a quel punto. Forse era colpa dei genitori di lei, o di un pregiudizio che lui non sapeva di avere, ma aveva sempre dato per scontato che Eliana non fosse capace di vivere certe cose. Se prima di quel giorno gli avessero detto che la sua fidanzata avrebbe pranzato con una prostituta, addirittura ascoltando i suoi racconti sui clienti, e con quel sorriso negli occhi, avrebbe detto che non stava né in cielo né in terra. Ma bisognava anche dire che Rosa non era una prostituta qualsiasi, e nemmneo lui avrebbe mai immaginato di stare così bene in compagnia di una donna che faceva quel mestiere...

«Pronto signorina, per favore vorrei la questura di Milano.»

«Attende o la richiamo?»

«Aspetto, grazie.»

«Prego, ci provo subito...» Cloc... Bzzz... un minuto... due minuti... tre... quattro... Bzzz... Clac...

«Signore, c'è ancora?»

«Sono qua.»

«Un attimo di pazienza, le linee sono occupate... Attende o la richiamo?»

«Aspetto.»

«Va bene, provo ancora...» Clac... Bzzz... altri minuti che passavano... Clac...

«Signore, è in linea?»

«Sì...»

«Le passo Milano.»

«Grazie...» Clac... Bzzzzzzzz... Cloc...

«Questura di Milano, chi parla?» Un accento che più calabrese di così non si poteva.

«Buonasera, sono il vice commissario Bordelli, chiamo da Firenze...»

«Sì, mi dica dottore.»

«Ecco... sto conducendo un'indagine su un individuo sospetto... potrebbe essere un evaso... so che è di Milano, cioè ha l'accento milanese... vorrei parlare con qualcuno che... che sappia darmi una lista degli eventuali evasi e dei ricercati in Lombardia...»

«Non so, dottore... Provo a passarle la Mobile...»

«Va bene, grazie.»

«Mi dia un minuto.» Clac... Di nuovo quel fruscio di sottofondo... minuti che passavano... lunghi, molto lunghi... Se non sapeva quanto doveva aspettare, il tempo passava con una lentezza snervante... Aveva voglia di riattaccare, ma s'imponeva di essere paziente... Cloc...

«Squadra Mobile...» Accento siciliano.

«Buonasera, sono il vice commissario Bordelli, chiamo da Firenze...»

«Guardia scelta Pignatone, mi dica dottore.»

«Mi sto occupando di un'indagine un po' particolare... un individuo sospetto, certamente milanese... potrebbe essere un evaso, o un ricercato... vorrei parlare per favore con qualcuno che possa darmi informazioni precise sugli evasi e sui ricercati della vostra regione.»

«Sono informazioni riservate... Mi scusi, come faccio a sapere se lei è davvero un commissario?»

«Vice...»

«Come ha detto che si chiama?»

«Franco Bordelli... Telefoni lei alla questura di Firenze e chieda di me...» disse Bordelli, un po' spazientito.

«Non si arrabbi, dottore... Lei farebbe lo stesso...»

«Sì, certo... Allora riattacchiamo, mi chiami subito per favore.»

«Mi dia un minuto, devo uscire in pattuglia, avverto uno dei miei superiori.»

«Faccia presto, per favore.»

«Il tempo che ci vuole dottore, abbia pazienza.»

«Può dirmi i nomi dei suoi superiori? Non si sa mai, se poi non richiama nessuno...»

«Lo dirò al vice brigadiere Chiacchiarelli e al brigadiere Rotella.»

«Bene, aspetto.»

«Abbia pazienza» disse ancora la guardia, e mise giù. Anche Bordelli riattaccò, sperando di essere richiamato presto. Non doveva fare troppo chiasso con quella richiesta di informazioni, non stava conducendo un'indagine ufficiale, e se fosse venuto a saperlo il questore Rossano... *Bordelli, che ci mettiamo a fare? I lupi solitari? Esistono le gerarchie, gli incarichi, le direttive... S'immagina cosa succederebbe se in questura ognuno facesse come gli pare? C'è un sospettato? Bene, venga a parlare con me e vediamo come procedere, se è una faccenda degna di considerazione, se ci sono degli indizi seri...* Ma perché da Milano non telefonavano? Com'è che si chiamavano i superiori di Pignatone? Sì, ecco... Rotella e Chiacchiarelli... Non erano certo dei longobardi... Se entro cinque minuti non arrivava la telefonata richiamava lui... Non era facile spiegare bene al telefono cosa stava cercando e soprattutto come mai... Forse doveva chiedere di parlare con un commissario che si occupava di omicidi? Però doveva farci due chiacchiere confidenziali, senza sollevare troppa polvere, perché se il questore... *Come dice, Bordelli? Si è messo a caccia di quel milanese per i sospetti di una prostituta? Dio mio Bordelli, ma che mi combina? È così che fa il suo lavoro? Mi meraviglio di lei... So bene che è un ex comandante del San Marco... Ma qui non siamo in guerra, non ci sono i nazisti... Si dia una controllata, Bordelli...* Niente, non richiamavano... Ancora cinque minuti, solo cinque... Si mise a camminare su e giù nel poco spazio libero tra le due scrivanie, fumando e scuotendo il capo... Forse era meglio fare un salto a Milano? Be', un salto non da poco, porca miseria, una bella sgropponata, quattro o cinque ore di treno per andare e quattro per tornare, era già stanco solo a pensarci... Ma forse era l'unico modo per avere le informazioni che cercava. Avrebbe chiesto un permesso per motivi personali e se ne sarebbe andato alla questura di Milano senza dire nulla a nessuno... Dov'è che aveva messo l'orario dei treni? Si mise a cercare nei cassetti, ormai deciso a partire, e finalmente lo trovò. Sarebbe partito la mattina molto presto in modo da riuscire a tornare in serata, magari anche tardi... Ecco, c'era un treno che partiva da Santa Maria Novella alle 6.50 e arrivava a Milano alle 11.55, avrebbe preso quello... e per il ritorno... ce n'era uno alle 15.30 che arrivava a Firenze alle 18.59, oppure c'era quello delle 19.25 che arrivava alle 00.33... Ma poteva anche rimanere a dormire a Milano, e la mattina dopo sarebbe andato in giro per la città a vedere i quartieri che non erano stati ancora ricostruiti, a toccare con mano le ferite della guerra... Ma la cosa più importante era un'altra: se gli avessero detto che non c'era nessun evaso e nessun ricercato? A quel punto dove diavolo sarebbe andato a sbatt... Squillò il telefono, e lo afferrò prima ancora del secondo trillo...

«Sì?»

«Dottore, una chiamata dalla questura di Milano, cercano il vice commissario Tortelli, ma immagino che sia lei.»

«Passamela.»

«Subito...» Dopo i soliti rumori, ecco una voce del profondo Sud.

«Pronto? Dottor Tortelli?»

«Bordelli... Franco Bordelli...»

«Scusatemi dottore, con questi telefoni non si capisce niente.»

«Non importa.»

«Sono il brigadiere Rotella, mi ha detto Pignatone di chiamarvi.»

«Buonasera... sì...»

«Ditemi pure.»

«Non è facile da spiegare...»

«Vi ascolto, dottore.»

«Ecco... Per un'indagine che sto svolgendo avrei bisogno di parlare con qualcuno che possa dirmi se al momento in Lombardia ci sono dei ricercati, magari anche degli evasi...»

«Dottore, state parlando con la persona giusta.»

«Oh, magnifico...»

«Dunque... Al momento abbiamo tre ricercati. Un ragazzo che ha spaccato due denti a un rivale in amore, e devo dire che la signorina meritava, due gambe che non vi dico... »

« Gli altri due? » chiese Bordelli, impaziente.

« Sì, scusate... Uno è un greco che ha sottratto l'incasso a due tassisti, un tipo che conosciamo bene, era appena uscito dal carcere... »

« E poi? »

« Il terzo ha rapinato un ufficio postale con un coltello. È stato riconosciuto, è un malvivente dell'Ortica... »

« Ortica? »

« È un quartiere di Milano, dottore. »

« Ah, capito... E mi dica, ci sono state evasioni negli ultimi mesi? »

« Ah sì, sono scappati in due, ma non insieme. La notte di capodanno è evaso un vecchio falsario, non gli mancava troppo a finire la pena. Nessuno capisce come ha fatto, la sera era nel suo letto e la mattina dopo non c'era più, e a quell'età non è facile fare certe acrobazie... »

« Quanti anni ha? »

« Più di settanta. »

« E l'altro? »

« L'altro è evaso in agosto, un tipo piuttosto pericoloso. »

« Milanese? »

« Sì, milanese... »

« Come si chiama? »

« Gaspare Bragoni. »

« Mi parli di questo qui, per favore. » Che fosse proprio lui?

« È riuscito a fuggire con addosso la divisa rubata a un secondino, dopo averlo ucciso... Si avvampava di caldo, erano tutti un po' rimminchioniti... »

«Era dentro per cosa?» chiese Bordelli, con una sigaretta in bocca e la penna in mano.

«Aveva messo in piedi un modo davvero cattivo per rapinare le banche. Si camuffava, e con una scusa riusciva a farsi aprire la porta di casa del direttore di una banca, prendeva in ostaggio la moglie, se c'erano anche i figli, poi telefonava al poveretto e gli diceva che se non portava i soldi gli sterminava la famiglia. Un tipo violento, che non esitava a picchiare i bambini e a molestare le loro mamme.»

«Che stronzo...»

«Una volta ha preso a calci due bimbe per riuscire a chiuderle dentro il bagno, poi è saltato addosso alla giovane moglie del direttore per violentarla, e quando lei ha cercato di resistere l'ha picchiata a sangue, per poco non l'ammazza.»

«Un vero gentiluomo» commentò Bordelli, con un brivido sulle braccia. Gli sarebbe piaciuto averlo tra le mani. Sperava davvero di aver trovato l'uomo che cercava, ma non voleva farci la bocca. Doveva stare calmo e cercare di avere più informazioni possibili.

«Quante banche ha derubato?»

«Sette.»

«L'avete arrestato voi o i carabinieri?»

«Noi, noi...»

«Come avete fatto a prenderlo?»

«La moglie di uno dei direttori ha riconosciuto la sua voce alla Standa di via Torino, è riuscita a mantenere la calma e ha chiamato la questura, una decina di nostri mezzi sono andati dritti alla Standa, una cinquantina di uomini, abbiamo circondato l'isolato...»

«C'era anche lei?»

«Purtroppo no, ero dall'altra parte di Milano, me lo hanno raccontato.»

«Si ricorda se una delle banche era la Commerciale?»

«Sì, almeno tre filiali erano di quella banca, perché me lo chiedete?»

«Niente, niente... Mi dica un po', Bragoni ha una condanna definitiva?»

«Solo di primo grado, gli avevano dato trent'anni... Aspettava l'appello.»

«Lei lo ha visto di persona?»

«No, solo sul giornale» disse il brigadiere.

«Quanti anni ha? Me lo può descrivere?»

«Una trentina d'anni... Il capo tondo, senza capelli, gli occhi da bastardo... Non saprei dirvi altro, non so se è basso o alto, ciccione o magro oppure normale.»

«Come faccio ad avere le fotografie segnaletiche e la scheda con le generalità?»

«La solita procedura, dovete inviare una richiesta all'Uff...»

«Ci vorrebbe troppo tempo... Le chiedo un favore, Rotella. È una faccenda urgente, forse ho individuato Bragoni.»

«Nooo! Dove?»

«Aspetti, voglio prima essere sicuro... Non ne parli con nessuno, mi raccomando. Se davvero è lui e per puro caso viene a saperlo, scappa chissà dove.»

«Va bene, dottore. Muto, sono.»

«Dovrebbe trovare il modo di inviarmi al più presto una copia delle fotografie e della scheda in una busta a mio nome, qui alla questura di Firenze, ma senza dirlo a nessuno... Se mi fa questo favore le farò intitolare una piazza.»

«Mi accontento di una stradina, dottore. Sentite come suona bene... Via Gerlando Rotella.»

«Bellissimo... Posso contare su di lei?»

«Va bene dottore, anche se non si dovrebbe fare.»

«Se catturo Bragoni, dirò che il merito è anche suo.»

«Troppo buono...»

«Senta, forse è meglio se le foto le manda a casa mia, ha da scrivere?»

«Ho un'idea migliore.»

«Mi dica.»

«Quando ho la busta vado alla stazione, la consegno al capotreno del convoglio che va a Firenze, poi vi chiamo e vi dico il numero del treno. Di certo arriva prima.»

«Benissimo, allora facciamo così. Aspetto la sua telefonata... spero prestissimo.»

«Ce la metto tutta, dottore.»

Non restava che aspettare, sperando che il brigadiere Rotella mantenesse la promessa e facesse presto. Nel frattempo poteva dedicarsi a quello che passava il convento, ad esempio alla banda che stava rubando a man bassa nelle chiesine di campagna intorno a Firenze. Non era il solo a occuparsi di quella vicenda, ma per adesso nessuno aveva fatto passi avanti. Lui doveva ancora andare a parlare con certi amici, più o meno suoi informatori personali, un contrabbandiere di sigarette e un fabbricante abusivo di grappa, che in cambio di un occhio chiuso buttavano lì mezze frasi assai utili, ma solo quando il delinquente di turno commetteva «atti impuri», cioè reati che non rientravano nel loro codice di comportamento, come gli usurai, gli sfruttatori di donne, quelli che derubavano i poveracci, e via dicendo. Se il malvivente «impuro» era uno di San Frediano, la faccenda diventava più complicata, e si cercava di regolarla all'interno del quartiere, con le buone o con le cattive.

Squillò il telefono, e la guardia del centralino disse che lo cercava una signorina. Era Eliana.

«Amore, ti disturbo?»

«Figurati... dimmi...»

«Volevo dirti che più tardi vado a Palazzo Strozzi a vedere una mostra, perché non vieni con me?»

«Che roba è?»

«La collezione di arte contemporanea di una miliardaria americana, Peggy Guggenheim.»

«Sì, ho letto qualcosa.»

«Ieri c'è stata l'inaugurazione, ma detesto la folla.»

«Pensi che possa piacermi?» chiese Bordelli.

«Se non ti piacciono i quadri, ti piacerò almeno io.»

«Potrebbe essere...»

«Dopo possiamo andare a cena, o anche stasera devi salvare il mondo?» disse Eliana.

«Stasera sono libero, almeno per il momento.»

«Ci vediamo alle sei davanti all'ingresso del palazzo?»

«Aggiudicato.»

«Ciao bugiardo.»

«Aspetta...»

«Che c'è?»

«Nulla, ero curioso di sapere una cosa.»

«Sentiamo...»

«Quando mi hai visto in Santa Croce con Rosa e hai tirato dritto...» Si fermò.

«Be'?» disse Eliana.

«Cos'è che ti ha detto lei per farti tornare il sorriso?»

«Non ti aspetterai che te lo dica...»

«Ah no?»

«Non ci penso nemmeno.»

«Ho capito, va bene... A tra poco...»

«Ciao curiosone» disse Eliana, e riattaccò. Bordelli rimase con il telefono in mano, e sorrise. Non avrebbe mai saputo cosa aveva detto Rosa a Eliana per trasformare la sua stizza in dolcezza, doveva rassegnarsi a immaginare, senza alcuna speranza di venirne a capo... Ma a dire il vero gli piaceva, quella complicità femminile che lo teneva fuori dal giardino delle ragazze. Bene, faccenda archiviata. Adesso doveva pensare all'appuntamento con Eliana e alla mostra. Distrarsi un po' era proprio quello che gli ci voleva. Agli informatori avrebbe pensato il giorno dopo, anche se il suo sesto senso gli diceva che sarebbe stato del tutto inutile.

Erano le cinque e un quarto, aveva tutto il tempo di fare un salto a casa per lasciare la bicicletta e andare a piedi alla mostra. Montò sul suo cavallo di ferro e si avviò lungo via San Gallo pedalando senza fretta. Ormai era convinto che il milanese fosse proprio l'evaso di San Vittore, e con le fotografie segnaletiche avrebbe avuto la prova definitiva. Ma per quel giorno non voleva più pensarci, e tornò a riflettere sui furti nelle chiesette. Sapeva bene che non sarebbe stato facile mettere le manette a quei delinquenti. Colpivano ogni tanto, a notte fonda, anche a decine di chilometri da Firenze, in aperta campagna. L'unico modo era avere a portata di mano la lista degli oggetti rubati e cercare di far parlare qualche ricettatore, ma se l'oro veniva fuso era davvero difficile seguire le tracce della refurtiva. Anche in questo caso ci voleva un po' di fortuna, come sempre.

Attraversò il centro, oltrepassò il ponte alla Carraia,

voltò in Borgo San Frediano e poi in via del Leone. Il bello della bicicletta era che si poteva andare in senso vietato, nessuno ti diceva nulla. Si fermò prima di piazza Piattellina, aprì il portone e sollevò la bicicletta per portarla fino al terzo piano. Era un'operazione piuttosto faticosa, ma non voleva rischiare di non ritrovarla. Di certo nessuno del quartiere gliel'avrebbe mai rubata, ma la notte poteva anche passare qualcuno di un'altra zona.

Già che c'era si dette una sciacquata e si cambiò la camicia. Uscì a piedi, contento di vedere Eliana. In fondo a via del Leone si affacciò dentro la bottega di Leopoldo.

«Ciao, il ragazzo si è visto?»

«Sì, Aldo è venuto stamattina» disse il falegname, sorridendo dentro il suo barbone.

«Ah, e com'è andata?»

«Sembra bravo con le mani...»

«Eh già, le borsette le sa strappare bene» disse Bordelli.

«È sveglio, impara presto.»

«Come mai non è qua?»

«L'ho mandato via a metà pomeriggio, lo vedevo parecchio stanco.»

«Spero davvero che smetta di fare il coglione.»

«Vedremo...» disse Leopoldo.

«Grazie, ripasso nei prossimi giorni.»

«Ciao sbirro» disse il vecchio, alzando una mano. Bordelli se ne andò lungo Borgo San Frediano, salutando con un cenno qualche altro artigiano che conosceva. Quando sbucò in piazza Sauro, invece di voltare verso il ponte alla Carraia proseguì in via Santo Spirito. Andò ad attraversare l'Arno sul ponte Bailey che correva sopra le macerie del ponte Santa Trinita, ancora in fase di progettazione. Ogni volta che camminava su quel ponte cercava di immaginare il momento in cui era venuto giù, i boati delle mine tedesche che non aveva avuto il dolore di sentire...

« Allora? Cosa ne pensi? » gli sussurrò Eliana all'orecchio, tenendolo a braccetto.

« Non so cosa dire, sono un po' disorientato » disse Bordelli con un filo di voce, anche se in realtà non c'era quasi nessuno.

« Forse è proprio quello che questi pittori volevano suscitare. » Erano nel sotterraneo di Palazzo Strozzi, lo chiamavano *La Strozzina*, scavalcando e ignorando il significato comune di usuraia. Durante la guerra quello spazio era stato usato come rifugio antiaereo, adesso era stato rimesso a nuovo per ospitare mostre d'arte, e quella era la prima. Bordelli cercava di osservare le opere con lo sguardo libero.

« Sento che dietro questi colori si nasconde qualcosa di... Be', non so trovare le parole. Lo sai quanto mi piacciono gli impressionisti, e quanto adoro Cézanne anche se dipinge un fico buttato sopra un tavolo. » Via via leggeva i nomi dei pittori... Delaunay... Miró... Ernst... Pollock...

« Sono sicura che molti di questi artisti si sono cibati degli impressionisti e di Cézanne, poi però hanno preso strade diverse » disse Eliana.

« Per adesso devo ammettere che non ci capisco nulla » disse lui. Ma era vero che percepiva una forza dirompente dietro a quelle forme per lui assurde, a quella moltitudine di colori scomposti, a quei corpi umani spezzettati, a quelle figure che nulla avevano di figurativo... Braque... Léger... Severini... Kandinskij...

« Sento che mi feriscono » aggiunse lei, incantata.

«Alcuni mi sembrano davvero bellissimi, anche se incomprensibili. E a dirla tutta, quasi mi angosciano.»

«Addirittura...»

«Non trovo appigli... Mi è difficile scovare in queste figure una rappresentazione del mondo.»

«L'arte è più veloce del mondo» gli suggerì Eliana.

«Cosa vorresti dire?»

«Non saprei...» Stava sorridendo, ma si vedeva che era affascinata da quelle opere... Brâncuşi... Matta... Rothko...

«Prima o poi riuscirò a capire questa roba, ma mi ci vuole tempo» bisbigliò Bordelli, continuando a esplorare le opere... Balla... Baziotes... Motherwell...

«Forse rappresentano il mondo che ci aspetta» disse Eliana, soffermandosi davanti a una tela di Kandinskij.

«O forse ci raccontano lo sfacelo che abbiamo appena vissuto, e magari è per quello che... Voglio dire... La guerra è finita ieri l'altro, poco fa ho attraversato l'Arno sulle macerie del ponte Santa Trinita... Ho ancora davanti agli occhi violenza e distruzione, e ritrovarla in un quadro mi mette a disagio, mi suscita amarezza, forse anche disgusto... Ma non per il quadro, solo per quello che mi costringe a sentire, a pensare... Una sensazione al tempo stesso bella e brutta... Oddio, non so più quello che dico.»

«No no, ho capito benissimo» disse Eliana, sempre sorridendo.

«Non prendermi in giro.»

«Dimenticavo... Stanotte dormo da te.»

«Non lo sapevo.»

«Adesso lo sai.» Eliana era una ragazza che mal sopportava le costrizioni. Con Bordelli aveva perso con gioia la sua verginità, ma i suoi genitori non lo immaginavano nemmeno, e prima di allora non era mai rimasta a dormire fuori casa.

«E con i tuoi come fai?» chiese lui.

«Ho trovato un'amica che mi regge il gioco.»

«Ah, ecco.»

«Ce lo reggiamo a vicenda, anche lei sta con un quarantenne.»

«Guarda che io devo compierne ancora trentanove.»

«Quanto sei pignolo...» Si avviarono verso l'uscita, verso la cena e verso una notte insieme.

«E se la mamma ti scopre?»

«Affronterò il processo» disse lei, ridendo.

«Non amo i sotterfugi, ma come faccio a dirti di no?»

«Non puoi dirmi di no, è da tanto che sogno di dormire con te.»

«Sembra quasi la frase di un'innamorata.»

«Figurati, voglio solo divertirmi» disse Eliana, stringendosi a lui. E appena sbucarono in via Tornabuoni si mise a canticchiare a bocca chiusa *La vie en rose*.

La mattina dopo alle otto e mezzo Bordelli stava già camminando sui marciapiedi sconnessi di San Frediano. Voleva parlare con i suoi amici informatori per quella faccenda dei furti nelle chiese. Quando era uscito di casa, Eliana era rimasta a letto a dormicchiare, spossata, e lo aveva salutato con un sorriso. Quella mattina alle dieci lei aveva una lezione all'università, ma avevano dormito poco e chissà se ci sarebbe andata.

Bordelli pensava a quella notte e sorrideva. La bella Eliana era stata più fantasiosa del solito, anche un po' sfacciata, aveva preso iniziative divertenti, gli aveva chiesto alcune cosette un po' speciali, che prima di allora non gli aveva mai chiesto, e lui aveva obbedito con piacere, pensando che probabilmente in quella simpatica evoluzione c'era lo zampino di «qualcuna». Ma ovviamente non aveva detto nulla a Eliana, certe cose non si potevano e non si dovevano dire.

Imboccò via della Chiesa e poco dopo entrò nell'antica bottega del Sego, un vecchio fabbro con una benda sull'occhio che non aveva chiuso nemmeno durante l'occupazione.

«Ciao Sego, passavo di qua...»

«Ciao sbirro.»

«Come va?» disse Bordelli, richiudendo la porta.

«Non c'è malaccio.»

«Si può fare o ripasso?»

«Vieni vieni.» Il Sego mollò l'attrezzo che aveva in mano, si tolse dal collo la catenella con la chiave del retrobottega e aprì la porticina. Bordelli lo seguì lungo un corridoio così stretto che ci si doveva mettere di sbieco. Arrivarono in fondo, scesero delle scalette e si ritrovarono in uno stanzino seminterrato, due metri per due. Una lampadina fioca appesa a un filo, due sedie e una cassapanca. Si sedettero, e Bordelli tirò fuori il portafogli.

«Volevo qualche americana.»

«Miste va bene?»

«Sì sì...»

«Quanti pacchetti?»

«Una decina.»

«Faccio io?»

«Sì, grazie» disse il vice commissario. Di solito fumava le Alfa, le Macedonia, a volte le Serraglio, ma ogni tanto si permetteva delle americane, quando le trovava di contrabbando. Il Sego aveva già aperto la cassapanca e ci stava rovistando dentro con una mano. Contò dieci pacchetti... Lucky Strike, Chesterfield, Camel, Philip Morris, e li mise in una busta di carta.

«Le ho pagate di più, ma dammi pure il solito.»

«Non preoccuparti, Sego, fammi il prezzo che fai a tutti.»

«Novecento, fatto bene.»

«Grazie... Senti un po', per caso ti è arrivata all'orecchio qualche voce su quei bravi ragazzi che rubano nelle chiese di campagna?»

«Ho capito di cosa parli, ma non ne so nulla. Secondo me vengono da un'altra regione.»

«Ci ho pensato anch'io... Comunque se senti qualcosa sai dove trovarmi» disse Bordelli, alzandosi.

«Va bene, ma la vedo dura.» Tornarono in bottega, e dopo una stretta di mano il vice commissario se ne andò. Tornò in piazza Tasso, arrivò fino all'angolo opposto e voltò in via di Camaldoli. Arrivò quasi all'angolo di via dell'Orto, s'infilò in un portoncino aperto e salì le scale fino al secondo piano, che era anche l'ultimo. Bussò alla porta, ma non come avrebbe fatto chiunque... Tre colpi in fila, poi un colpo isolato, e altri tre in fila. Passò qualche secondo, e di là dalla porta si sentì una voce femminile.

«Chi è?» Ma non era una donna, Bordelli lo sapeva bene.

«Baco, sono io... Bordelli» mormorò. La porta a quel punto si aprì, e apparve il Baco, che a sessant'anni ne dimostrava meno di cinquanta. Magro come uno stecco, due occhi giovanili da bestia inseguita.

«Ciao Franco, brutte notizie?» Sembrava sempre un po' arrabbiato, ma era solo apparenza.

«No no, stai tranquillo.» Entrò in casa e seguì il Baco in cucina. In un angolo della stanza, i ripiani di uno scaffale erano pieni di bottiglie di grappa proibita, e altre erano sul pavimento. La sua rudimentale distilleria era in una capanna di legno sulle colline tra il Galluzzo e Scandicci, non distante dall'antica pieve di Giogoli.

«Vuoi una bottiglia? Ti faccio un buon prezzo.» Aveva voltato la napoletana sul piano di marmo del tavolo e stava aspettando che scendesse il caffè.

«No, grazie. Sono passato a salutarti.»

«Lo so bene come mai... Ma non so nulla di quei ladracci, mi dispiace.»

«Ti sei fatto un'idea?»

«Nessuna. Di certo non sono venuti a vendere qui da noi, l'avrei saputo.»

«Eh già...»

«Niente, nessuno ne sa nulla.»

«Be', se per caso...»

«Certo, non dirlo nemmeno. A me chi ruba in chiesa... gli taglierei le mani» disse il Baco, e se non fosse stato in casa avrebbe sputato per terra.

«Ma non eri comunista?»

«E allora?»

«Certo, certo...»

«Sono dei coglioni, vedrai che li becchi.»

«Lo spero...» disse Bordelli, senza crederci troppo.

«Ti va un caffè?» chiese il Baco, togliendo la napoletana dalla piastra per rovesciarla.

«Vado, grazie.»

«Ti accompagno...» Sulla soglia si strinsero la mano e Bordelli se ne andò giù per le scale, pensando di nuovo alla bella notte che aveva passato con Eliana.

*

«Ciao Rosa...» disse Bordelli, appena lei aprì la porta.

«Ehi sbirro, non sarai mica innamorato di me?» disse lei, baciandolo sul naso.

«Ti dispiacerebbe?»

«Eh sì, la tua fidanzata è meravigliosa.»

«Lo so, lo so...»

«I miei bignè?»

«Scusa ma vengo da casa... Quando passo a trovare i miei, giuro che vado da Castaldini» disse Bordelli, che comunque si era dimenticato della promessa. Era troppo preso dalla faccenda del milanese.

«Ti perdono anche questa volta... Vuoi un caffè?»

«Ma sì, grazie.» Si sedette sul divano.

«Scommetto che ti va anche un bel massaggino.»

«Figurati se dico di no.»

«Mi sa che ti sto viziando.»

«Cosa ci sarebbe di male?»

«Poi chissà cosa mi chiedi» disse Rosa, ridacchiando e scomparendo in cucina. Bordelli si lasciò andare contro lo schienale. Eh sì, stava proprio bene in quell'appartamentino. Rosa tornò poco dopo reggendo un bel vassoietto con sopra due tazzine, e lo appoggiò sul tavolino.

«Amaro, vero?»

«Sì... Grazie... Stamattina il milanese si è visto?» chiese Bordelli, annusando il suo caffè.

«Un'oretta fa sono andata in terrazza a stendere le mutandine, e l'ho sentito parlare al telefono a voce alta.»

«L'hai anche visto?»

«No, ho sbirciato, aveva la finestra aperta ma non si è affacciato.»

«Posso andare a spiare?»

«Però non farti vedere che guardi.»

«Certo che no.» Bevvero il caffè, poi Bordelli entrò in cucina e oltrepassando le sottovesti rosa uscì sul terrazzino. Faceva freddo, ma c'era un bel sole. Si mise ad ammirare la vista cercando di individuare le chiese e i palazzi. A parte le due prime donne di Arnolfo e Filippo, si vedeva il campanile di Giotto, la Badia Fiorentina, la torre del Bargello... la chiesa di San Filippo Neri... Mancavano all'appello Orsanmichele e le Cappelle Medicee, nascoste dietro altri edifici. Poi si voltò verso l'Arno, verso piazzale Michelangelo, anche se la vista era coperta dal palazzo di fronte, proprio quello dove abitava il milanese, che forse era un pericoloso criminale, o forse no. Per saperlo non doveva fare altro che aspettare la busta del brigadiere. Ma anche se avesse scoperto che quel tipo non era Gaspare Bragoni, sarebbe valsa comunque la pena di fare un controllino. Lui era pur sempre uno sbirro... Se qualcuno si metteva la parrucca e la barba finta, era curioso di capire come mai. Tornò in casa, e trovò Rosa che danzava senza musica, mugolando una canzoncina impossibile da riconoscere... Di certo la Piagnona di Girolamo era più intonata.

«Che ne dici di procedere con il massaggio?»

«Agli ordini, generale!» disse Rosa, facendo il saluto militare.

«Chissà come staresti bene in divisa.»

«Ma certo, sto bene anche con i baffi.»

«Non ne dubito» disse lui, convinto.

«Siediti...» Rosa salì a piedi nudi sul divano, si mise dietro di lui e cominciò a fargli un massaggio al collo. Bordelli chiuse gli occhi dal piacere.

«Dio che bello...»

«Senti qua come sei rigido.»

«Com'è che ti piace fare massaggi?»

«Ho la vocazione della santa.»

«Ah, ecco...»

«Dimmi un po', ma cosa aspetti ad arrestare quel tipaccio?»

«Abbi pazienza, Rosa. Non ho ancora nessuna prova che sia un criminale. Sto aspettando una busta da Milano.»

«Voglio sapere tutto, eh.»

«Certo, certo...»

«E con la tua fidanzata come va?»

«In che senso?»

«A letto, dico» disse Rosa, con aria professionale.

«Be', non dirlo a lei, ma devo confessarti che l'ultima volta mi ha sorpreso.»

«Ah, bene. Si vede che i miei suggerimenti funzionano.»

«Lo immaginavo sai, che ci fosse il tuo zampino.»

«Stare bene a letto fa bene all'amore.»

«Hai ragione, Rosa.»

«Dovrebbero insegnarlo a scuola, caro mio.»

«Potresti provare a scrivere a De Gasperi» disse il vice commissario.

«E chi sarebbe?»

«Be', il presidente del Consiglio...»

«E che sarebbe questo Consiglio?»

«Rosa, ma davvero...»

«Scherzo, bischerino! Mi diverto un sacco, gli uomini ci cascano sempre... Sono contenti di pensare che le donne siano tutte delle oche. A un mio cliente, un professorone, ho fatto credere che non sapevo come nascono i bambini...»

«Oddio.»

«Gli ho detto: chissà che uovo grande fanno le donne... Lui sorrideva tutto contento, e anche parecchio eccitato. Non sapeva mica che era lui a farmi compassione. Sarà anche un professore, ma nel mio letto è un bambino con il moccio al naso.»

«L'enorme potere della donna» commentò Bordelli.

«Non ci vuole mica molto... I maschi hanno il terrore delle donne, poveretti.»

«Devo darti ragione, l'attrazione che proviamo per voi ci fa sentire in pericolo.»

«Per questo vi piacerebbe che il mondo fosse popolato solo da puttane, così le pagate, ci fate quello che vi pare e non vi mettete in competizione» disse Rosa, affondando con forza le dita nel collo di Bordelli.

«Aaah, che bel dolore... Non tutti i maschi sono così, Rosa.»

«Lo so, lo so... Tu sei l'unico uomo degno di questo nome.»

«Ma figurati, ce ne sono molti.»

«No no, pochissimi...»

«Speriamo di no.»

«Sai perché non sei un maschio come tutti gli altri?»

«Sentiamo...»

«Perché sei anche un po' donna. Cioè, sei profondamente virile ma anche femminile... Non so come dirlo.»

«Lo hai appena detto.»

«Sì, ma... Non so se sono soddisfatta.»

«Per me è chiaro.»

«Sai cosa? Per essere veramente virile, un uomo deve essere anche femminile... Ecco, adesso sono contenta.»

«Hai detto la stessa cosa con altre parole.»

«Le parole sono importanti, no?»

«Molto importanti, certo... Ma non smettere, ti prego» disse Bordelli, che stava rinascendo sotto la magia di quelle manine.

«I clienti della Fedora non sono virili, non sono veri uomini, sono maschi e basta. Con quel coso in mezzo alle gambe che li comanda a bacchetta... Sono ridicoli.»

«Immagino...»

«Tu non sei mai andato a puttane?»

«Rosa, le parole sono importanti.»

«Che ho detto?»

«Comunque no, non ci sono mai andato.»

«Non so se crederci, ma se è vero sei l'uomo più bello del mondo.»

«Non mi è mai piaciuta l'idea di pagare una donna, non posso farci nulla.»

«Pensa che è proprio questo che piace, ai maschi che ci vanno.»

«L'idea di essere intercambiabile, e di avere un diritto fisico su una donna solo perché la pago... be', non mi emoziona, lo dico anche in senso fisico, non so se mi sono spiegato.»

«Non ho mai conosciuto un uomo come te.»

«Quelli come me non vanno nelle case di tolleranza.»

«Bugiardo... Non ti ricordi dove ci siamo conosciuti?» disse Rosa, ridendo.

La faccenda dei ladri che rubavano nelle chiese venne risolta per puro caso. Era cominciato tutto un mese prima, ma si venne a sapere solo a cose fatte. Una contadina di Gaville aveva visto fermarsi davanti alla pieve di San Romolo un furgone verde scuro che da quelle parti non era mai passato. Era sceso uno sconosciuto dall'aria strana, e con le mani in tasca aveva camminato fino al cimitero. Da qualche giorno la contadina stava all'erta, perché una settimana prima le erano sparite sette galline. Si era fatta un sacco di domande... Come mai quel tipo non ci era andato con il furgone, fino al cimitero? Chi diavolo era? Di certo non aveva dei morti sepolti in quel camposanto, perché lei conosceva tutti i morti e tutti i loro parenti. E allora? Che ci veniva a fare quell'uomo, a Gaville? La donna aveva detto a sua figlia di quindici anni, che era andata a scuola e sapeva leggere, di prendere la bicicletta e di passare accanto al furgone per prendere la targa, ma per carità senza farsi scoprire. Poi con la targa era andata dai carabinieri di Figline e aveva raccontato ogni cosa. I carabinieri all'inizio non avevano dato troppo peso alla faccenda, ma quando un paio di settimane dopo la pieve era stata saccheggiata dai ladri, ormai famosi per le loro imprese, avevano fatto due più due e avevano immediatamente informato i loro superiori. L'indagine era stata presa in carico da un capitano dell'Arma, e l'operazione era stata diretta in modo impeccabile. Avevano rintracciato la proprietaria del furgone, sposata a un uomo che aveva dei precedenti penali per furto. Avevano seguito l'uomo, avevano individuato i suoi amici, e avevano scoperto che si riunivano in un capannone abbandonato dalle parti di San Donnino, che poi era risultato essere il loro covo e il deposito degli oggetti rubati.

Leggendo *La Nazione*, che sulla vicenda aveva pubblicato un articolo molto dettagliato, Bordelli si complimentava con i carabinieri. Avevano fatto un ottimo lavoro, certo, ma era stato un furto di galline ad accendere la miccia. Il caso a volte era determinante. Anche lui aveva scoperto per puro caso che in via de' Neri abitava un milanese che quando usciva si metteva la parrucca e la barba finta... Se quella sera non fosse andato in via delle Burella alla Casa di Fedora, se non avesse conosciuto Rosa, se non fosse andato a trovarla, se lei non gli avesse parlato di quel tipaccio che viveva nel palazzo di fronte... una sfilza di «se» avevano camminato lungo il sentiero del destino, e meritavano di approdare a una degna conclusione. Eh sì, sperava davvero che la fortuna lo portasse fino all'arresto di quel pericoloso rapinatore e stupratore.

Qualche giorno dopo, verso le dieci e mezzo, squillò il telefono del suo ufficio.

«Dottore, una telefonata per lei dalla questura di Milano.»

«Passamela, grazie» disse Bordelli, e per l'agitazione si alzò in piedi. Dopo i soliti rumori, sentì la voce del brigadiere, anzi quasi un sussurro.

«Dottore, qui è Rotella...»

«Buongiorno brigadiere, ha novità per me?»

«Certo... Sono riuscito a fare una copia di quelle cose.»

«Rotella, non so come ringraziarla.»

«Come vedete, le rotelle girano bene» scherzò il brigadiere.

«A meraviglia...»

«Allora farei così: più tardi vado alla stazione e consegno il plico al capotreno. Avrei individuato il Rapido 525 che parte da Milano alle 12.40 e dovrebbe arrivare a Firenze alle 16.09...»

«Molto bene, Rotella. Ho segnato tutto. Se la faccenda

va come spero, sarà anche merito suo, e lo dirò a chi di dovere.»

«Troppo buono, dottore, troppo buono.»

«Spero di darle presto buone notizie.»

«In bocca al lupo, dottore.»

«Lunga vita ai lupi» rispose Bordelli, che non amava augurare la morte al lupo. Dopo aver riattaccato guardò l'ora, le undici meno un quarto. Doveva aspettare cinque ore. Nel primo pomeriggio poteva fare un salto da Rosa per studiare bene la situazione e organizzare un piano. Era meglio non farsi trovare impreparati. Se scopriva che il milanese era proprio Bragoni, sarebbe passato subito all'azione.

Era impaziente, anche un po' agitato. Uscì in bicicletta e fece un lungo giro arrivando fino a San Domenico, dove andava a pedalare da bambino. Fece una bella sudata, e quando tornò verso la città fu costretto a frenare per via del vento freddo che gli si infilava dentro i vestiti. Si fermò in viale Volta dai suoi genitori, facendo contento Blisk e anche sua mamma.

«Resti a pranzo, vero?»

«Sì, mamma.» Uscì con il cane e arrivarono fino al Salviatino. Blisk gli faceva tornare in mente la guerra, e anche il giorno in cui lo aveva trovato, ferito e sanguinante. Un suo compagno aveva già alzato il mitra per finirlo, forse pensando che quella povera bestia non ce l'avrebbe fatta, o forse perché era un cane nazista, ma lui lo aveva fermato... *Aspetta, secondo me ce la può fare...* Quel cane non aveva nessuna colpa, valeva la pena di provare a curarlo. Agganciata al collare aveva una targhetta con il nome: Blisk.

Gli piaceva vederlo camminare accanto a lui, tranquillo ma guardingo. Sembrava consapevole della propria forza.

Le persone che incrociavano si tenevano alla larga. Bordelli era contento di averlo salvato, di avergli permesso di vivere una seconda vita... *Denazificato*, si divertiva a pensare. Ogni tanto Blisk, senza alcun motivo, si voltava verso di lui, lo guardava con i suoi occhi languidi e gli dava un colpetto sulla gamba con il capo, poi continuava a camminare.

Tornarono a casa verso mezzogiorno e mezzo. Dopo un bel bagno caldo, Franco si mise dei vestiti puliti. La sua camera non era stata smantellata. Aveva ancora un armadio con qualche vestito, proprio per quelle occasioni.

Sua mamma era riuscita a improvvisare un pranzo con i fiocchi. Suo padre borbottava sentenze un po' contro tutti, ma quando si sedette a tavola... *Poscia, più che 'l furor poté la fame...* E poi aveva una cosa bella da dire, una volta tanto.

«Domenica è l'anniversario del matrimonio. Sono quarant'anni che sopporto questa donna» disse, sorridendo.

«Sono di più, siamo stati fidanzati quasi cinque anni» disse sua moglie.

«Oddio, è vero... Ma com'è possibile?»

«Avrai fatto i tuoi conti. Mangi bene, ti lavo i calzini e le mutande, pulisco la casa, e tutto il resto che non si può dire... Comodo avere una schiava, non è vero?» Intanto gli accarezzava una mano, sembrava ancora innamorata. Franco si divertiva a vedere quelle scene, e un po' si commuoveva, ma senza darlo a vedere. I suoi si becchettavano di continuo, ma come accade alle coppie di lunga durata, non potevano fare a meno l'uno dell'altra. Quando uno dei due sarebbe morto, l'altro sarebbe precipitato nella solitudine... Ma perché adesso pensava a questa cosa, porca miseria?

«Insomma, ho deciso di portarla a fare un viaggio» disse suo padre, con gli occhi contenti.

«Miracolo!» commentò sua moglie.

«E dove andate?» chiese Franco.

«A Roma» disse Ettore, orgoglioso.

«Mica male.»

«Staremo via una settimana, sto facendo le valigie» disse sua mamma, gioiosa.

«Allora domani vengo a prendere Blisk» disse Franco, visto che il giorno dopo era sabato.

«Chissà come sarà contento di stare con te» disse la mamma. Anche Franco era contento di tenerlo un po' a casa sua. E questa volta avrebbe cercato di portarselo dietro il più possibile, invece di lasciarlo tutto il giorno da solo.

Finirono di pranzare, e presero accordi per Blisk e per salutarsi. Dopo i baci di sua mamma, che se lo stringeva addosso come se stesse per partire in quel momento per un'altra guerra, il vice commissario Bordelli se ne andò sulla sua bicicletta in viale dei Mille, alla pasticceria Castaldini... E poi dritto in via de' Neri.

«Adesso mi preoccupo davvero...» disse Rosa, aprendo la porta e trovandoselo davanti.

«Ti ho portato i bignè alla cioccolata.»

«Oddio che tesoro...» Gli prese il vassoietto di mano.

«Devo chiederti un favore» disse Bordelli, camminando verso il salottino e guardando l'orologio.

«Una sveltina?»

«Dai Rosa, è una cosa seria.»

«Il sesso è la cosa più seria del mondo, non te lo ha detto

la mamma?» Si sedette per aprire il pacchettino della pasticceria.

«Ascoltami, tra poco saprò se il milanese è un pericoloso criminale evaso dal carcere di San Vittore e...»

«Dio che buoni!» lo interruppe Rosa, con le labbra rosse imbrattate di cioccolata.

«Ti prego, ascoltami.»

«Ma sì, ti ascolto... Sono sicura che è lui.»

«Può darsi, ma mi stanno arrivando le fotografie, così lo sapremo per certo.» Bordelli si sentiva un po' agitato, ed era rimasto in piedi.

«Sono stata io a dirti che quello lì era un tipaccio.» Aveva finito un bignè e ne morse subito un altro, con l'aria di dargli un bacio.

«Rosa, se è lui devo organizzare immediatamente l'arresto. Sarebbe importante che potessi usare la tua casa per spiare il palazzo di fronte e scegliere il momento giusto.»

«Be', vedremo...» disse lei, fingendo di fare la preziosa. Ma Bordelli aveva capito che era un sì.

«Grazie, Rosa... Ti offro una cena in un bel ristorante.»

«Ah, quello come minimo... Bacino qui, prego» disse Rosa, con un dito sulla guancia. Bordelli si chinò su di lei e le stampò un bacio sulla bocca, a labbra chiuse.

«Eliana non è gelosa, ti adora.»

«È una ragazza stupenda, se fossi lesbica mi sarei già innamorata.»

«Anche io se fossi lesbica mi sarei innamorato» disse lui, sorridendo.

«Questa è una vera dichiarazione d'amore, sai?» disse Rosa.

«Vieni un attimo con me in terrazza?»

«Sì, tesoro. Ma non farmici stare troppo, fa freddo.»

Andò a mettersi il cappotto e uscirono insieme sul terrazzino. Dopo un'occhiata alle torri e ai campanili, Bordelli sbirciò il palazzo di fronte... poi prese Rosa tra le braccia, e stringendola le sussurrò all'orecchio.

«Se il milanese mi ha visto o mi vede adesso, deve pensare che siamo fidanzati.»

«Come vuoi, amore mio» bisbigliò Rosa. Gli prese il capo tra le mani e gli dette un vero bacio, con la lingua e tutto il resto. Quando le bocche si staccarono lui continuò a guardarla negli occhi, come un vero fidanzato.

«Be', è un bacio di lavoro» disse piano.

«E poi Eliana non è gelosa» bisbigliò lei.

«Appunto.»

«Andiamo dentro, amore? Tremo dal freddo.»

«Sì, ma non guardare dove sai.»

«Ma no, figurati...» Tornarono in casa, senza voltarsi, e mentre lei mangiava il terzo bignè, Bordelli le spiegò bene cosa voleva fare.

«Capisci perché devo poter entrare in casa tua in qualunque momento, senza suonare il campanello?»

«Insomma vorresti le chiavi.»

«Se non chiedo troppo...» disse il vice commissario. Rosa strizzò le labbra, uscì dal salottino e tornò con in mano una copia delle chiavi di casa, tenute insieme da un portachiavi dal quale pendeva un buffo maialino d'argento.

«Ecco qua, sbirro.»

«Grazie, Rosa.»

«Comunque dovresti smettere di fumare, in bocca hai un saporaccio...»

«Mi dispiace.»

«Oh, dispiacerà alla tua bella, io ho fatto solo un collaudo.»

«Tu invece sapevi di cioccolata, chissà come mai.»

«Adesso smetto, sennò li finisco.» Andò in cucina a mettere il vassoietto in ghiacciaia, e tornò con la bocca sporca di cioccolata come i bambini. Bordelli le prese una mano.

«Sai cosa mi piacerebbe, aspettando che arrivino le fotografie?»

«Un massaggino...» disse Rosa.

«Leggi nel pensiero?»

«No, sei te che sei monotono.»

«Se ti piace una cosa, perché cambiare?»

«Dai, mettiti comodo... Sei un bruto, uno schiavista.»

Alle quattro meno dieci Bordelli era già alla stazione. Accese una sigaretta e si mise a camminare su e giù in fondo al binario 7, guardando di continuo l'orologio. I secondi erano lenti come i passi di un vecchio. Finì la sigaretta e ne accese subito un'altra, ma dopo due tiri, schifato, la buttò tra le rotaie. Aveva ragione Rosa, doveva smettere di fumare, era un vizio inutile, e giurò che prima o poi ci sarebbe riuscito. Ma di certo non quel giorno. Mancavano tre minuti alle sedici, quando dopo il plin plon la voce dall'altoparlante disse quello che Bordelli temeva...

S'informano i signori viaggiatori che il Rapido 525 di prima classe proveniente da Milano e diretto a Napoli subirà un ritardo di venti minuti.

«Porca puttana...» disse tra i denti. S'infilò nella cabina della TETI che sbocciava in mezzo all'atrio della stazione e telefonò a Rosa, così intanto faceva passare un po' di tempo. E poi le aveva detto che alle quattro e mezzo sarebbe tornato da lei per farle vedere le fotografie, e voleva avvertirla del ritardo, anche per paura che non vedendolo arrivare se ne andasse.

«Pronto?»

«Rosa sono io, il treno è in ritardo...»

«Oddio che cosa strana, non succede mai» disse lei, e scoppiò a ridere. Continuarono a chiacchierare e a scherzare, e i secondi ricominciarono a scorrere normalmente.

«Scusa Rosa, fammi sentire se è il mio treno» disse Bordelli alle 16.27, dopo aver sentito un plin plon. Si sporse fuori dalla cabina per ascoltare...

...il Rapido 525 di prima classe proveniente da Milano e diretto a Napoli è in arrivo al binario 7, con un ritardo di venti minuti.

«È quello?» chiese Rosa, che aveva sentito l'annuncio rimbombare nel telefono.

«Sì, è il mio... Chiudo, aspettami a casa per favore.» Riattaccò prima che Rosa potesse dire qualcosa. Tornò al binario e frenò la voglia di accendere una sigaretta. I secondi erano diventati di nuovo lenti. Dopo un tempo infinito, ecco apparire il treno in lontananza... Ciuf ciuf, ma quanto ci metteva a entrare in stazione? Sembrava fermo, porca miseria... No, adesso si avvicinava... Il convoglio entrò in stazione, rallentò, si fermò... Bordelli era già davanti alla motrice. Si aprirono le porte delle carrozze, ma non quella della motrice, e dal vetro non si vedeva nessuno. Avanzò verso la prima carrozza, e con il tesserino in mano salì sul treno sfidando il flusso dei viaggiatori che scendevano... Molti signori eleganti e signore impellicciate, bambini vestiti da adulti, viziati e antipatici...

«Per favore... Pubblica Sicurezza... fatemi passare... Pubblica Sicurezza...» Riuscì ad arrivare fino alla motrice, si qualificò e chiese del capotreno.

«Sta arrivando» disse l'inserviente. Un uomo si stava avvicinando, e Bordelli gli andò incontro con impazienza.

«Buonasera, è lei il capotreno?»

«Sì, qualche problema?»

«Vice commissario Bordelli, dovrebbe avere una busta per me da parte della questura di Milano.»

«Sì certo, mi segua» disse l'uomo, con aria orgogliosa. Due minuti dopo Bordelli era in sella alla sua bicicletta con il plico dentro il cappotto, sotto il braccio. Pedalava a tutto andare. Era inutile che guardasse subito le fotografie, non aveva mai visto Gaspare Bragoni.

Arrivò sotto casa di Rosa con il fiato grosso, aspettò di ritrovare il respiro e si avviò su per le scale... Se il milanese non era lui, cazzo... tutto quel tempo buttato via, non voleva nemmeno immaginarlo. Bussò alla porta, e gli sembrò che Rosa ci mettesse un secolo ad aprire. Stava quasi per usare le chiavi, ma si trattenne. Finalmente sentì dei passi e la porta si aprì.

«Sei stato un fulmine.» Rosa era in accappatoio, con un asciugamano arrotolato sul capo come un turbante e le sue amate pantofoline rosa con il tacco.

«Ho le fotografie» disse Bordelli, passandole davanti.

«Non ti agitare, ti dico che è lui, ci scommetto quello che vuoi» disse lei tranquilla, seguendolo. Bordelli si sedette, aprì la busta e tirò fuori quello che c'era dentro: un foglio battuto a macchina e le due fotografie segnaletiche, di fronte e di profilo. Le mostrò a Rosa.

«Allora?»

«Be'...»

«È lui o no?»

«Che ti devo dire...» borbottò lei, per farlo friggere.

«Rosa, per favore.»

«Devo asciugarmi i capelli.» Si voltò per andare in bagno. Bordelli lasciò cadere le foto sul tavolo e scattò in piedi, la prese per le spalle.

«Devo mettermi in ginocchio?»

«Perché no.»

«È lui, vero?»

«Secondo te?»

«Rosa, ho bisogno di sentirtelo dire.»

«Certo che è lui, brutto sbirraccio malfidato.»

«Oddio... bene... bene...» mormorò Bordelli, sentendo un brivido sulla faccia.

«Ma insomma non vuoi dirmi chi è, cos'ha fatto...» disse Rosa.

«È un rapinatore evaso dal carcere di Milano, uno che ammazza la gente e stupra le donne.»

«Oddio! Vedi che avevo ragione? È un tipaccio!»

«Sei stata magnifica, potresti fare la sbirra.»

«Manco morta.»

«Adesso puoi andare ad asciugarti i capelli.»

«Grazie, padrone» disse Rosa, e andò a chiudersi in bagno. Bordelli si sedette sul divano, un po' stordito da quella conferma. Lesse il foglio battuto a macchina... *Bragoni Gaspare, nato a Milano il 28 luglio 1913... Altezza: m. 1.68... Peso: kg. 75... Segni particolari: cicatrice di dodici centimetri da arma da taglio in diagonale sulla schiena, cicatrice di proiettile sul braccio sinistro...* Si lasciò andare contro lo schienale e chiuse gli occhi. Quando sentì nel bagno il rumore dell'asciugacapelli di Rosa, ci mancò poco che si addormentasse. Aveva individuato un evaso pericoloso, un figlio di puttana che maltrattava i bambini, violentava e picchiava le donne... Adesso non gli restava che decidere cosa fare. Doveva dirlo al questore e organizzare ufficialmente l'arresto? O doveva continuare da solo? La sua paura era che gli togliessero il caso, che magari l'operazione non venisse impostata bene, che il milanese riuscisse a tagliare la corda... e a quel punto chissà dove sarebbe andato, quali precauzioni avrebbe preso. Il pericolo era di non beccarlo mai più. No, non doveva succedere. Ma valeva la pena di rischiare non dicendo niente al questore? Comportamenti del genere potevano avere spiacevoli conseguenze, anche una lunga sospensione. Lui ovviamente contava sulla riuscita dell'operazione e sul conseguente «encomio», e dopo avrebbe avuto modo di giustificarsi, dicendo che aveva dovuto agire con la massima cautela, per non compromettere l'arresto. Se però il milanese fosse fuggito e magari avesse ferito qualcuno o ancora peggio lo avesse ucciso... Be', preferiva non pensarci.

Alla fine decise di tentare la via di mezzo. E dopo aver scavalcato quell'ostacolo sarebbe passato alla fase operativa. Si sarebbe occupato di trovare il momento giusto per arrestare Bragoni... Doveva spiare il palazzo di fronte, capire quando era in casa e fare irruzione. Non doveva sfuggirgli.

Il rumore del fon s'interruppe, e poco dopo apparve Rosa in tutta la sua giovanile bellezza. Aveva i capelli biondi legati in una coda da educanda, ma l'accappatoio mezzo aperto faceva capire che sotto non aveva nulla, e quel contrasto era davvero dirompente.

«Che hai da guardare?» disse lei.

«Rosa, sei bellissima.»

«Oh, aspettavo di saperlo da te...» S'infilò in camera per vestirsi, lasciando la porta aperta e canticchiando una canzone irriconoscibile.

«Cosa canti?»

«Quella della barchetta che va a Santa Fe.»

«Ah, divertente.»

«Allora quando lo arresti?»

«Devo organizzare la cosa come si deve, domattina ci lavoro.»

«Non perdere le mie chiavi, eh?»

«Non ho mai perso una chiave in vita mia.»

«Spero che non ci sia una prima volta.»

«Non preoccuparti, Rosa... Adesso devo andare, grazie ancora» disse Bordelli, alzandosi.

«Aspetta, vengo a salutarti.» Rosa uscì dalla sua camera in mutandine e reggiseno, ovviamente sui tacchi.

«Stai mettendo a dura prova la mia resistenza» disse lui, fingendo di asciugarsi il sudore.

«Suvvia, per così poco...» Lo accompagnò alla porta spandendo in aria un buon odore di sapone e di pelle giovane.

«Potresti fare l'attrice, Rosa.»

«Già lo faccio, non ricordi?»

«Ah già... Mi raccomando, non dire nulla a nessuno del milanese.»

«Con chi credi di parlare?» Gli sfiorò le labbra con un bacio e lo spinse fuori.

«Blisk, guarda qua che zuppa.» Il cane restò seduto lì accanto, ad aspettare che lui gli dicesse che poteva mangiare.

«Dai, bello...» Blisk abbassò con calma il muso sulla ciotola e cominciò a mangiare. Aveva denti grossi e spaventosi. Bordelli si mise a preparare la cena per sé. Quella sera verso le sette era stato a salutare i suoi, ed era tornato a casa in bicicletta tenendo il cane al guinzaglio, anche se non ce ne sarebbe stato bisogno. Ma non poteva lasciarlo libero, un bestione del genere alla gente metteva paura.

Aveva passato la giornata a studiare un piano per il milanese e a parlare con le persone giuste, colleghi di cui poteva fidarsi, guardie coraggiose e di esperienza. Prima però aveva affrontato il questore, con aria decisa ma rispettosa.

« Eccellenza, le chiedo il permesso di organizzare in completa autonomia una delicata e urgentissima operazione di arresto, una faccenda sulla quale sto lavorando da diversi giorni. Non le ho detto nulla prima, solo perché dovevo verificare di non aver preso un abbaglio. Vorrei, se me lo concede, non dirle altro. Sceglierei alcune guardie che ritengo adatte allo scopo, e mi assumerei la piena responsabilità della faccenda, cioè... Se andrà tutto come deve, cosa in cui credo fermamente, il merito andrà alla questura di Firenze e dunque a lei. Se invece andrà male, ma non succederà, la colpa sarà tutta mia, dirò che lei non sapeva nulla e che ho agito in modo incosciente. Questo è quanto. Spero vivamente di avere la sua completa approvazione e il suo totale appoggio. » Aveva fatto questo discorsetto in piedi davanti alla scrivania del questore, sotto il suo sguardo impassibile.

« Chi è che vorrebbe arrestare? » aveva chiesto il dottor Rossano, calmo.

« Avrei preferito che non me lo chiedesse, ma le rispondo lo stesso. Si tratta di un pericoloso criminale in attesa del processo di appello per vari reati, una serie di rapine, sequestro di persona, violenza carnale, omicidio. È evaso l'agosto dell'anno scorso da San Vittore. »

« Si sieda, dottor Bordelli » aveva detto il questore, e lui si era seduto. Il dottor Rossano invece si era alzato, e si era messo a camminare su e giù dietro le sue spalle. Siccome non diceva nulla, Bordelli a un certo punto si era voltato.

«Qualcosa che non va?» aveva chiesto.

«Sto riflettendo.»

«Certo, sì...» Bordelli aveva aspettato con infinita pazienza che il questore smettesse di girellare e tornasse a sedere, cosa che era accaduta dopo tre o quattro lunghi minuti.

«Dottor Bordelli, vorrei dirle una cosa, già da tempo...»

«Prego.»

«So che lei ha fatto la guerra in Marina, e che dopo l'8 settembre si è arruolato volontario nel Reggimento San Marco...»

«Esatto.»

«Come forse saprà, io invece ero dall'altra parte, e immagino che lei mi consideri un fascistaccio, un maledetto repubblichino, insomma un traditore della patria...»

«Preferirei non addentrarmi in questo argomento» aveva detto Bordelli, temendo complicazioni.

«Certo, certo... Non si preoccupi, dottor Bordelli, non sto cercando di provocarla... Volevo solo farle sapere che io ci credevo davvero. Ero convinto che il fascismo fosse la cosa giusta, che l'iniziale pugno di ferro facesse parte del percorso indispensabile per arrivare alla giustizia sociale. Credevo fino in fondo nei valori più schiettamente socialisti della Carta di Verona, soprattutto nei suoi contenuti più rivoluzionari, voluti da Bombacci e approvati dal Duce...»

«Se non sbaglio in quella Carta si diceva che gli ebrei erano da considerarsi nemici» lo aveva interrotto Bordelli. Il questore annuì, con aria desolata.

«Sì, è così. Ammetto di aver voluto ignorare quell'aspetto, di averlo per così dire scansato, insomma ho preferito non vederlo... e me ne faccio una colpa.»

«Il suo duce è sempre stato antisemita... La rivista sulla difesa della razza, le leggi del '38... Non era una sorpresa...»

«Ha ragione, e come le dicevo ho voluto guardare da un'altra parte. Non voglio giustificarmi, le sto solo spiegando cosa ho fatto... Ma non sono mai stato uno squadrista, non ho mai commesso crimini, non ho mai fatto razzie nelle case degli ebrei, non ho mai arrestato nessuno di loro per mandarlo a Fossoli o alla Risiera di San Sabba... Certo, molti del PFR lo hanno fatto, e so bene che non mi crederà se le dico che non sapevo molto di quelle faccende, anche se è vero che quel poco poteva bastare ad aprirmi gli occhi, e invece non ho fatto nulla, forse addirittura per pigrizia, che è peggio della vigliaccheria... Ma le assicuro che la verità l'ho scoperta soltanto dopo... Intuivo vagamente intorno a me comportamenti e azioni non del tutto in linea con i miei principi, ma ho sempre sperato che fossero soltanto le spiacevoli conseguenze di uno stato di emergenza, le ripercussioni inevitabili della guerra in corso, ed ero convinto che dopo l'agognata vittoria – eh sì, ho creduto anche in questo – la Giustizia si sarebbe seduta sul suo nobile trono e avrebbe governato il paese... Ero offuscato, non mi rendevo nemmeno conto che in fondo la Repubblica Sociale era un'emanazione di Hitler. La fede fa brutti scherzi... Sì, posso dire di essere stato uno sprovveduto, o per meglio dire, un vero coglione, ma non pensavo di servire il demonio, come in realtà stavo facendo. Ero più che sicuro di agire per il bene dell'Italia, e le assicuro che non ero il solo. Forse non eravamo in molti, ma esistevamo anche noi... Ci siamo fatti manipolare dalle nostre stesse convinzioni, ecco tutto. Sono colpevole? Sì, lo sono... Ma non per quello che credono gli altri. Sono colpevole di aver voluto salvare a ogni costo le mie speranze, le mie certezze, e di non aver saputo tenere gli occhi bene aperti. Se tornassi indietro, non rifarei quello che ho fatto... Bene, ho finito. Volevo che lo sapesse.»

«Be', la ringrazio.»

«Vede, dottor Bordelli... Ovviamente lei non mi ha mai detto quello che pensa di me, ma spesso lo sguardo può essere più eloquente delle parole.» Dopo questa frase, il dottor Rossano era rimasto in silenzio, e guardava Bordelli come se si aspettasse qualcosa da lui. Comprensione? Approvazione? Era una situazione così strana e inaspettata che Bordelli non aveva trovato nessuna parola sensata da dire. E così anche lui era rimasto in silenzio, guardando il questore negli occhi.

«Sa perché le ho raccontato queste cose, dottor Bordelli?»

«Sinceramente no.»

«Perché tengo molto alla sua stima... Non mi chieda come mai, non saprei risponderle.»

«Devo ammettere che non me lo aspettavo.»

«Andiamo avanti... Colgo l'occasione per dirle che mi mancano sette anni alla pensione, e che venerdì prossimo sarò trasferito a Torino, sempre con la stessa carica. Sono soddisfatto, era da tempo che desideravo questo cambiamento. Sono nato a Torino, anche se i miei genitori sono del Sud.»

«Non lo sapevo» aveva detto Bordelli.

«Finalmente non dovrò più dormire da solo in quel grande appartamento all'ultimo piano di questo palazzo, ma abiterò a casa mia, con mia moglie e i miei figli.»

«Sono contento per lei.»

«Grazie... Riguardo alla sua richiesta, in me si agitano due sentimenti contrastanti: apprezzamento e disapprovazione. Ma l'apprezzamento è più forte, così ho deciso di concederle carta bianca.»

«Grazie, eccellenza.»

«Quando avrà luogo l'operazione?»

«Il prima possibile, ma non posso agire fino a che non sono certo che il ricercato è in casa.»

«Dottor Bordelli... Lei è un ottimo funzionario, ma temo che non farà una gran carriera.»

«Non importa, a me basta fare bene il mio lavoro.»

«Capisco...»

«E comunque non mi piace stare seduto dietro a una scrivania.» Di nuovo erano rimasti in silenzio, a guardarsi negli occhi. Finché il dottor Rossano si era alzato, gli aveva stretto la mano e lo aveva accompagnato alla porta.

«Bene, mi tenga informato» aveva detto, con un sorriso triste.

«Senz'altro, eccellenza.» Bordelli se n'era andato un po' stralunato. Non avrebbe mai raccontato a nessuno quella conversazione a dir poco singolare, ma non l'avrebbe mai dimenticata. La vita era davvero piena di sorprese. Di certo quella sorta di confessione del dottor Rossano non si meritava di essere buttata nel cesso, aveva pensato. Anzi, era assai interessante, degna di essere presa in considerazione. Chissà se il questore aveva omesso qualcosa, se aveva addolcito certe faccende, o se magari aveva addirittura mentito. Ma il fatto stesso che avesse voluto pronunciare quelle parole aveva il suo peso. Chissà quanti altri funzionari, in questura, avrebbero fatto una cosa del genere, pensò Bordelli con un lieve sorriso.

Dopo di che aveva acceso una sigaretta ed era andato

subito a scegliere gli uomini che voleva coinvolgere nell'Operazione Milanese. Undici guardie, una squadra di calcio. Lui era l'allenatore. Li aveva convocati tutti nella sala delle riunioni e aveva spiegato per filo e per segno chi era Gaspare Bragoni, dove si nascondeva, cosa aveva pensato di fare per arrestarlo. Non si doveva parlare ad anima viva di quella faccenda, nemmeno a mogli e fidanzate, anzi soprattutto a loro. Aveva disegnato una piantina, aveva assegnato le postazioni, si era raccomandato di osservare la massima prudenza e di oliare bene le pistole, anche se si augurava che nessuno sarebbe stato costretto a sparare.

Scolò la pasta e si mise a tavola con un fiasco di vino, la radio accesa e Blisk sdraiato accanto a lui sul pavimento. Avrebbe cominciato a spiare Bragoni la mattina dopo, domenica, dalla terrazza di Rosa.

Dopo cena uscì a camminare con Blisk. Faceva freddo, ma non tirava vento e non si stava male. Era bello passare in quelle strade di notte, scorgere ombre umane che rasentavano i muri, sentire i bambini ridere dietro le finestre, qualche radio, qualche discussione, un ubriaco che bofonchiava chissà dove, una ragazza che canticchiava... E lui spiava, origliava... mentre Blisk gli dondolava accanto, anche lui sopravvissuto alla guerra, anche lui contento di non sentire più i boati dei cannoni e delle bombe, di non vedere più quei fiumi di sangue...

Era una domenica fredda. Vento del Nord, però c'era un bel sole. Poco prima delle nove Bordelli uscì e s'incamminò verso casa di Rosa insieme a Blisk. Non voleva lasciarlo da solo, non sapeva quanto tempo sarebbe rimasto fuori, e visto che poteva portarlo da Rosa...

La sua squadra di calcio era già sul posto. Lui aveva dato delle direttive ben precise: vestirsi nel modo meno sbirresco possibile, arrivare in orari diversi e ognuno per conto proprio, magari fingere di essersi trovati per caso e mettersi a chiacchierare, ma senza mai guardare direttamente il portone del palazzo dove abitava il milanese («sbirciate con la famosa coda dell'occhio»), tenersi pronti a interpretare la situazione, non distrarsi nemmeno un secondo, non sparare se non in caso di estrema necessità. Tre di loro dovevano aggirarsi dalla parte di via dei Rustici. Altri tre – quelli che ci vedevano meglio – dalla parte opposta, all'altezza di via dell'Osteria del Guanto e di via del Castello d'Altafronte, ma anche più lontano, in piazza del Grano, tanto da quella parte via de' Neri era dritta e si vedeva bene il palazzo dell'evaso. Altri tre dovevano far finta di ciondolare in fondo a via della Mosca, all'angolo con via dei Saponai, pronti a intervenire nel caso in cui il milanese – ma non doveva succedere per niente al mondo – fosse riuscito a fuggire dirigendosi verso l'Arno. Gli ultimi due, i più robusti, dovevano aspettare Bordelli in via dei Benci, al Caffè delle Colonnine, e controllare di continuo l'angolo di via de' Neri. Quando vedevano sbucare il loro capo, senza dare nell'occhio dovevano uscire dal bar e seguirlo fino al portone del milanese... Come sarebbero entrati? Bordelli avrebbe suonato il campanello del piano terra, e a chi apriva avrebbe detto di essersi sbagliato, poi avrebbe fatto entrare i suoi «complici». A quel punto le guardie appostate nella strada dovevano avvicinarsi con calma al palazzo. Bordelli intanto sarebbe salito fino al terzo piano con le altre due guardie, che si sarebbero piazzate ai lati della porta, mentre lui avrebbe suonato il campanello del milanese, fingendo di dover leggere il contatore della luce. Se Bragoni non apriva avrebbero sfondato la porta o sparato alla serratura, dipendeva da cosa si sarebbero trovati davanti. Ma per la riuscita dell'operazione, innanzitutto si doveva essere sicuri che il milanese fosse in casa. Bordelli avrebbe spiato il palazzo di fronte dalla terrazza di Rosa, e appena avvistava Bragoni sarebbe sceso in strada per andare subito dalle due guardie che lo aspettavano alle Colonnine. Bene, questi erano i conti senza l'oste... Ma si doveva fare in modo che tutto andasse come stabilito.

Ogni tanto pensava che qualcosa poteva andare storto, e sentiva un'ondata di brividi corrergli lungo la schiena.

Attraversò piazza della Signoria, arrivò in fondo a via della Ninna e s'infilò in via de' Neri. Vide alcuni dei suoi uomini e scambiò con loro un'occhiata veloce. Blisk camminava al suo fianco guardandosi in giro più del solito, come se avvertisse la tensione che correva lungo la strada. Poco dopo Bordelli spinse il portone del palazzo di Rosa, che restava sempre aperto, e salì fino in cima. Aveva le chiavi, ma bussò lo stesso. Non sentì nessun rumore. Rosa dormiva ancora o era uscita? Bussò di nuovo, un po' più forte. Nulla. A quel punto aprì con le chiavi e s'infilò in casa.

«Rosa, ci sei? Sono io» disse, avanzando nel corridoio. Sentì la voce assonnata di Rosa venire da lontananze notturne.

«Oddio, ma che ore sono?»

«Le nove e mezzo...»

«Sei impazzito? È l'alba... Voglio dormire...»

«Stai pure a letto, se vuoi dopo ti porto il caffè.»

«Oh sì, il caffè... Ma non adesso... Dio che sonno...» disse Rosa.

«Dormi, dormi...»

«Se non mi vedi... tra un'ora... svegliami... ho la messa alle... alle undici...»

«Ah, va bene» disse Bordelli, che per un attimo era rimasto un po' sorpreso... Ma perché, poi? Non ci andavano anche i comunisti, a messa, magari di nascosto? Andò in cucina, mise in terra una ciotola d'acqua per Blisk e uscì sul terrazzino, sotto un cielo azzurro che sembrava di ghiaccio. La solita occhiata alla fuga dei tetti, alle torri e ai campanili, poi si voltò con aria indifferente verso il palazzo di fonte e... Cazzo! Il milanese stava fumando con i gomiti appoggiati al davanzale della finestra, e lo stava fissando. Bordelli non se lo aspettava, e forse ebbe un minimo sussulto... Per mezzo secondo fu quasi tentato di fargli un cenno di saluto, poi lasciò perdere. Era proprio Bragoni, lo aveva riconosciuto dalle fotografie. Si guardò ancora intorno, sperando di apparire tranquillo, poi guardò il cielo dalla parte del piazzale Michelangelo, e con la coda dell'occhio si accorse che il milanese non c'era più, allora sbirciò la finestra e lo scorse nell'ombra della stanza, che continuava a guardarlo... Porca di una puttana! Magari Bragoni aveva già capito chi era quell'uomo sulla terrazza di fronte? I criminali incalliti avevano un sesto senso per riconoscere gli sbirri... Cazzo! Cazzo! Si era lasciato sorprendere come un novellino! Non gli era servito proprio a nulla andare di notte in pattuglia a spiare i nazisti? E adesso che doveva fare? Forse Bragoni era ancora là a fissarlo, per decifrare il pericolo come un animale della foresta. Accese una sigaretta, soffiò il fumo in alto, poi fece finta di aver sentito una voce che lo chiamava e rientrò in casa senza voltarsi, ovviamente dopo aver buttato via la sigaretta... Doveva stare calmo, forse il milanese non aveva capito nulla... Ma no, non poteva sospettare di essere stato individuato. Bene, da quel momento cominciava la caccia all'uomo. Fece una carezza a Blisk, poi bussò alla porta di Rosa.

«Ehi, Rosa?»

«Mmm... Cosa c'è?»

«Devo andare.»

«Che ore sono... La messa...» mugolò lei. Bordelli spinse la porta e si affacciò nel buio della stanza.

«Sono quasi le dieci, devo uscire di corsa... Mi raccomando, non andare in terrazza...»

«Tesoro... il caffè...»

«Non posso... Senti, lascio qui il mio cane...»

«Un cane?»

«Non preoccuparti, è grande come un vitello ma è buono.»

«Come si chiama?»

«Blisk... Scappo, ci vediamo dopo.» Uscì di casa e scese le scale in fretta. Appena sbucò dal portone si fermò sul marciapiede e accese con calma una sigaretta, senza alzare lo sguardo per non dare nell'occhio nel caso in cui il milanese lo stesse osservando. Si avviò in direzione di via dei Benci con aria tranquilla, ignorando i suoi uomini che parlottavano e ridevano, e appena si trovò oltre la curvatura della strada accelerò l'andatura. Arrivò all'angolo, lanciò un'occhiata al Caffè delle Colonnine e voltò a destra per imboccare via dei Vagellai. Aspettò una ventina di secondi, per dare il tempo alle due guardie di uscire dal bar, poi riprese a camminare. Sbucò in piazza Mentana, e dopo un'occhiata indifferente alle altre tre guardie voltò a destra in via della Mosca.

Sentiva il cuore battere svelto, la paura che il milanese riuscisse a fuggire lo faceva sudare. Poco prima di arrivare all'angolo con via de' Neri si voltò indietro. Le due guardie si stavano avvicinando, a distanza di qualche metro una dall'altra. Bordelli continuò fino in fondo alla strada, voltò a destra e tenendosi rasente al muro arrivò al portone del milanese. Non ci fu bisogno di suonare, perché lo trovò aperto. Forse l'impianto elettrico dei campanelli si era guastato durante la guerra e non era stato ancora riparato, come era successo nel palazzo di Rosa, che era proprio di fronte. S'infilò dentro e aspettò i suoi uomini. Il portone si aprì e apparve il primo. Pochi secondi dopo apparve il secondo. Imboccarono le scale cercando di fare meno rumore possibile, e salirono fino al terzo e ultimo piano. Le due guardie si piazzarono ai lati della porta, armi in pugno. Da dentro arrivava ovattato il suono di una musica swing, dunque il milanese sembrava tranquillo. Bordelli fece un bel respiro, preparò un sorriso e suonò il campanello, ma non funzionava. Allora bussò alla porta. Aspettarono qualche secondo, ma non successe nulla. Bussò di nuovo, un po' più deciso, ma a parte la musica non si sentiva altro. Bussò per la terza volta, e aspettarono più di un minuto. Nessuno venne ad aprire. A quel punto Bordelli fece un gesto per dire che si doveva sfondare la porta, e una delle guardie, con una leggera smorfia, rispose che non doveva essere difficile. Bordelli si mise da una parte e impugnò la pistola. I due uomini infilarono le loro nella fondina, si voltarono di lato, uno di fronte all'altro, e dopo un'occhiata d'intesa si lanciarono insieme contro la porta... L'imbotte si staccò dallo stipite, fumando calcinacci, ma per abbattere l'ostacolo ci fu bisogno di un'altra spallata. Entrarono in casa con le pistole in mano. Il milanese non si vedeva. La musica adesso si sentiva meglio, veniva da una stanza in fondo al corridoio.

« Pubblica Sicurezza, il palazzo è circondato » disse Bordelli a voce alta... Nessuna risposta... Il corridoio era sporco, senza mobili... Avanzavano con la massima cautela, aspettandosi da un momento all'altro di veder sbucare il milanese, magari con un fucile... Si avvicinavano a una porta, se era socchiusa le davano un calcio, gettavano un'occhiata dentro, poi passavano oltre... Le stanze erano spoglie, a parte l'essenziale... Arrivarono nel salottino... Un vecchio divano, un tavolino con sopra liquori e bicchieri, un grammofono appoggiato sul pavimento, un disco che girava... Bordelli sollevò la puntina e calò il silenzio... La porta finestra che dava sul terrazzino era accostata... Spiarono oltre i vetri, ma non videro nessuno... Bordelli uscì fuori, lanciò un'occhiata alla terrazza di Rosa, poi si sollevò sulla punta dei piedi per sbirciare sopra il tetto del palazzo... Nessuno... Tornò dentro... Ispezionarono in fretta ogni angolo della casa... Guardarono anche sotto il letto e negli armadi della cucina... Una valigia, dei vestiti, tre paia di scarpe... Qualcosa da mangiare, bottiglie vuote, piatti sporchi... Il milanese si era volatilizzato... Com'era possibile? Bordelli era furioso. Quanto tempo era passato da quando lo aveva visto affacciato alla finestra a quando era entrato nel palazzo? Sette minuti? Otto?

« Cazzo » disse, con un presentimento. Corsero giù per le scale, uscirono in strada e Bordelli andò incontro alla prima guardia che gli capitò a tiro, che per l'appunto era il giovane Scacciati.

« Pasquale, avete visto uscire qualcuno? » chiese a bassa voce.

« No, dottore... Solo una vecchietta con il bastone... »

« Cosa? »

« Perché? » chiese Scacciati, pallido.

«Cazzo, era lui, ne sono sicuro.»

«Dottore, non è possibile... Camminava come una lumaca...» disse la guardia, sbalordita.

«Quando è uscita questa vecchia?»

«Poco dopo che lei è entrato.»

«Com'era vestita?»

«Un cappotto scuro, mi pare blu... un cappellino nero...»

«Dov'è andata?»

«Ha voltato in via San Remigio» disse Scacciati, sudando freddo. Non avrebbe mai voluto fare una figura del genere.

«Era lui... Dobbiamo trovarlo...» Bordelli cercava di capire cosa diavolo poteva fare, non voleva arrendersi. A un tratto dilatò gli occhi e si voltò verso uno dei due uomini che avevano sfondato la porta.

«Torna su di corsa, prendi una scarpa e vieni subito giù... Voi chiamate gli altri, ci vediamo tutti qui tra un minuto.» Bordelli s'infilò nel portone di Rosa e corse su per le scale a perdifiato. Quando arrivò davanti alla porta aveva già le chiavi in mano, aprì e si precipitò dentro... Trovò Rosa sdraiata sul divano, in vestaglia, che coccolava Blisk accucciato sul tappeto accanto a lei, come un agnellino.

«Blisk, andiamo...» Il cane saltò su e gli andò incontro.

«Che succede?» chiese lei, preoccupata.

«Te lo dico dopo» disse Bordelli, già correndo verso la porta.

«Tra poco vado a messa» gli gridò dietro Rosa, ma lui era già per le scale. Arrivò in basso e prima di uscire attaccò il cane al guinzaglio. Quando sbucò nella strada trovò dieci guardie ad aspettarlo, e un secondo dopo, dal portone di fronte, uscì l'undicesima con la scarpa del milanese. Bordelli gliela prese di mano e la mise davanti al muso di Blisk, che ci ficcò il naso dentro.

«Trovalo, Blisk... Trovalo...» disse, accarezzandolo. Blisk alzò il muso, e dopo qualche secondo si avviò con decisione lungo la strada.

«Seguiteci a distanza, non in gruppo... E state pronti» disse il vice commissario. Blisk imboccò via San Remigio, proprio dove aveva voltato la vecchietta con il bastone... Era lui, era il milanese... Adesso Bordelli non aveva più dubbi...

«Trovalo... Trovalo...» sussurrava, dando corda al cane, che avanzava in fretta senza la minima titubanza... Come aveva fatto il milanese a scegliere il momento giusto per andarsene? Probabilmente, quando lo aveva visto sulla terrazza di Rosa aveva capito tutto, era uscito di corsa portandosi dietro il travestimento e si era nascosto a piano terra, forse dietro la porta che conduceva alle cantine, e quando li aveva sentiti salire le scale... Quanto tempo aveva di vantaggio? Non molto, se era uscito dal portone poco dopo che loro erano entrati... Forse setto o otto minuti, dieci al massimo... Blisk voltò bruscamente a sinistra in via Vinegia, e quando subito dopo voltò a destra in via del Parlagio si mise a tirare più forte... Il milanese stava ancora camminando con il bastone o aveva buttato via il travestimento? Dipendeva tutto da cosa s'immaginava... Se era convinto che il quartiere fosse disseminato di sbirri e che tutti avessero la sua fotografia, magari ci avrebbe pensato due volte prima di ridiventare uomo... E se da vecchietta si fosse trasformato in una donna che camminava svelta? Di certo avrebbe dato nell'occhio, e la domenica c'era un sacco di gente per la strada... Chissà se aveva capito di essere stato smascherato o pensava che nessuno stesse cercando una vecchia signora con il bastone... Blisk fiutava l'aria, e senza titubanze si tirò dietro Bordelli fino a Borgo dei Greci, poi voltò con decisione a destra e dopo un centinaio di metri girò a sinistra in via de' Bentaccordi, scavalcò via dell'Anguillara e proseguì tirando ancora più forte in via Isola delle Stinche... Bordelli adesso quasi correva, e dietro di lui gli uomini della sua squadra di calcio erano costretti a fare la stessa cosa, stando ben attenti a mantenere le distanze, come se non si conoscessero... Il milanese non doveva essere troppo lontano... Ma soprattutto, come poteva immaginare che a inseguirlo fosse un pastore tedesco? Quel pensiero illuminò la sua speranza, e addirittura gli venne da sorridere... Il centro di Firenze, specialmente in un quartiere popolare come quello, era un dedalo di vicoli e stradine, e almeno per il momento favorivano il fiuto di quel cane bene addestrato, che adesso finalmente stava lavorando per una causa giusta... Oltrepassarono anche l'incrocio di via Ghibellina e proseguirono dritto in via Palmieri, sempre avanti... Finché arrivarono nella piazzetta di San Pier Maggiore, passarono sotto l'arco e appena sbucarono dall'altra parte Blisk lo tirò in via Sant'Egidio...

«Bravo Blisk... Trovalo...» mormorava Bordelli per incitarlo, anche se non ce n'era alcun bisogno. Forse doveva slegarlo e lasciarlo andare avanti da solo? No, meglio di no... Preferiva avere la situazione sotto controllo... Non voleva rischiare che l'evaso si accorgesse del cane e magari prendesse un passante in ostaggio... Sempre avanti, sempre più veloce... La lunga strada diventava via Bufalini, poi via de' Pucci... poi ancora via de' Gori, dove il giovane Aldo Pacioni aveva strappato la borsetta alla vecchia signora...

Sbucarono in piazza San Lorenzo, piena di bancarelle e di gente vestita a festa... Ancora avanti, finché a un tratto Blisk rallentò il passo e alzò il pelo sulla schiena... Bordelli scandagliava la piazza con lo sguardo, trattenendo il fiato, e finalmente lo vide, una trentina di metri più avanti... Spariva e appariva in mezzo alla gente... Era ancora vestito da vecchietta, cappotto blu e cappellino nero... Stava un po' piegato in avanti e si aiutava con il bastone da passeggio...

«Andiamo, Blisk...» Bordelli si lasciò tirare dal cane fino a quando non furono a una decina di metri dal milanese. C'era troppa gente per tentare qualcosa, era meglio aspettare... Si voltò solo un secondo e con un gesto fece capire ai suoi uomini che erano vicini al ricercato... La vecchietta continuò ad avanzare con passo tranquillo fino a piazza Madonna, poi voltò a destra e imboccò via del Melarancio... Stava andando verso la stazione, quasi certamente voleva prendere un treno... Lungo la strada non c'era troppa gente, era il momento giusto... Una famigliola camminava in senso opposto, e Bordelli aspettò che fosse passata... Quando erano a una cinquantina di metri da piazza dell'Unità, fece un gesto dietro la schiena per i suoi, poi si abbassò per fare una carezza a Blisk...

«Vai...» bisbigliò, liberandolo dal guinzaglio, e impugnò la pistola. Blisk avanzò trotterellando e oltrepassò la vecchietta, poi si voltò di scatto e si piazzò davanti al milanese, ringhiando... In quell'istante Bordelli gli puntò addosso la pistola...

«Gaspare Bragoni sei in arresto» gridò, mentre sentiva alle spalle i suoi che correvano in avanti. Il milanese si era fermato... Mise la mano in tasca e tirò fuori una grossa pistola, ma prima che potesse usarla Blisk gli azzannò il polso facendogliela volare via, poi con un paio di strattoni lo buttò a terra... Bragoni non emise alcun lamento, e un istante dopo si trovò circondato di pistole... Aveva il fiatone, dal suo polso usciva parecchio sangue, ma non si concedeva nemmeno una smorfia di dolore...

«Blisk, lascialo» disse Bordelli, e il cane mollò la presa. Una guardia estrasse un fazzoletto e lo legò stretto sopra il gomito di Bragoni. Si avvicinava gente, e forse da lontano qualcuno poteva pensare che una vecchia signora fosse caduta e si fosse fatta male.

«Non fate avvicinare nessuno» disse il vice commissario, e alcune guardie corsero a occuparsi della faccenda, rimandando indietro le persone e sbarrando la strada in cima e in fondo. Il milanese fissava Bordelli con odio, si capiva bene che lo aveva riconosciuto.

«Vialter, vacca lögia, come 'l g'havee fàa?» disse, con voce calma ma rabbiosa. Bordelli non aveva capito nulla, e nemmeno gli altri... Tranne Macrì, un calabrese di quarant'anni che per lungo tempo aveva prestato servizio a Milano. Si avvicinò al vice commissario e gli sussurrò all'orecchio.

«Dottore, ha detto... *Come cazzo avete fatto?*» disse. Bordelli annuì, poi si rivolse a Bragoni.

«È stato il tuo amico Giacinto» disse, accennando appena un sorriso. Aveva bluffato, ma il milanese ci cascò in pieno e sputò in terra.

«Quel cagnott malcagàa el cupi! Balurd bacaròmm! I soo danèe li ha ciapàa, el purcell...» disse, e sputò di nuovo. Macrì tradusse, bisbigliando.

«*Quello stronzo lo ammazzo! Bastardo! I suoi soldi se li è presi, il porco.*»

«Sappiamo tutto, Bragoni» rincarò Bordelli.

«G'ha de vegnì a magnà la ghignola con me, fioeu d'una

lögia! » disse Bragoni, con il fiato grosso dalla rabbia. Macrì subito tradusse.

«*Deve venire a marcire in galera con me, quel figlio di puttana.*»

«Ci verrà, non ti preoccupare.» Poi disse a uno dei suoi uomini di andare in un bar a telefonare in questura, per chiedere di mandare al più presto un furgone. Si allontanò di qualche passo e fece una carezza a Blisk, che se ne stava seduto in disparte, pronto a intervenire.

Bragoni era stato portato dritto al carcere delle Murate. Gli avrebbero ricucito il polso, poi lo avrebbero rinchiuso in una cella di isolamento, guardato a vista.

Bordelli fece un salto in questura, insieme a Blisk, e andò a sedersi nel suo ufficio. Nonostante fosse domenica telefonò all'appartamento del dottor Rossano, sperando di trovarlo.

«Pronto?»

«Eccellenza, mi scusi... Solo per informarla che l'evaso è stato arrestato, si chiama Gaspare Bragoni, adesso si trova alle Murate.»

«Molto bene, dottor Bordelli. Venga da me domattina con il rapporto.»

«Certo, a domani eccellenza.»

«Passi una buona serata.»

«Anche lei, eccellenza.» Bordelli mise giù, e nonostante fosse mezzogiorno e venti si accorse di avere una gran fame. Ma aveva ancora una telefonata da fare.

«Blisk, abbi pazienza...» Chiamò lo 04 per parlare con il centralino della TETI, e chiese alla signorina di chiamare la questura di Milano. Dovette aspettare diversi minuti, le linee erano intasate.

«Chiamo dalla questura di Firenze, vice commissario Bordelli... Il brigadiere Rotella oggi è in servizio?»

«No, dottore. Lo trova domattina.»

«Può darmi il numero di casa? È urgente, e le assicuro che il brigadiere sarà contento.»

«Va bene, dottore. Mi dia un secondo che cerco il numero.» La guardia gli dettò il numero, e il vice commissario chiamò di nuovo lo 04 per chiedere la comunicazione con la casa di Rotella. Altri minuti di attesa, e finalmente sentì una voce femminile.

«Pronto?»

«Buongiorno signora, mi scusi se disturbo di domenica, sono il vice commissario Bordelli della questura di Firenze, dovrei parlare urgentemente con il brigadiere...»

«Qualcosa di grave?»

«Nulla di grave, solo urgente.»

«Lo chiamo subito... *Pippooo, ti vogliono al telefono... Da Firenze... La questura...* Arriva subito, dottore.»

«Grazie...» Bordelli sentì i passi strascicati del brigadiere, che doveva essere tranquillo in pantofole.

«Sì, pronto?»

«Buongiorno brigadiere, sono Bordelli, mi scusi il disturbo...»

«Nessun disturbo dottore, ditemi pure.»

«L'abbiamo preso... Bragoni...»

«Già preso? Minchia che bella notizia, grazie!»

«Volevo che lo sapesse, è anche merito suo.»

«Figuratevi, io non ho fatto nulla... Non immaginate quanto sono contento... Bragoni è un assassino capace di ammazzare per un nonnulla.»

«Eh lo so...»

«Penso che lo trasferiranno presto in un carcere sicuro, magari all'Asinara.»

«Lo penso anch'io, non deve più scappare... Senta, ho anche un'altra notizia.»

«Sono tutto orecchi, dottore» disse il brigadiere.

«In una filiale della Commerciale lavora un certo ragionier Benedini, si segni il nome... Giacinto Benedini... Credo che in cambio di un compenso abbia fornito a Bragoni gli indirizzi di qualche direttore di banca, forse solo quelli delle filiali della Commerciale, ma non si sa mai.» Gli disse anche in quale filiale lavorava.

«Molto bene dottore, domani metto in moto la faccenda.»

«Provate a dirgli che Bragoni ha confessato e che rischia molti anni di carcere, e vedrà che spiattella ogni cosa.»

«Ci pensiamo noi, dottore. Non ce lo faremo scappare.»

«Raddoppia?» chiese la signorina del centralino.

«No, non importa grazie, saluto e chiudo... Brigadiere? Mi sente?»

«Sì, sono qui.»

«Bene, le ho detto tutto... Buona domenica.»

«A voi, dottore... Grazie ancora della bella... anzi, della bellissima notizia.» Riattaccarono, e Bordelli uscì dalla questura. La bicicletta l'aveva lasciata a casa, ma camminare gli faceva piacere. Si avviò lungo via San Gallo insieme a Blisk, pensando a quanto era contento il brigadiere. Doveva amare molto il suo lavoro. E lui, lo amava? Sì, anche lui amava il suo lavoro. Lo faceva sentire utile, dalla parte giusta, come dopo l'Armistizio. Erano già passati quattro anni dalla fine della guerra, e gli sembrava ieri.

Camminando in via Calzaiuoli, subito dopo la traversa di via degli Speziali si voltò a guardare un portone che conosceva bene. Non erano ricordi troppo lontani nel tempo, solo una decina di anni, ma la frattura del periodo di guerra li aveva spinti indietro di un secolo. La memoria non seguiva regole matematiche, viaggiava sul filo delle emozioni, era condizionata da illusioni sentimentali che a volte creavano singolari allucinazioni temporali. Negli ultimi anni prima del conflitto era entrato a lavorare come praticante nello studio di un importante avvocato fiorentino, Angelo Ciabattini, che aveva il suo ufficio all'ultimo piano di quell'imponente palazzo ottocentesco.

«Vieni Blisk.» Imboccò lo strettissimo vicolo dell'Onestà, alzò per un attimo lo sguardo sul piccolo tabernacolo con l'Annunciazione e tirò dritto. Le finestre di Ciabattini davano sul vicolo e sulla piazzetta dei Tre Re, chiusa tra i palazzi. Con Ciabattini andava molto d'accordo, ma presto aveva capito che il normale lavoro di avvocato non faceva per lui, e si era isolato in un piccolo ufficio al piano terra, un po' nascosto, quasi segreto. Si occupava di casi del tutto diversi, ovviamente con il beneplacito dell'avvocato Ciabattini, antifascista come lui. Arrivò alla piazzetta e si fermò, ritrovando l'atmosfera di un tempo. A volte aveva incontrato qualcuno in quel luogo riparato, senza mai smettere di guardarsi intorno. A quell'epoca aveva messo in piedi una rete di amici e conoscenti fidati che raccoglievano informazioni scomode, assai spesso disgustose, su gerarchi e funzionari del fascio, i quali navigavano in un putrido fiume di corruzione, e all'occorrenza le usava per ricatti e minacce anonime, allo scopo di risolvere faccende spinose e difendere chi subiva dei soprusi. Era un'occupazione rischiosa, anzi terribilmente pericolosa, ma era riuscito a non farsi scoprire. Se sua madre lo avesse saputo non avrebbe dormito la notte, altro che casi difficili in Pubblica Sicurezza. Ricordava uno dei suoi ultimi impegni prima di partire per la guerra, nell'aprile del '39. Un'operazione davvero complicata, che in un primo momento aveva disperato di portare a termine con successo. Riguardava una profuga della guerra di Spagna che cercava di ritrovare suo figlio, dopo essere fuggita su una nave di sbandati alla fine del conflitto che aveva visto la vittoria di Franco. L'avvocato Ciabattini aveva accompagnato nel suo ufficetto clandestino un uomo elegante sui quarant'anni, forse dei Servizi Segreti, di certo non fascista, che gli aveva esposto la faccenda. Per un eccesso di cautela non si erano presentati con i loro veri nomi, ma con degli pseudonimi. Lui era il Corvo, e l'uomo elegante era la Talpa. La vicenda per fortuna era stata risolta, con lo stesso sistema di ricatti e intimidazioni. Poi a giugno dell'anno successivo l'Italia era entrata in guerra, e lui si era imbarcato sulle navi. Dopo quel salto nel tempo riprese a camminare, un po' stordito, e imboccò il vicolo del Ferro. Ogni tanto gli capitava di ripensare alla Talpa. In quel poco tempo che erano stati uno di fronte all'altro a parlare di quella faccenda spinosa, aveva letto nello sguardo di quell'uomo qualcosa di raro che gli piaceva, un'onestà incrollabile. Si domandava se fosse sopravvissuto alla guerra. Nel caso, gli sarebbe piaciuto sapere cosa stesse facendo, e magari incontrarlo di nuovo. Ma non aveva proprio idea di dove poteva essere, in quale città andare a cercarlo. Chissà se il destino avrebbe fatto incrociare ancora una volta i loro cammini. Sbucò in via Orsanmichele, voltò a sinistra e imboccò di nuovo via Calzaiuoli, pensando a quante infinite coincidenze deviavano il corso della vita degli esseri umani.

«Blisk, se quel giorno non fossi stato io a guidare la pattuglia, per sostituire il comandate Gondi che aveva la febbre, il mio compagno ti avrebbe abbattuto» disse, guardando quel colosso che gli camminava a fianco, docile come un cagnolino.

Si lasciò i ricordi alle spalle, e per un po' si divertì con il suo gioco... Quella ragazza che camminava in fretta? Doveva essere una servetta in libera uscita che si affrettava all'appuntamento con il suo fidanzato, e doveva avere in mente qualcosa di molto piacevole... E quella signora elegante a braccetto con il marito? Ricca di famiglia, un po' annoiata, preferiva i giorni feriali per avere la libertà di stare da sola... E l'altra? Quella con il cappotto nuovo nuovo che camminava senza guardare nessuno? La moglie di un negoziante, assai poco contenta della propria vita, malinconica e rassegnata, facile preda per un qualunque casanova da strapazzo... Poi c'era la nuova ricca... *la gente nova e i sùbiti guadagni...* con lo sguardo sempre in movimento per capire come gli altri la giudicavano, e se avesse potuto avrebbe scritto sul suo impermeabile costosissimo quanto guadagnava suo marito...

Imboccò via de' Neri e poco dopo spinse il portone di Rosa. Tre ore prima aveva salito quelle scale senza sapere cosa sarebbe accaduto. Si sentiva sollevato. Ce l'aveva fatta, aveva arrestato il milanese... Ormai era così che preferiva chiamarlo. Arrivò all'ultimo piano e bussò alla porta di Rosa, ma lei doveva essere ancora fuori. Entrò con le chiavi e si stravaccò sul divano, mentre Blisk si lasciò andare sul tappeto.

«Blisk, se non c'eri tu...» Avrebbe aspettato fino all'una e un quarto, poi sarebbe andato a cercare una trattoria nella zona. Ma non andò da nessuna parte. Si addormentò come una pera, e mentre sognava gli sembrò di sentire un soffio tiepido nell'orecchio.

«Che fai... Blisk...» mormorò nel dormiveglia, senza aprire gli occhi. Continuava a sentire quel soffio, e alla fine si svegliò del tutto. Rosa scoppiò a ridere. Era seduta sul bordo del divano, e lui era scivolato giù lungo disteso.

«Oddio...»

«Come sei carino quando dormi... Sembri un bambino...» disse lei. Era appena arrivata, sapeva ancora di freddo e di sole. Fece delle coccole a Blisk, poi si alzò per togliersi il cappottino rosso. Aveva una rosa finta tra i capelli e i tacchi a spillo.

«Sei andata a messa così?»

«Così come?» Sotto il cappotto era scollatissima.

«Nulla... Andiamo fuori a pranzo?» disse lui, con la voce assonnata.

«Se vuoi stiamo qua... Posso offrirti una bella frittata di cipolla, polpette avanzate ripassate con il pomodoro, finocchi tagliati fini fini con le arance, crostata di mele fatta con le mie manine... Che ne dici?»

«Un pranzo da re.»

«Ah, non ti dimenticare di rendermi le chiavi.»

«Eccole qua» disse Bordelli, appoggiandole sul tavolo.

«Bene, vado subito in cucina...»

«Non vuoi sapere come mai prima sono scappato di corsa?»

«Come mai prima sei scappato di corsa?» chiese, togliendosi le scarpe con il tacco e infilandosi le pantofoline con il tacco.

«Ho arrestato il tipaccio.»

«Nooo! È già in gattabuia?»

«Certo.»

«Oh, mio eroe! Oh, divino sbirro!» disse Rosa, giungendo le mani. Scherzava nei modi, ma sotto sotto si percepiva una vera ammirazione. Bordelli era divertito e sorrideva.

«In realtà è stato Blisk a catturarlo.»

«Che caro... Gli faccio una pappa speciale.» S'infilò in cucina e cominciò a spentolare. Dopo un po' Bordelli la raggiunse.

«Serve aiuto?»

«Meglio tardi che mai... Puoi tagliare i finocchi, sai come si fa?»

«Rosa, ho fatto la guerra» disse il vice commissario, aprendo la dispensa. Lavò i finocchi e si mise a tagliarli a fettine sottili, mentre Rosa canterellava una canzonetta che nessuno avrebbe potuto riconoscere. Era davvero buffo vedere una «signorina» delle case chiuse che cucinava sui tacchi.

Un pranzo con i fiocchi. Un buon caffè. La soddisfazione di aver arrestato un pericoloso criminale. Peccato per la sigaretta, ma Rosa non ammetteva che lui fumasse in casa sua, proprio come sua mamma.

«Posso fare una telefonata, Rosa?»

«Eliana?»

«Sì, volevo chiederle se le va di andare al cinema.»

«Se mi volete vengo con voi» disse Rosa, contenta.

«Fammi prima sentire cosa dice Eliana.» Fece il numero della sua fidanzata, e rispose la giovane cameriera.

«Pronto?»

«Buonasera Argelia, sono Franco... Come sta?»

«Buonasera commissario... Sì, io bene... Sì...» Come

sempre era in preda all'imbarazzo. Bordelli le dava del lei, le rivolgeva domande del tutto normali, ma Argelia non era abituata a quelle straordinarie attenzioni, i suoi « padroni » quasi non la vedevano.

« Eliana è in casa? »

« Sì, prego... La chiamo subito... »

« Grazie, Argelia... Sa che lei è una bellissima ragazza? »

« Ma no... cosa dice... no... io... »

« Dico davvero... »

« Vado a chiamare la signorina » disse Argelia, e scappò via. Non era vero, non era bellissima, aveva un viso grazioso, però era grassottella e aveva le gambe un po' storte, ma Bordelli cercava di incoraggiarla, di farla sentire considerata. Gli faceva una gran tristezza vedere come lei stessa si ritenesse di una « razza inferiore », una razza destinata a servire i signori, come di certo aveva fatto sua mamma, e sua nonna, e la sua bisnonna e così via. Argelia era nata in un piccolo villaggio dell'Appennino, in una povera famiglia che faticava a mettere insieme il pranzo con la cena, e a sedici anni era stata spedita in città. Una sradicata al pari degli emigranti italiani che nei decenni passati partivano in massa per le lontane Americhe. Gli faceva una tenerezza infinita, sognava per lei una vita diversa... Ma non era facile, non si trattava soltanto di lei. Per poterle dare un altro destino, il mondo avrebbe dovuto essere diverso. Chissà quanta acqua doveva scorrere sotto i ponti, prima che Argelia e le ragazzine come lei avessero la possibilità di scegliere, di fare una vita migliore. Lo scorrere dei secoli e dei governi aveva cambiato molte cose, ma non la vita della moltitudine di Argelie sparse nelle zone isolate delle colline e delle montagne...

« Eccomi » disse Eliana.

«Ciao, ti ho disturbata?»

«Se mi inviti a cena, no.»

«Era proprio quello che volevo dirti.»

«Argelia è venuta a chiamarmi tutta rossa in viso... Ma cosa gli fai alle donne?»

«Le ho solo detto che è bellissima.»

«Dio mio, arrossirà per i prossimi anni solo a pensarci.»

«Mi fa tenerezza.»

«Anche a me, sai come sono i miei. Ma a casa sua la poverina faceva la fame e dormiva al freddo.»

«Immagino.»

«Ogni tanto ci parlo, ma devo farlo di nascosto... Mia mamma dice che non si deve dare confidenza alla servitù.»

«Prima o poi le cose cambieranno...» Parlarono ancora un po' della povera Argelia, poi Eliana fece un sospiro conclusivo.

«Che possiamo farci... Insomma, dove mi porti a cena?»

«Ma se prima andiamo al cinema?»

«Va bene...»

«Sono qua da Rosa, ti va di andare tutti insieme?»

«Be', se dovessi scegliere uno dei due andrei con lei, ma visto che si può andare in tre, va benissimo.»

«Molto gentile... Ci raggiungi verso le cinque?» disse Bordelli.

«Bene... Che andiamo a vedere?»

«Ho avuto una mattina burrascosa, non mi dispiacerebbe qualcosa di divertente.»

«Allora possiamo andare a vedere *Fifa e Arena*, l'ultimo di Totò, che adoro...»

«Per me benissimo, sentiamo Rosa... *Che ne dici di an-*

dare a vedere Totò? Bene... Dov'è? All'Odeon?... Sì, allora va bene, anche lei adora Totò.»

«Ci vediamo alle cinque... Comportati ammodo, eh?» disse Eliana, ridendo.

Avevano lasciato Blisk a casa di Rosa, ed erano andati a vedere *Fifa e Arena* al cinema Odeon, dove avevano faticato a trovare tre posti. Per un'ora e mezzo quel genio di Totò aveva fatto sorridere e ridere tutta la sala, e mai in modo stupido.

Uscendo Bordelli raccontò alle due pulzelle che prima quel cinema si chiamava Savoia, ma nel gennaio del '44 i repubblichini gli avevano cambiato nome per via del «tradimento» del re. E se i fascisti non gli avessero cambiato nome, probabilmente glielo avrebbe cambiato la Repubblica Italiana nel '46, sempre per via del «tradimento» del re, ma questa volta per la sua vergognosa fuga. Rosa aveva già preso Eliana a braccetto.

«Mi ha sempre fatto ridere quell'omino con le gambette corte, pieno di nastrini e di medaglie, che si atteggiava a grand'uomo» disse.

«Troppo grande non era, poveretto» rincarò Eliana, ridendo.

«Ma un re non dovrebbe essere bello alto e forte?»

«E pensare che lo chiamavano *sua altezza reale.*»

«Appunto, qual era la sua reale altezza?»

«Due turaccioli...»

«Così alto?» disse Rosa, e le ragazze continuarono a ridere. Bordelli le guardava, affascinato. Forse erano state contagiate da Totò, ma vederle così allegre era un piacere.

«Dobbiamo ancora sederci a tavola e siete già ubriache...» disse.

«Non fare il barboso» disse Rosa.

«Ecco, diglielo anche tu a quel vecchione» disse Eliana. Erano proprio due bellissime ragazze, pensava Bordelli.

Andarono a cena in una trattoria che conosceva Rosa, dove lei venne accolta come una principessa. Bordelli stava nel mezzo, con quei due angeli ai suoi lati. Rosa propose un brindisi all'arresto del tipaccio milanese...

«Quale tipaccio?» disse Eliana, con una riga sulla fronte. E così Bordelli fu costretto a raccontare quell'avventura dall'inizio alla fine, come un romanzo... Il sospetto di Rosa, le varie telefonate fingendosi un impiegato dell'Ufficio Tecnico, poi le chiamate alla questura di Milano, le fotografie segnaletiche... Venne fuori anche il bacio di lavoro che Bordelli aveva dato a Rosa sul terrazzino, e Eliana si mise a ridere a labbra unite, questa volta un po' gelosa, ma solo per qualche secondo.

«Be', mi dispiace per te» disse a Rosa.

«Mi sono sacrificata volentieri...» Poi il racconto continuò con l'appostamento, la porta sfondata, la fuga del criminale travestito da donna, il fiuto di Blisk, l'avvistamento in piazza San Lorenzo, e infine il cane che aveva disarmato il milanese.

«Dio mio... ma è successo stamattina?» chiese Eliana.

«Verso le dieci e mezzo» disse Bordelli. Lei gli prese la mano.

«Povero, ti stava per sfuggire.»

«Dovete dare una medaglia a Blisk» disse Rosa, e gli prese l'altra mano.

«Se fate così sembra che abbia due fidanzate» disse Bordelli, sottovoce.

«Non dirmi che ti dispiacerebbe...» sussurrò Eliana.

«Oh, io non voglio un fidanzato sbirro» disse Rosa, e la sentirono in tutta la saletta della trattoria.

La mattina dopo, verso le dieci, mentre saliva le scale della questura per andare dal dottor Rossano, il vice commissario ripensava alla sera prima. Una serata piacevolissima, in compagnia di due ragazze magnifiche. Due donne che sulla carta non avrebbero potuto frequentarsi. Erano vestite e truccate in modo completamente diverso, camminavano in modo diverso, ridevano in modo diverso. Ma si piacevano, e a volte per strada si tenevano per mano come due compagne di scuola. Ogni tanto Bordelli veniva quasi dimenticato, escluso dalla conversazione, che spesso andava avanti a bisbigli e risatine. Ma lui era contento di quella complicità, e soprattutto era contento di avere una fidanzata così intelligente, fuori dai canoni. Insomma si era divertito molto, era stato bene, e non vedeva l'ora di uscire di nuovo con tutte e due le ragazze, la bionda e la mora.

Bussò alla porta del questore, e si affacciò.

«Buongiorno dottor Bordelli.»

«Buongiorno eccellenza.»

«Prego, si accomodi.»

«Grazie...» disse Bordelli, appoggiando la relazione sull'arresto di Gaspare Bragoni sulla scrivania del dottor Rossano. Dopo averla raccontata la sera prima a tavola, era stato abbastanza facile scriverla. Mentre guardava il questore che scorreva velocemente quei fogli, gli venne in mente una considerazione un po' buffa, ma del tutto vera: se i suoi genitori non avessero festeggiato l'anniversario di matrimonio con quel viaggio a Roma, Blisk sarebbe rimasto in viale Volta, e Bragoni sarebbe riuscito a fuggire.

«Molto bene» disse il dottor Rossano.

«Nella relazione mi sono permesso di omettere piccole cose non importanti.» Non aveva voluto nominare Rosa, per non metterla in pericolo. Non si poteva mai sapere.

«Non importa, mi fido di lei. Ho già parlato con il questore di Milano, si congratula con noi.»

«Meno male che c'era Blisk, il mio cane.» Gli raccontò brevemente anche a voce quello che era successo.

«Possiamo arruolarlo» disse il questore, sorridendo.

«Glielo chiederò.» Parlarono ancora per qualche minuto dell'arresto, poi il dottor Rossano appoggiò i gomiti sulla scrivania e intrecciò le mani.

«Dottor Bordelli, ho inviato una comunicazione al Ministero per proporre la sua promozione a commissario, e sono certo che verrà accolta.»

«La ringrazio, eccellenza.»

«Lascerò un appunto al questore che prenderà il mio posto, il dottor Mordente, per suggerirgli di affidare a lei i casi di omicidio.»

«Sarebbe un onore, sebbene...»

«Non pensi più a quel caso del '47, dottor Bordelli.»

«Un po' mi brucia.»

«Sa bene come sono andate le cose, dottore. Nessuno aveva voglia di sollevare un vespaio.»

«Sì, però...»

«Ci metta una pietra sopra, lei non ha nessuna colpa. L'amnistia di Togliatti è stata sacrosanta, per eliminare tensioni che potevano portare a una nuova guerra civile, e in quel frangente venne deciso che fosse meglio non stuzzicare il can che dorme, per non rischiare di scoperchiare chissà cosa e di provocare disordini, dei quali non c'era proprio bisogno... Ne abbiamo parlato altre volte. Sono sicuro che se avesse avuto il tempo di indagare avrebbe scoperto i colpevoli.»

«Grazie per la fiducia, eccellenza.»

«È ciò che penso... Bene, dottor Bordelli» disse il questore, alzandosi. Lo accompagnò alla porta, e quando gli porse la mano, il vice commissario gliela strinse forte.

«Di nuovo grazie, eccellenza.»

«Di niente... Ci salutiamo venerdì prima della mia partenza.»

Bordelli tornò in ufficio e accese una sigaretta. Era stata una settimana proficua, emozionante e perfino divertente. Per fare uscire un po' di fumo andò ad aprire la finestra, che dava sul cortile interno. Era contento anche per un'altra cosa. Quella mattina, passando davanti alla bottega di Leopoldo, aveva sbirciato dentro, e aveva visto Aldo chino sul bancone a lavorare. Per adesso sembrava che quella faccenda avesse preso la piega giusta... Squillò il telefono. Era sua mamma, da Roma.

«Ciao mamma, come state?»

«Oh guarda, ci divertiamo un mucchio.»

«Sai mamma, per merito vostro sono riuscito ad arrestare un pericoloso criminale.»

«Come dici, tesoro?»

«Niente... Ve lo racconto quando ci vediamo.»

«Come?»

«Niente, mamma... Insomma, Roma è bella?»

«Oh, è bellissima! Però Firenze è più bella.»

MORTO DUE VOLTE

Firenze, aprile 1958

C'era un bel sole quella domenica mattina. Alle dieci l'aria era già tiepida. Il commissario Bordelli stava passeggiando nel cimitero monumentale delle Porte Sante, che abbracciava quasi per intero la basilica di San Miniato, alta sulla città. Quando si sentiva in *quel modo* gli piaceva camminare fra le tombe e guardare le lapidi. Aveva l'impressione di calmarsi. Andava spesso anche nei piccoli cimiteri di campagna, isolati, circondati da cipressi neri e da un muro alto, solenni come un vecchio contadino che guarda il fuoco. Ormai conosceva tutti i cimiteri nel raggio di cinquanta chilometri. Quel giorno aveva scelto le Porte Sante. Era un sacco di tempo che non ci andava. Camminava tranquillo, calpestando le ombre delle croci e delle statue che il sole disegnava sul terreno. Leggeva i nomi e le date sulle lapidi, calcolando gli anni di vita, ma si soffermava soprattutto sulle iscrizioni... *Sposo esemplare e padre affettuosissimo... Angelo di bontà e di modestia... Esempio d'abnegazione e d'amore... Buona, umile, laboriosa, tutta la vita sacrificò alla famiglia... Bontà e rettitudine guidarono la sua vita...*

In vita potevi essere stato un porco o una gran puttana, e dopo morto ti trasformavi nella migliore delle persone.

Chissà cosa avrebbero scolpito sulla sua tomba. Magari era meglio lasciare qualcosa di scritto, per non rischiare.

Il cimitero sorgeva sopra un grande terrapieno circondato da una spigolosa propaggine dell'altissima muraglia cinquecentesca di Firenze, rinforzata da giganteschi barbacani. Si sviluppava su più livelli, e da alcuni punti ci si poteva affacciare di sotto, sul Parco delle Rimembranze. C'erano sculture di ogni tipo, e alcune rappresentavano bambini. Le cappelle di famiglia sembravano piccole chiese, in vari stili, dal romanico al gotico. Suo padre gli aveva sempre detto che in quel cimitero erano sepolti alcuni dei suoi bisnonni. Ogni volta che ci andava a camminare li cercava, ma non era mai riuscito a trovarli. Accese una sigaretta. Irene lo stava facendo ammattire. Ventinove anni. Troppo giovane per lui, lo sapeva bene. E anche troppo ricca. Appartenevano a due mondi diversi. Il padre di Irene possedeva due alberghi di lusso e due sale cinematografiche di prima visione. Lei era figlia unica. Viziata come una bambina. Voleva sempre divertirsi, andare a ballare, cenare al ristorante. Bordelli non era fatto per quelle cose, e non poteva nemmeno permettersele. In quei giorni Irene era a Roma con la madre, ospite da certi parenti mezzi argentini, e lui non riusciva a capire fino in fondo se sentisse o no la sua mancanza, o se invece quella pausa da lei gli stesse facendo bene alla salute. Di sicuro con una donna così non sarebbe durata a lungo. Non poteva durare. Ma non era per via di Irene che si sentiva in quel modo. Non era per nessun motivo. Gli era difficile anche dare un nome al suo umore. Una specie di malinconia profonda che gli rendeva tutto ostile, ma anche una certa euforia immotivata, impastata a un lieve senso di smarrimento, come se da un momento all'altro dovesse succedere qualcosa. La primavera gli faceva sempre quell'effetto, e nell'illusione di calmarsi andava a passeggiare nei cimiteri. Ormai li conosceva tutti. Davanti ai suoi occhi erano passati un'infinità di nomi e di iscrizioni di ogni tipo, dalle semplici date alle poesie più solenni.

Salì una scalinata e si trovò nella parte più alta del cimitero. Continuò a camminare fra le tombe e a leggere le lapidi. Alcune erano della seconda metà dell'Ottocento. Ogni tanto alzava lo sguardo sul millenario campanile di pietra della basilica, che si alzava da terra solido come una fortezza medievale. Guardò giù dalle mura, e nel Parco delle Rimembranze vide un paio di coppiette che si baciavano. Pensò per un attimo a Irene, poi si rimise a leggere le lapidi... *Uomo di virtù rare lasciò in tutti un gran desiderio di sé... O bellissimo e purissimo fiore tutta la nostra vita eri tu... Con lavoro intelligente indefesso nell'arte farmaceutica giunse da modesti principi alla considerazione dei suoi concittadini... Dal bel cielo d'Iseo ove Amor Patrio e dovere lo condusse e dove morbo crudele...* Passeggiava con le mani in tasca, e si fermò di fronte a un colombario. Leggendo le lapidi dei loculi vide un'iscrizione che lo fece sorridere.

Antonio Samsa, 2 aprile 1897 – 7 novembre 1943

Quell'uomo era nato il suo stesso giorno e aveva il cognome dello scarafone che strisciava sui pavimenti nella *Metamorfosi* di Kafka. A un tratto gli sembrò di aver già avuto quel pensiero, ma non in quel cimitero. Sicuramente si stava confondendo. Continuava a passeggiare davanti alle tombe, leggendo le poesie e le frasi addolorate incise sul marmo. Ma non riusciva a dimenticare quel nome e quella data: *Antonio Samsa, 2 aprile.* A momenti gli sembrava davvero di aver già visto quell'iscrizione, anche se ovviamente non poteva essere. Comunque sia era strano che nel '43 un ebreo venisse seppellito alle Porte Sante. Tornò indietro per vedere di nuovo la lapide. Nessuna stella di Davide, solo una croce, come per le tombe dei cattolici. Mise in bocca una sigaretta e si avviò verso l'uscita del cimitero. Quell'anno, il '43, gli faceva venire in mente un sacco di cose. Dov'era nel novembre del '43? A Brindisi, se lo ricordava bene. Del periodo della guerra si ricordava bene ogni cosa, dov'era e cosa faceva in quel mese o in quell'altro. Era dal '46 in poi che confondeva date e luoghi.

Uscì dal cancello del cimitero. Passò sotto l'arco di pietra, attraversò lo spiazzo di ghiaia e s'infilò nella basilica, restando accanto alla porta. C'era la messa. Il prete stava parlando. Bordelli non ascoltava. Si guardava in giro. I marmi bianchi e neri, le colonne di pietra, gli affreschi. Dalla volta dell'abside, il grande Cristo bizantino si affacciava sul coro. Era una delle rare chiese fiorentine non trasfigurate dalla Controriforma. Per lui la più bella.

Quando i fedeli cominciarono a cantare se ne andò. Scese la grande scalinata, guardando Firenze dall'alto. Era una bellissima città, da vedere. Le chiese e le torri, i colori dei tetti, le colline che si alzavano morbide verso il cielo, davano una bella sensazione. Ma viverci era tutta un'altra cosa. I fiorentini erano infidi e diffidenti, incapaci di vivere serenamente i propri sentimenti e di accogliere i forestieri. Un siciliano o un piemontese potevano abitare per anni in questa città senza avere un solo amico fiorentino. A Bologna bastava andare a bere un bicchiere in un'osteria per avere un invito a cena. Lasciò perdere Firenze e accese la sigaretta. Uscì dalla cancellata e montò sulla 600. Aprì il finestrino, e mentre ingranava la prima si voltò a guardare la magnifica facciata bianca e nera della basilica che dominava la città.

Arrivò all'incrocio con viale Michelangelo e voltò a destra. Magari poteva chiedere il trasferimento a Bologna, oppure a Napoli. Ogni tanto gli veniva in mente questa possibilità, ma non si decideva. In fondo sapeva che non l'avrebbe mai fatto. Ormai era abituato a combattere ogni secondo con la città dov'era nato, e senza quella tensione non si sarebbe sentito bene.

La mattina dopo arrivò in questura verso le otto. Si mise a sbrigare un po' di burocrazia arretrata, sbadigliando di noia. Per il lavoro era un periodo abbastanza calmo, per fortuna. Anche se non da molto. Appena un mese prima aveva arrestato una donna che aveva ucciso il marito a colpi di badile, con la complicità dell'amante. Una storia squallida che non vedeva l'ora di dimenticare. A un tratto alzò la testa e guardò nel vuoto. Gli sembrò di ricordare dove aveva già letto quel nome, *Antonio Samsa*. Gli era venuta in mente un'immagine. Lui in piedi di fronte a una tomba... legge quel nome e quella data, pensa che quell'uomo è nato il suo stesso giorno e che ha lo stesso cognome dello scarafone che strisciava per terra nella *Metamorfosi* di Kafka... poi in mezzo alle croci vede una bella ragazza ferma davanti a una tomba, e pensa: «Chissà se quella bella ragazza sa chi è Gregor Samsa». Certo. Doveva essere successo al cimitero ebraico di via di Caciolle... più o meno un anno prima, sempre a primavera. O forse si sbagliava, stava sovrapponendo due nomi simili e due pensieri legati fra loro da chissà quale parentela. Fare confusione era facile. Era passato molto tempo, e la sua memoria di solito non faceva scintille. Ma il dubbio non se ne andava, anzi era sempre più sicuro di ricordare bene. S'infilò la giacca e uscì dall'ufficio chiudendosi dietro la porta. C'era un solo modo per scoprire come stavano le cose.

«Samsa, ha detto?»

«Sì, Antonio Samsa. Nato il 2 aprile 1897.»

«Non sa quando è morto?»

«Non ricordo...» mentì Bordelli, per non rischiare di dire una data che non tornava con quella dei registri. «La nascita dovrebbe bastare... Comunque è possibile che mi sbagli con un altro cimitero» lo avvertì il commissario, di nuovo incerto.

«Da un pezzo gli ebrei di Firenze li seppelliscono tutti qui» mormorò il guardiano. Era un tipo basso sui trent'anni, con i capelli ricci che gli si alzavano sulla testa e un occhio mezzo chiuso. Si avvicinò allo schedario di ferro, diviso per lettere alfabetiche, sfilò il lungo cassetto con scritto sopra S-T e lo appoggiò sul tavolo.

«Vediamo...» mormorò, facendo scorrere i cartoncini. Leggeva con lentezza, bisbigliando i nomi. Da una finestrella in alto entrava il sole e disegnava un rettangolo sul pavimento di graniglia. Bordelli andò ad affacciarsi sulla porta della casa del guardiano, e mentre aspettava accese una sigaretta. Non aveva più tutta questa fiducia nella propria memoria... forse aveva fatto un viaggio inut...

«Eccolo qua» disse il guardiano. Bordelli si voltò di scatto.

«È sicuro?»

«C'è scritto qui, è seppellito... vicino al muro» disse il

guardiano, pronunciando le ultime tre parole con un tono grave.

«Qualcosa che non va?» chiese Bordelli.

«Non posso dare informazioni sui defunti» fece il guardiano. Poi gli spiegò l'esatta collocazione della tomba, muovendo le braccia come se parlasse di una strada. Bordelli ringraziò e si avviò nei vialetti di ghiaia del cimitero. Il sole splendeva sui vecchi marmi delle tombe monumentali, e nell'aria si sentivano ronzare i calabroni. I cipressi erano pieni di uccellini che urlavano. Le iscrizioni erano più o meno quelle che si vedevano dappertutto, ma spesso appariva un riferimento alle capacità commerciali o amministrative del morto. Una lo colpì. Tre nomi, un'unica data di morte, 17 dicembre 1943, *Vittime innocenti della violenza nazifascista*. Anche la prima volta che era entrato a passeggiare in quel cimitero ci aveva messo un po' a capire cosa c'era di strano. Non si vedevano croci. Era ovvio, ma finché non ci aveva pensato non se n'era reso conto. Si avvicinò al muro perimetrale, e scorrendo le lapidi trovò finalmente la tomba che cercava. Sul marmo era incisa una stella a sei punte, e sotto c'era scritto soltanto:

Antonio Samsa, 2 aprile 1897 – 25 ottobre 1954

Stesso nome, stessa data di nascita della tomba delle Porte Sante. Solo il giorno della morte era diverso. Undici anni di differenza. Magari era solo una coincidenza, ma sentiva il bisogno di saperne di più. Le tombe accanto a quella di Antonio Samsa, a differenza di quasi tutte le altre, avevano solo il nome e le due date, nascita e morte. Chissà se voleva dire qualcosa.

Uscì dal cimitero a grandi passi e montò in macchina.

Guidando verso il centro si domandava vagamente se fosse il destino o il puro caso a governare la vita delle persone. Una semplice passeggiata in un cimitero, ed ecco che era saltata fuori una stranezza. Perché proprio lui aveva scoperto quelle due tombe? Poteva succedere a un altro, o magari a nessuno. Era un po' come per molte donne di cui si era innamorato. Come le aveva conosciute? Una cena da amici, una gomma bucata, una coda all'ufficio postale... il puro caso. E chissà quante altre donne avrebbe potuto conoscere, se quella volta avesse... se quel giorno fosse andato... se in quel secondo avesse svoltato in quella strada... magari aveva mancato per un pelo la donna che cercava da sempre, e lei adesso era sposata con un coglione e aveva quattro figli...

Imboccò i viali. Doveva stare attento a non investire le ragazze in bicicletta. Viaggiavano sempre almeno in coppia, se non in tre o quattro, e stavano affiancate a chiacchierare, a volte in mezzo alla strada.

Oltrepassò il ponte Vespucci, e salì su per viale Michelangelo fino alle Porte Sante. Chiese al guardiano la stessa cosa, e dopo un po' lesse personalmente nel registro: *Antonio Samsa, 2 aprile 1897 – 7 novembre 1943*. Il guardiano aveva una cinquantina d'anni, magro, con la faccia storta come Antonio De Curtis. Sembrava contento di poter parlare con un vivente.

«La tomba è l'ultima in fondo al vialetto che...»

«Sì grazie, so dov'è... Mi scusi, lei nel '43 lavorava già qui?» chiese Bordelli.

«No, io sono qui da due anni. E quello prima di me era arrivato dopo la guerra.»

«Lei sa per caso chi era il bec... il guardiano, durante la guerra?»

«No, ma se vuole posso telefonare a padre Sorrentino. Lui sa tutto» disse il guardiano.

«Se non è troppo disturbo...»

«No no» fece l'uomo, quasi allegro.

«Allora va bene. Grazie mille» disse il commissario, contento di non dover fare una richiesta ufficiale al Comune. Il guardiano fece un numero di telefono, borbottò qualche parola a bassa voce, poi passò il ricevitore al commissario. A giudicare dalla voce padre Sorrentino doveva essere piuttosto vecchio, ma aveva una buona memoria. Disse che dal '16 al '46 il guardiano del cimitero era stato Gustavo Nannini, un pistoiese che aveva lasciato il lavoro a più di settant'anni. Ogni tanto era tornato a salutare, ma ormai era qualche anno che non si vedeva. Forse era morto.

«La ringrazio, padre Sorrentino.» Il commissario mise giù il telefono, salutò il guardiano e se ne andò con una sigaretta spenta in bocca. Rimontò sulla 600, scese verso il centro e poco dopo parcheggiò in piazza San Firenze. Quando uscì dall'auto sentì un brivido sotto la pelle, e barcollò appena per un leggero capogiro. Aprile stava avanzando senza pietà. C'era molta gente per strada, soprattutto donne. Le più giovani avevano le braccia nude e una strana luce negli occhi. Colpa della primavera, pensò Bordelli girando l'angolo di via de' Gondi. Entrò in Palazzo Vecchio. All'Anagrafe mostrò il tesserino, e un impiegato si mise a sua disposizione. Dopo pochi minuti Bordelli si ritrovò davanti tutti i documenti che aveva chiesto. Di Antonio Samsa ne esisteva uno solo. Era nato a Genova il 2 aprile del 1897, da Arturo Samsa e Sara Bolognesi. Il 28 febbraio del 1925 si era sposato con Rachele Aime, nata a Firenze il 14 agosto 1908. Aveva avuto due figlie, Emma, nata il 19 settembre 1926, e Gisella, nata il 10 gennaio

1929. Antonio Samsa era residente a Firenze dal 1925, in piazza D'Azeglio 49. Professione: orafo. Deceduto il 25 ottobre 1954 a Firenze. La moglie e le figlie erano ancora in vita.

Il commissario chiese all'impiegato anche un controllo su Gustavo Nannini, e scoprì che aveva ragione padre Sorrentino. Il vecchio guardiano delle Porte Sante era morto tre anni prima. Peccato. Uscì da Palazzo Vecchio con una sigaretta in bocca e la testa piena di supposizioni. Quella faccenda non gli tornava. Andò subito in piazza D'Azeglio, e al numero 49 trovò un campanello con scritto *Samsa-Aime*. Esitò un attimo, guardandosi intorno. Oltre i tetti si vedeva la cupola della sinagoga. Alla fine si decise e suonò. Non rispose nessuno. Provò ancora un paio di volte, senza risultati. Tornò in questura. Appena entrò in ufficio aprì l'elenco del telefono e cercò Samsa Rachele. Trovò il numero e lo scrisse sopra un foglietto. Provò a chiamare subito, ma non rispose nessuno. Continuò a firmare carte e a fare cose altrettanto divertenti, fermandosi ogni mezz'ora per telefonare a casa Samsa. All'una rispose una donna, con la voce drammatica.

«Pronto?»

«Buongiorno... vorrei parlare con la signora Samsa, per favore.»

«Sono io, con chi parlo?»

«Commissario Bordelli.»

«Polizia?» fece la donna, allarmata.

«Non si preoccupi, non è successo nulla, la chiamo soltanto per...» Non sapeva come andare avanti.

«Pronto?» disse la signora.

«Sono qui, mi scusi...»

«Non ho sentito le ultime parole.»

«Vorrei parlare con lei, signora Samsa, ma non per telefono.»

«È successo qualcosa?» La signora era agitata.

«Stia tranquilla, non c'è nulla di grave. Vorrei soltanto parlare un minuto con lei. Posso venire a casa sua, se preferisce.»

«Quando?»

«Mi dica lei. Anche subito, se vuole» azzardò Bordelli.

Ci fu un po' di silenzio.

«Preferirei alle cinque.»

Alle cinque meno dieci Bordelli parcheggiò la 600 in piazza D'Azeglio, davanti al numero 49. Era molto impaziente di parlare con la moglie di Samsa. Fumò una sigaretta, soffiando il fumo fuori dal finestrino. Quell'uomo morto due volte non gli andava giù. Alle cinque in punto scese e premette il campanello. Dopo qualche secondo il portone si aprì con uno scatto elettrico. Bordelli attraversò il grande atrio ornato di piante e imboccò la larga scala di pietra serena. Al primo piano la signora Samsa lo aspettava sulla porta, con una ruga preoccupata sulla fronte. Era una donna alta e magra, con i capelli ancora neri e gli occhi addolorati. Cinquant'anni portati bene. Aveva un vestito scuro ed elegante che la copriva dal collo fino a metà caviglia. Abbozzò un sorriso di cortesia e invitò il commissario a varcare la soglia. Appena si chiuse la porta, Bordelli ebbe la sensazione di essere entrato in un altro mondo, dove il tempo aveva un valore tutto particolare. I rumori della strada non si sentivano più. L'ingresso era vuoto, a parte un piccolo tavolo in legno scuro che serviva per il telefono. Nell'aria stagnava un forte odore di canfora. Bordelli seguì la signora lungo un corridoio, camminando sopra un tappeto. Entrarono in un salottino tetro. Una vetrinetta con i vetri piombati, un grande lampadario di cristallo, un orologio a pendola, due divani scomodi sistemati ad angolo di fronte a un televisore con il mobile di legno. I pavimenti decorati e la pendola erano le cose più preziose. A una parete era appeso il ritratto di un uomo con i capelli bianchi e un grande naso. La signora si accomodò su un divano senza appoggiarsi allo schienale, e invitò Bordelli a sedersi sull'altro.

«Mi dica, commissario» disse, dopo qualche secondo di silenzio. Stava seduta con la schiena dritta e le mani intrecciate sopra le ginocchia.

«Vorrei... farle qualche domanda, se lei me lo permette.»

«Prego» sussurrò la donna, alzando appena il mento. Bordelli fece un sorriso rassicurante, e cambiò posizione sul divano. Si sentiva a disagio. Non sapeva da dove cominciare. Senza un motivo pensò a Irene, e la vide nuda sdraiata sopra il letto. Si tossì nel pugno e cercò di apparire disinvolto.

«Suo marito... quando è scomparso?» disse.

«È morto il 25 ottobre 1954» rispose la signora.

«Posso chiederle com'è successo?»

«Come mai vuole saperlo? Cosa significano queste domande?» disse la donna, accigliata.

«Per adesso preferirei non dirglielo, ma non deve turbarsi. Non è accaduto nulla di grave, mi deve credere. Si fidi di me, signora Samsa.»

«Sì, ma... non capisco...»

«Capirà a suo tempo, le do la mia parola. Per il momento le chiedo solo la gentilezza di esaudire la mia preghiera.»

In nessun'altra occasione avrebbe usato parole del genere, ma quella donna e quella circostanza lo facevano parlare in quel modo. La signora abbassò le palpebre per un lungo secondo, poi lo guardò di nuovo negli occhi.

« Mio marito si è tolto la vita » disse, strusciando appena i piedi sul pavimento.

« Mi dispiace... »

« Un colpo di pistola » aggiunse la signora, distogliendo lo sguardo. Rimasero un po' in silenzio, e il ticchettio della pendola diventò sempre più forte. Bordelli pensò di aver capito come mai il guardiano del cimitero ebraico aveva detto con quel tono grave che Samsa era stato seppellito « vicino al muro », ma voleva una conferma. Si schiarì la voce.

« È per questo che suo marito è seppellito... vicino al muro? » chiese.

« È così che succede nei nostri cimiteri » rispose la signora. Non sembrava curiosa di sapere come mai quello sconosciuto sapesse dov'era sepolto suo marito. Aveva l'aria rassegnata e vagamente impaziente.

« Mi scusi la domanda, signora. Suo marito aveva... un motivo per compiere quel gesto? » chiese Bordelli, sforzandosi di non usare un tono da poliziotto. La signora continuò a fissare le mattonelle.

« Antonio è stato deportato nel novembre del '43. È sopravvissuto al campo di Auschwitz. Quando è tornato pesava trentasei chili. Lentamente si è ripreso, ma la sua testa non era più la stessa. Il ricordo di quella umiliazione lo tormentava, così come il pensiero di essere stato uno dei pochi fortunati a salvarsi. Aveva perso tutti i suoi cari, tranne un suo vecchio zio che nel '36 era fuggito in Sudamerica con tutta la famiglia » disse, con aria serena. Restarono di nuovo in silenzio. Bordelli era un po' imbarazzato. Sentiva di essere invadente, ma non poteva farne a meno.

«Lei e le sue figlie... come vi siete salvate?»

«Noi non eravamo in Italia. Nel '38, dopo le leggi razziali e la visita di Hitler a Firenze, mio marito per precauzione ci aveva fatto espatriare in Svizzera.»

«È stato lungimirante.»

«Gli ebrei devono sempre essere pronti a partire» disse la signora, con un lampo di orgoglio negli occhi.

«E i suoi genitori?»

«Eravamo insieme in Svizzera, ringraziando Dio.»

«Dove abitavate?»

«Avevamo trovato una sistemazione a Oberulmiz, un piccolo paese vicino a Berna» disse la signora.

«Se non è troppo disturbo, posso chiederle di raccontarmi qualche particolare in più?»

«Non vuole dirmi cosa sta succedendo?»

«Le prometto che lo saprà. Ma non adesso, la prego...»

«Mi faccia delle domande precise» disse la donna, lanciando un'occhiata all'orologio a pendola.

«Le rubo solo pochi minuti» mentì Bordelli.

«Prego.»

«Di cosa si occupava suo marito?»

«Avevamo una gioielleria... in via Marconi.»

«Ora non più?»

«È andata persa con la guerra» disse la signora Samsa, con voce piatta. Non era facile tirarle fuori le parole. Ma Bordelli era deciso ad arrivare fino in fondo a quella storia, e per prima cosa doveva cercare di sapere tutto il possibile su Antonio Samsa.

«Mi scusi, perché suo marito non è venuto in Svizzera insieme a voi?»

«Era rimasto a Firenze per seguire i suoi affari.»

«Vi sentivate spesso?»

«Una volta alla settimana, sempre da telefoni pubblici.»

«Non aveva intenzione di raggiungervi?»

«Si teneva pronto, se le cose fossero peggiorate.»

«Come mai non è riuscito a fuggire al momento giusto?» chiese Bordelli, frenando la voglia di accendere una sigaretta.

«Gradisce un tè?» disse la signora, dopo aver guardato di nuovo la pendola.

«Non vorrei disturbare...»

«Nessun disturbo, lo faccio comunque» disse lei, alzandosi.

«Allora volentieri, grazie.»

«La lascio solo per qualche minuto.»

«Prego.»

Con il suo tè sulle ginocchia la signora continuò a rispondere alle domande di Bordelli, sempre meno tesa. Si abbandonava a quei ricordi con nostalgia e con un dolore che aveva qualcosa a che fare con il piacere. Doveva essere la prima volta che si trovava costretta a ripercorrere passo dopo passo quella storia, e spesso mentre parlava aveva lo sguardo di chi vede realmente quello che sta raccontando. Seguiva le proprie visioni parlando senza fatica, e Bordelli stava in silenzio ad ascoltare.

Antonio Samsa aveva vissuto i primi due anni di guerra annusando l'aria che tirava in città, attento a cogliere ogni minimo cambiamento di vento. Si faceva vedere poco in giro, e quando telefonava a Rachele, che era al sicuro in Svizzera con le figlie, diceva che stava sistemando certe faccende in previsione della fine del conflitto. Nel '41 aveva lasciato l'appartamento di piazza D'Azeglio e si era spostato in una casa di campagna appena fuori città, dalle parti di Santa Margherita a Montici. L'aveva presa in affitto con dei documenti falsi che era riuscito a procurarsi.

«Non mi chieda come. Antonio aveva i suoi canali e le sue conoscenze, e anche il denaro per pagare le persone giuste.»

Un'ora dopo l'annuncio dell'Armistizio Antonio aveva chiamato in Svizzera. Era stata una telefonata concitata, piena di speranza. Dopo quel giorno lui era rimasto almeno un mese senza telefonare. Era stato un periodo terribile. Rachele si sentiva disperata e impotente. Ascoltava le notizie alla radio e piangeva, abbracciando le figlie. Poi finalmente una notte lui aveva telefonato, e aveva detto che la situazione era precipitata. Firenze si era riempita di tedeschi, e per gli ebrei era cominciato un periodo nero. Lui stava rintanato in casa, la notte chiudeva gli scuri e accendeva delle lampade basse. Un topo nascosto nella terra. Ma il prezzo era la vita, e non c'era da scherzare. Prima di nascondersi aveva sentito raccontare di persone che denunciavano i loro vecchi amici ebrei, per paura dei nazisti o semplicemente per ottenere qualche vantaggio. Ogni tanto in lontananza sentiva anche dei mitra che sparavano. Passava ore in piedi nascosto dietro la tenda di una finestra, a spiare fuori. Una mattina aveva visto sbucare dall'angolo della strada due automezzi tedeschi, che si erano fermati a una cinquantina di metri da lui. Quando aveva visto le SS che saltavano giù dai camion aveva pensato che fosse finita, invece i tedeschi erano entrati in una casa poco distante dalla sua. Avevano trascinato fuori una famiglia intera, i genitori e due figli piccoli che piangevano come fontane. Li avevano caricati sopra uno dei camion e se n'erano andati. Samsa era stato sveglio tutta la notte a pensare alle sue bambine, salve in Svizzera, e insieme a una gioia febbrile aveva provato un fortissimo senso di colpa.

Il 2 novembre del '43 c'era stata un'ultima telefonata. Samsa aveva detto alla moglie di aver finalmente trovato un modo sicuro per arrivare in Sicilia. Poi con una nave mercantile avrebbe raggiunto il Libano, e da Beirut avrebbe preso un aereo per la Svizzera. Doveva solo aspettare qualche giorno, per sistemare una faccenda importantissima che riguardava il futuro di tutta la famiglia, ma non aveva detto di cosa si trattasse perché non si fidava dei telefoni, nemmeno di quelli pubblici. Le avrebbe raccontato tutto dopo pochi giorni, quando sarebbe arrivato a Oberulmiz. Per fare quella « cosa » aveva bisogno di una persona fidata, e stava cercando di mettersi in contatto con un caro amico. Poi aveva annunciato che non avrebbe più telefonato. Per farlo doveva andare in una taverna delle Cinque Vie, passando per i campi. Troppo pericoloso.

« Tra qualche giorno ti bacio sulla bocca » aveva detto, e quando aveva riattaccato lei si era premuta il telefono contro il seno. Ma dopo un mese lui non era ancora arrivato. E nemmeno dopo due mesi. Tre, cinque, dodici. Lei passava dall'angoscia più nera a momenti di euforia, in cui

si convinceva che Antonio fosse sano e salvo da qualche parte. Ogni tanto si sentiva dire che gli ebrei venivano deportati in massa fino in Polonia e lasciati morire di fame in grandi campi recintati... ma come poteva essere possibile? Lei non ci aveva creduto.

La guerra era finita, ma di Antonio ancora nessuna notizia. Lei era tornata a Firenze con le bambine e aveva ritrovato la sua casa, anche se con la porta sfondata e quasi completamente vuota. Dappertutto c'era una grande confusione. Sembrava impossibile che da quel caos potesse ricominciare una vita normale. Eppure la città stava riprendendo a funzionare. Le sue figlie erano tornate a scuola, e si parlava già della ricostruzione dei ponti sull'Arno.

Poi un giorno il mondo intero era venuto a sapere dell'esistenza dei lager polacchi, dei forni crematori, dei saponi fabbricati con le ossa degli ebrei, dei cuscini imbottiti di capelli, di milioni di morti, di enormi fosse comuni stracolme di cadaveri magri come scheletri. Nelle sale cinematografiche proiettavano filmati raccapriccianti, e si sentivano le donne lamentarsi o addirittura piangere. I sopravvissuti dei lager erano pochi, molto pochi in confronto ai morti, e per non lacerarsi con la speranza di un miracolo lei aveva preferito credere che Antonio fosse morto.

Ma il 20 dicembre del '45 lui era tornato. Era così magro che i suoi occhi sembravano due uova, e invece di parlare sussurrava. Dopo un mese di ospedale lo avevano rimandato a casa. La notte stava girato su un fianco con gli occhi semiaperti, e le rare volte che riusciva ad addormentarsi si svegliava di soprassalto. Di giorno mangiava enormi quantità di pane, e passava molte ore seduto in poltro-

na nel suo studio, ad ascoltare musica classica e a scrivere qualcosa sopra dei fogli che la sera bruciava nella stufa. Non raccontava nulla di quello che aveva passato, e Rachele rispettava il suo silenzio. Con le figlie era molto affettuoso, e quando le abbracciava si metteva a piangere.

Erano passati altri mesi. Poco a poco Antonio aveva recuperato le forze, e quasi ogni notte riusciva a dormire qualche ora senza ritrovarsi in un brutto sogno. Aveva cominciato a fare lunghe passeggiate, sempre da solo, per sua scelta.

Una notte aveva svegliato la moglie. Era seduto sul letto. Si era messo a parlare a bassa voce per non farsi sentire dalle bambine, che dormivano nella stanza accanto. Aveva raccontato di essere stato catturato dai fascisti, qualche giorno dopo la sua ultima telefonata in Svizzera.

«Dove? Come?» aveva chiesto lei.

«Non ha importanza» aveva risposto lui. Disse che la mattina successiva all'arresto era stato portato a Fossoli, vicino a Modena, in un campo di concentramento. Dopo una settimana era stato caricato sopra un treno per il bestiame insieme ad altre migliaia di persone. C'erano molti bambini. Il treno era partito di notte. Viaggiava lentissimo, sembrava di non arrivare mai. Nessuno sapeva dove andasse. Ma quando arrivarono rimpiansero tutti quel viaggio spaventoso.

«E lassù?» aveva chiesto lei, con il cuore che batteva forte.

«Nulla» aveva bisbigliato lui. Poi si era sdraiato e aveva chiuso gli occhi. Di quello che era successo in Polonia non voleva parlare.

«E quella faccenda importantissima che dovevi sistemare prima di venire in Svizzera?»

«Non ce l'ho fatta» aveva detto lui, senza aprire gli occhi.

La mattina dopo le aveva chiesto di accompagnarlo al cimitero di San Felice a Ema...

...e Bordelli aveva sussultato sul divano.

«Come ci andiamo?» aveva chiesto lei.

«Voglio arrivarci a piedi.» Ci erano andati a piedi, come voleva lui, mentre le bambine erano a scuola. Erano entrati nel cimitero, e Antonio si era messo a camminare fra le tombe leggendo i nomi incisi sulle lapidi. Le aveva guardate tutte, dalla prima all'ultima, con la faccia sempre più cupa. A quanto lei si ricordava, non avevano amici seppelliti in quel cimitero. Alla fine Antonio le aveva detto di aspettarlo vicino al cancello, ed era entrato nella casa del guardiano. Ci era rimasto una buona mezz'ora, e quando era uscito aveva detto soltanto che voleva tornare a casa. Lungo la strada non aveva aperto bocca. Fissava il vuoto. Ogni tanto le sue labbra si muovevano come se stesse mormorando qualcosa, e il suo respiro aveva qualcosa di strano. Arrivarono a casa. Antonio si era chiuso nel suo studio, e Rachele lo aveva sentito parlare a lungo al telefono. Dopo pranzo lui le aveva detto che quel sabato sarebbe venuto a trovarli Enzo Maggini, il figlio di Giulio Maggini, un loro caro amico morto prima della guerra.

«Due mesi fa è morta anche sua madre» aveva aggiunto Antonio. Enzo lavorava in Comune da prima del conflitto, all'Ufficio Anagrafe, e dal '40 era vice direttore. Non era andato in guerra, sia per il suo impiego pubblico, sia perché era figlio unico di madre vedova.

Rachele lo conosceva poco, lo aveva visto sì e no cinque volte, quando suo padre Giulio era ancora vivo.

Bordelli pensò che quel nome, Enzo Maggini, lo aveva già sentito, ma sul momento non si ricordava in quale occasione.

«E poi?» disse, immaginando di accendere una sigaretta.

«Il sabato venne a trovarci il figlio di Giulio. Entrò in casa con un certo imbarazzo, con il cappello in mano. Lo trovai un po' ingrassato. Era fin troppo affettuoso e cordiale, ma non mi fece una bella impressione, non so perché. Abbracciò mio marito, e quasi pianse per l'emozione. Mormorò qualcosa sulla notte in cui lui e Antonio erano stati presi dai fascisti, cosa di cui non sapevo nulla. Mio marito non aveva voluto raccontarmi quei momenti, e io non avevo mai fatto domande. Poi Enzo disse con gli occhi lucidi che era felicissimo di saperci sani e salvi. Ricordo che pensai: perché tutta questa felicità? Poi mi sentii cattiva.»

Si erano accomodati tutti e tre in salotto. Enzo aveva chiesto notizie delle «bambine» con un interesse esagerato, visto che non le conosceva per niente, e siccome Samsa non rispondeva aveva risposto Rachele. La figlia più grande era al cinema con il fidanzato, la più piccola era andata a trovare un'amica che abitava nello stesso palazzo. Questa semplice notizia fece brillare di gioia gli occhi di Enzo, occhi piccoli che non si fermavano un momento. Samsa sembrava teso, parlava poco e fissava l'ospite con l'aria di volergli leggere nella mente. Enzo aveva continuato a parlare e parlare, come se non sopportasse il si-

lenzio, e sulla sua faccia si alternavano di continuo un sorriso innaturale e uno sguardo che chiedeva complicità. Dopo una lunga serie di discorsi inutili aveva fatto un viso drammatico e si era messo a rievocare i brutti momenti della guerra. Ma aveva anche molta fiducia nel futuro. Diceva che le cose sarebbero cambiate in fretta. Presto ci sarebbe stata la Repubblica, e lui stava pensando seriamente di entrare in politica, come poi aveva fatto. Aveva un lontano parente cardinale che gli avrebbe dato una mano...

Bordelli capì in quell'istante dove aveva visto quel nome: sui manifesti elettorali. In quelli del '53 e anche in quelli delle elezioni del prossimo maggio, che tappezzavano la città proprio in quei giorni. Enzo Maggini era un deputato della Democrazia Cristiana, e stava facendo una buona carriera.

...poi Enzo aveva scosso la testa, con aria cupa, e aveva accennato di nuovo alla notte in cui era stato arrestato insieme ad Antonio Samsa, nel novembre del '43. Mozziconi di frasi, non per raccontare, ma per evocare un ricordo, come si fa di fronte a chi conosce bene la vicenda. Aveva nominato con aria desolata quel campo di olivi e quel maledetto sentiero che scendeva verso le Cascine del Riccio. Scambiando un'occhiata con Antonio aveva aggiunto che a conti fatti dovevano ringraziare il cielo, era andata bene a tutti e due, si erano salvati. Rachele non era a conoscenza di quella faccenda, e quando aveva chiesto di sapere com'erano andate le cose Enzo l'aveva guardata con sorpresa, come se gli sembrasse assurdo che lei non fosse al corrente di un fatto così importante della vita di suo ma-

rito. Samsa invece aveva sussurrato con decisione che non voleva parlare di quella notte, e per qualche secondo era calato un silenzio pieno di disagio. Il primo a parlare di nuovo era stato Enzo. Aveva raccontato senza troppi dettagli la sua prigionia nel carcere delle Murate, dieci terribili settimane isolato dal mondo, la paura di essere ucciso, poi la fuga insieme a un detenuto politico, la corsa sulle colline per unirsi ai partigiani, fino alla liberazione della città. E quando era finita la guerra...

Samsa lo aveva interrotto a metà del discorso, e aveva detto a Rachele di lasciarli soli. Lei ci era rimasta male per via del tono, che sembrava un ordine. Ma per rispetto a quell'uomo calpestato e umiliato se n'era andata senza una parola. E per la prima volta in vita sua aveva origliato alla porta. I due uomini parlavano a bisbigli, e lei non capiva quasi nulla. Ogni tanto il sussurro di suo marito sibilava più forte, come se fosse arrabbiato, e in quei momenti emergeva qualche parola.

« Si ricorda per caso quali parole? » chiese Bordelli, fumando mentalmente una sigaretta.

« Tre me le ricordo bene: *traditore*, *nazisti* e *cimitero.* »

« Cimitero? »

« Cimitero... »

« E poi? »

« Dopo una mezz'ora Enzo uscì dal salotto e disse che doveva andare via. Si sforzava di sorridere, ma ricordo di aver pensato che i suoi occhi sembravano voler sparire dentro la testa... »

Suo marito non si era alzato per accompagnare l'ospite alla porta, era rimasto seduto dov'era. Rachele sentiva nell'a-

ria un'atmosfera sgradevole, senza sapere perché. Non vedeva l'ora di rimanere da sola con Antonio. Sulla porta Enzo le aveva detto che se avevano bisogno di qualsiasi cosa non dovevano esitare a interpellarlo, e le aveva baciato la mano con una gentilezza troppo ossequiosa. Appena richiusa la porta lei si era sentita riavere. Era tornata in salotto dal marito, che se ne stava seduto a fissare il muro. Gli aveva chiesto cosa fosse successo, e lui aveva chiuso gli occhi.

«Non chiedermi nulla, per favore. Non solo adesso. Mai più.»

Lei come al solito aveva rispettato i suoi desideri, e non ne avevano più parlato. La loro vita era andata avanti tranquilla. Emma e Gisella avevano continuato a studiare. Samsa non accennava a voler riprendere il suo lavoro, anzi quando la moglie entrava in argomento troncava subito il discorso. Era un uomo spezzato, che non credeva più nella vita. E un bel giorno si era sparato un colpo in testa, con una piccola pistola che aveva ereditato da suo padre. Durante quei nove anni non aveva mai raccontato nulla della sua prigionia. Ma ogni tanto diceva che avrebbe preferito morire come tutti gli altri.

La signora Samsa sfilò un fazzolettino bianco dalla manica del vestito e si asciugò gli occhi. Per pudore Bordelli distolse lo sguardo per qualche istante. Intanto cercava di mettere insieme i frammenti di quello che aveva appena saputo con quelli che conosceva già, ma non riusciva a combinare nulla di serio.

«Ha mai avuto la sensazione che suo marito nascondesse un segreto, signora Samsa?»

«Molte volte, ma aspettavo che fosse lui a parlarmene.»

«E l'onorevole Maggini? L'ha più visto?»

«Non è più venuto a casa a trovarci, e del resto nessuno lo ha mai più cercato. Però lo rividi qualche anno dopo, quando morì mio marito. Mi telefonò appena lesse il necrologio sulla *Nazione*. Mi comunicò il suo immenso dolore, con voce commossa. Si offrì con insistenza di aiutarmi per le pratiche delle pompe funebri, per la successione e per ogni altra incombenza relativa al cimitero, alludendo con molta delicatezza ai problemi che potevano venirsi a creare quando c'era di mezzo un suicidio. La sua posizione gli consentiva di appianare ogni ostacolo in tempi molto stretti, e si metteva a mia disposizione. Cercai di rifiutare, spiegandogli che i cimiteri ebraici accoglievano senza problemi anche chi si toglieva la vita. Ma soprattutto non volevo disturbarlo. Lui affermò con decisione che non gli avrei procurato nessun disturbo. La sua era certamente una gentilezza, ma avvertii ugualmente un certo fastidio. Non sentivo nessun calore nelle sue parole, non so come dire...»

Alla fine lei aveva accettato il suo aiuto, anche perché le sue figlie erano disperate e sentiva di doversi occupare di loro. Enzo aveva pensato a tutto. Aveva sbrigato le pratiche per la sepoltura nel cimitero di via di Caciolle, e aveva anche fatto preparare immediatamente la lapide, tutto a sue spese. Il giorno del funerale era stato sempre accanto a lei, colmandola di premure. L'aveva riaccompagnata a casa insieme alle figlie singhiozzanti, con una bella macchina guidata da un autista in divisa, targata Roma. Era salito in casa della signora a prendere un tè. Le ragazze si erano chiuse in camera e la signora era rimasta da sola con lui in salotto...

« Gli ha chiesto spiegazioni su quella discussione che aveva avuto con suo marito? » disse Bordelli, impaziente.

« Non avrei voluto, per rispettare la volontà di Antonio... ma alla fine non ho resistito. »

« E lui? »

« Ha fatto una faccia triste, e ha detto che mio marito gli aveva chiesto notizie di un conoscente comune, che purtroppo era stato ucciso dai tedeschi nel '44... però... »

« Però? »

« Non so, ho avuto l'impressione che... che mentisse... »

« Perché? »

« Per nessun motivo. Era solo una sensazione » disse la signora. Bordelli infilò la mano in tasca per toccare il pacchetto di sigarette.

« E dopo? »

« Enzo mi parlò di un notaio suo amico, a cui potevo rivolgermi per la denuncia di successione. Poi se ne andò, e da quel giorno non l'ho più visto. Ogni tanto telefona per fare un saluto e per sentire se abbiamo bisogno di qualcosa. Nonostante le mie sensazioni, mi sento di dire che è una brava persona. » La signora fissava il commissario aspettando altre domande, pronta a rispondere. Bordelli aveva sperato fino all'ultimo di sapere qualcosa che lo illuminasse, che gli desse la chiave di quel mistero, e non voleva rassegnarsi.

« Signora Samsa, come faccio a parlare con le sue figlie? »

« Emma vive a Genova, e Gisella a Roma. Si sono sposate presto. Se vuole posso darle i numeri di telefono. »

« Grazie. Ma se prima ci parlasse lei mi farebbe un grande favore. Non vorrei allarmarle inutilmente. »

« Come vuole. »

«Molto gentile» disse Bordelli, cercando nelle tasche la penna e un foglietto. Trovò un biglietto del cinema e con il pollice lo spianò sul ginocchio. La signora gli dettò i numeri di telefono di Emma e di Gisella, e i loro cognomi da «maritate».

«Parlo con le mie figlie tutte le sere, e anticiperò senz'altro la sua telefonata» disse.

«Grazie.»

«Vuole sapere altro, commissario?» chiese la donna.

Bordelli aveva finito. Si alzò in piedi e ringraziò la signora per la pazienza. Lei lo accompagnò alla porta, e sulla soglia confessò che parlare di quelle cose le aveva fatto bene, anche se in certi momenti era stato molto doloroso. Bordelli accennò un baciamano.

«I miei omaggi, signora.»

«Deve tornare a spiegarmi cosa è successo, commissario. Ha fatto una promessa.»

«La manterrò.»

Quella notte Bordelli dormì male. Si svegliava spesso con la voglia di bere acqua. Forse era anche colpa del cinghiale che aveva mangiato per cena alla trattoria *Da Cesare*, cucinato da quel genio di Totò, il cuoco pugliese che quasi ogni giorno attentava alla sua vita con ricette magnifiche ma letali. Nei momenti di dormiveglia continuava a pensare a quelle due tombe, sforzandosi di trovare una spiegazione. Il fatto che Samsa fosse andato al cimitero di San Felice a Ema a cercare sulle lapidi un nome che non aveva trovato poteva avere a che fare con quella faccenda, ma poteva anche non entrarci per nulla. Come mai non era andato anche in altri cimiteri? Chi era andato a cercare? Un caro amico? Un nemico? Troppo pochi elementi per poterci capire qualcosa. Doveva parlare presto con le figlie della signora Samsa... ma se non fosse servito a nulla? Forse l'onorevole Enzo Maggini era a conoscenza di qualche particolare capace di far saltare fuori la verità, ma se quella faccenda poteva essere risolta senza parlare con lui era più contento. Non aveva nessuna voglia di infilarsi in situazioni complicate. Piuttosto che andare a *disturbare* un deputato della DC durante la campagna elettorale preferiva passare una settimana chiuso in un armadio con un maiale. Prima di rassegnarsi a quell'idea doveva provare ogni altra strada. Innanzitutto doveva riflettere, trovare un appiglio per sapere in che direzione andare. Rigirandosi nel letto cercava di mettere insieme un'ipotesi che stesse in piedi. Un omicidio? Uno scambio di persona? Un semplice errore? Voleva scoprirlo al più presto. Il mestiere del poliziotto aveva non poco a che fare con l'archeologia. Scavare nel passato, trovare cocci sparsi e metterli insieme per ricostruire il pezzo intero. E non sempre si trovavano tutti i pezzi, anzi quasi sempre mancava qualcosa. La verità completa era solo un miraggio.

Quando suonò la sveglia non stava dormendo. Andò ad affacciarsi alla finestra e sentì con piacere il vento fresco sul viso. Il cielo era senza nuvole. Si lavò in fretta, prese un caffè al bar sotto casa e andò in questura. Parcheggiò nel cortile, e quando scese dalla macchina lo informarono che all'alba era stato trovato il cadavere di un uomo nel giardino di Boboli, un pregiudicato appena uscito di galera. Ucciso a coltellate. Per fortuna se ne stava già occupando un giovane ispettore. Salì al primo piano, e appena entrò nel suo ufficio spalancò la finestra. C'era puzzo di fumo vecchio. Era impaziente di telefonare alle figlie della signora Samsa, ma era ancora troppo presto.

Aspettò che fossero le nove, poi chiamò il centralino e chiese la comunicazione con la signora Emma Andreoni. Dopo un po' sentì la sua voce, con un sottofondo di bambini che giocavano. Bordelli si presentò. Emma disse che sua madre le aveva annunciato la telefonata e l'argomento, e com'era ovvio chiese il motivo di quell'interesse. Lui si scusò di non poterla accontentare, ripetendo le parole che aveva detto alla signora Rachele. Dopo qualche momento difficile, cominciarono finalmente a parlare di Antonio Samsa. Bordelli non risparmiò le domande, alla ricerca di qualche particolare importante, di una traccia da seguire. Emma aveva una voce molto dolce, e parlando di suo padre si emozionava. La telefonata durò quasi un'ora, ma purtroppo non servì a molto. Emma non era in grado di aggiungere nulla di nuovo al racconto di sua madre.

«Mio padre non ci ha mai raccontato nulla di quel periodo, non voleva sentirne parlare, e in famiglia ci siamo abituati a non fare domande» disse per concludere.

Il commissario salutò la giovane Emma scusandosi per il disturbo. Abbassò la forcella del telefono con un dito e richiamò subito il centralino per parlare con la sorella, Gisella Mannoni. La centralinista disse che non rispondeva nessuno. Il commissario ringraziò e buttò giù. Accese una sigaretta, e continuò per un pezzo ad agitare in aria il fiammifero già spento. Sentiva il bisogno di fare almeno un passo avanti, e in quella situazione c'era un solo modo. Riprese in mano il telefono per chiamare il sostituto procuratore Manuzza, poi cambiò idea. Avrebbe esumato la bara delle Porte Sante senza disturbare la burocrazia, e se avesse trovato qualcosa d'importante lo avrebbe immediatamente comunicato alla Procura della Repubblica, chiedendo che gli venisse affidata l'indagine. Altrimenti, nessuno ne avrebbe saputo nulla. Fece un paio di telefonate per organizzare la faccenda, poi andò a mangiare un boccone alla trattoria *Da Cesare*.

Verso le due e mezzo era già al cimitero, per assistere personalmente all'apertura della tomba. Ad aspettarlo c'erano due operai fatti venire apposta dal Comune. Sulla strada era pronto un furgone per trasportare il cadavere a Medicina Legale, dal vecchio ed esperto dottor Diotivede. Prima di procedere Bordelli consultò di persona i registri del cimitero. I documenti sembravano in regola. Quella tomba era di Antonio Samsa, nato il 2 aprile 1897 e deceduto il 7 novembre del 1943. Evidentemente quella sepoltura non era stata registrata regolarmente all'Anagrafe, altrimenti quando Samsa era morto per davvero sarebbe saltato fuori che era già stato seppellito.

« Andiamo un po' a vedere chi c'è in questa tomba. » Il commissario si avviò dentro il cimitero seguito dai due operai. Uno era alto due metri, con la testa incassata nel collo e due braccia spaventose. L'altro lo chiamava Godzilla. Arrivarono davanti alla tomba, e gli uomini del Comune tolsero la lastra di marmo del loculo.

« Occazzo! » disse uno degli operai. Il muretto di mattoni dietro il marmo era sfondato e si vedeva la bara, di legno scurissimo. Godzilla si affacciò dentro, afferrò la cassa per le maniglie e la tirò fuori senza nessuna fatica, come una pizza dal forno. L'appoggiò in terra, sul vialetto di ghiaia.

« È aperta » disse. L'altro operaio fece un passo indietro. Bordelli si fece dare un paio di guanti e sollevò personalmente il coperchio, rovesciandolo da un lato. Rimasero tutti a bocca aperta. La bara era vuota.

«Hanno rubato il morto» disse uno degli operai, grattandosi la testa.

«Forse gli scappava da pisciare» disse Godzilla, e scoppiò a ridere da solo. Il commissario disse agli operai di caricare ugualmente la cassa sul furgone. Anche se dentro non c'era nessun cadavere, voleva che Diotivede la esaminasse. Montò sulla 600 e guidando lentamente tornò in questura. Appena entrò in ufficio provò di nuovo a chiedere la comunicazione con Gisella Mannoni, ma dopo una lunga attesa la ragazza del centralino gli disse che non rispondeva nessuno. Si lasciò andare contro lo schienale, facendolo cigolare.

Sperava di trovare presto un altro frammento da aggiungere al mucchio dei suoi cocci sparsi. Doveva cercare di saperne di più su Antonio Samsa, e sui suoi ultimi mesi prima della deportazione. Cercava di convincersi che la telefonata con Gisella gli avrebbe rivelato qualcosa di decisivo, un particolare illuminante, ma in fondo non ci credeva. Ormai era chiaro che Samsa non aveva raccontato nulla alla famiglia. Forse doveva decidersi a fare una visita all'onorevole Maggini. Ma quell'idea continuava a non entusiasmarlo. A stuzzicare i politici c'era sempre il rischio di infilarsi in qualche casino. Un moscone indebolito volava lentamente per la stanza, a pochi centimetri dal soffitto, e seguendolo con lo sguardo cercò di farsi venire un'idea. Alla fine ripiegò sulla cosa più semplice, e cioè mandare qualcuno a parlare con i vicini di casa di Antonio Samsa, e anche con i negozianti di via Marconi, dove prima della guerra Samsa aveva la sua gioielleria. Magari poteva saltare fuori qualcosa d'interessante. Mandò a chiamare quattro agenti, e li aspettò con impazienza. Quando arrivarono si ammucchiarono davanti alla scrivania. Il commissario spiegò per filo e per segno cosa dovevano fare, e disse che voleva i rapporti sulla scrivania per la mattina di mercoledì. Gli agenti se ne andarono di corsa. Appena rimase solo, Bordelli diventò pensieroso. Poi a un tratto drizzò la schiena e tirò il primo cassetto della scrivania. Si mise a frugare tra i foglietti per cercare il numero del tenente colonnello Arcieri, un carabiniere che lavorava al SIFAR. Non erano amici, lo aveva visto una volta sola, pochi mesi prima, e ci aveva parlato qualche volta per telefono. Però gli era rimasto impresso. Si erano scambiati dei favori, e nulla impediva che la cosa potesse ripetersi. Trovò il numero e lo comunicò al centralino. Lo misero in attesa. Passò almeno un minuto, poi sentì la voce secca di Arcieri.

«Pronto?»

«Buongiorno colonnello, sono Bordelli. Si ricorda di me?»

«Salve, commissario. Mi fa piacere sentirla.»

«Come va giù a Roma?»

«Non me lo chieda, preferisco non pensarci.»

«Non ci crederà, colonnello, ma ho ancora bisogno di lei...»

«Mi dica.»

«La ringrazio in anticipo e vengo al dunque. Vorrei tutte le informazioni che riesce a trovare su un certo Antonio Samsa...» Disse anche il luogo e la data di nascita dell'ebreo, e aggiunse che era un sopravvissuto di Auschwitz. Arcieri prese nota.

«Solo questo?» disse.

«Solo questo.»

«La chiamo appena so qualcosa.»

«Grazie, colonnello.»

Si salutarono, e il commissario uscì a bere un caffè al bar di via San Gallo. Tornando verso la questura vide passare una bella ragazza mora attaccata al braccio di sua madre, e per guardarla sbatté contro una Lambretta parcheggiata sul marciapiede. La ragazza se ne accorse e scoppiò a ridere, suscitando la curiosità di sua mamma. Bordelli arrossì e continuò a camminare facendo finta di nulla. Immaginò una scena assurda... lui che tornava indietro, raggiungeva la ragazza... lei era sola, sua madre era sparita... lui le diceva che era bellissima, la faceva ridere un po' con qualche storiella sui poliziotti, poi la sorprendeva con un invito a cena... e lei...

«Commissario...» sentì dire, e si voltò. Mugnai era fuori dalla guardiola e stava facendo il saluto.

«Comodo, Mugnai» disse Bordelli continuando a camminare.

«Commissario, *Può condurre alla perdizione*, cinque lettere...»

«Donna» disse Bordelli, senza fermarsi. Mugnai corse a controllare il cruciverba, ma non tornava. Cominciava per G, e la penultima era C.

Bordelli salì le scale fino al primo piano e imboccò il corridoio. Si sentiva il rumore metallico di un paio di macchine da scrivere, e alcune persone che discutevano. Aria di casa, pensò. Aveva ancora negli occhi la bella ragazza con i capelli neri, e giurò che se l'avesse rivista non avrebbe esitato ad avvicinarla. Entrò in ufficio, spalancò la finestra e si lasciò andare sulla sedia. Vuotò il posacenere nel cestino, poi mise in bocca una sigaretta. Senza accenderla alzò il telefono e chiamò Diotivede.

«Parlo con la macelleria Peppino?»

«Sto morendo dal ridere» disse il medico.

«Non volevo farti ridere, so che non ne sei capace.»

«Perché mi hai mandato una cassa senza il morto?»

«Non dirmi che la cosa ti ha intristito.»

«No, però mi sono toccato.»

«L'avrei fatto anch'io.»

«Che ci devo fare con questo pezzo di legno?»

«Il mio sogno sarebbe che tu riuscissi a scoprire nome e cognome del morto che non c'è.»

«Vieni stasera a casa mia e facciamo una seduta spiritica» disse Diotivede. Il commissario lo immaginava con il telefono in una mano e un fegato umano nell'altra, le pupille incorniciate dagli occhiali e quei capelli corti e bianchi che gli si drizzavano sulla testa.

«Prova a fare l'autopsia a quella bara come se fosse un cadavere, e dimmi tutto quello che trovi.»

«Non potevi farla portare a quei maniaci della Scientifica?»

«Lo sai che voglio bene solo a te.»

«Non ci crederai ma sono arrossito.»

«A questo punto anche io.»

«Non vorrei spezzarti il cuore, ma devo interrompere questa magnifica discussione per andare a giocare con un intestino.»

«Non immagini quanto ti invidio.»

«Fai bene, non sai cosa ti perdi» disse Diotivede, e riattaccò. Il commissario accese una sigaretta, e si lasciò andare contro lo schienale con un sospiro. Si mise a fissare il piano della scrivania ricoperto da ogni genere di oggetti, alcuni misteriosi. Dalle due tombe il suo pensiero scivolò lentamente su Irene... distesa sopra il letto, ancora vestita, con i capelli che si allargavano sul cuscino...

Si passò una mano sulla faccia, alzò il telefono e chiamò

ancora una volta il centralino per avere la linea con casa Mannoni. Finalmente riuscì a parlare con Gisella. Anche lei aveva una voce molto piacevole, come la sorella, ma sembrava meno emotiva. Disse che sua madre l'aveva avvertita della telefonata.

«Come mai vuole sapere di mio padre?» chiese, con una punta di diffidenza. Bordelli ripeté ancora una volta le sue vaghe motivazioni, sforzandosi di essere convincente, e alla fine Gisella si tranquillizzò. Presa dai ricordi si mise anche a raccontare di un certo pomeriggio...

Un anno dopo essere tornato a casa, Antonio Samsa era nel suo studio ad ascoltare musica classica, seduto in poltrona. Gisella a quei tempi aveva quasi diciotto anni. Si era affacciata alla porta per chiedere a suo padre se voleva un tè. C'erano solo loro due in casa. Emma e sua madre erano andate al cinema. Gisella non aveva mai parlato con nessuno di quel pomeriggio, perché suo padre l'aveva pregata di non farlo...

Antonio Samsa si alzò dalla poltrona, lentamente, e andò ad abbassare il volume del grammofono. Si avvicinò a Gisella, che era rimasta in piedi sulla soglia. Le fece una carezza sui capelli, guardandola con i suoi occhi neri e profondi.

«Sai cos'è questa musica?»

«No» disse Gisella.

*«È l'*Incompiuta *di Schubert» disse Samsa, spostando lo sguardo sulla finestra. Stava piovendo. I suoi occhi erano diventati improvvisamente vuoti, come se stesse seguendo le immagini della mente. Gisella sentiva che quello era l'inizio di un discorso più lungo, e non parlava. Infatti suo padre continuò.*

«Su in Polonia, i primi mesi, chiudevo gli occhi e cercavo di suonare questa sinfonia dentro la mia testa, dall'inizio alla fine» disse Samsa. Sua figlia era molto stupita di sentirlo parlare di quelle cose, e non osava fiatare.

*«Poi un giorno mi accorsi che non riuscivo più a farlo. La musica che amavo di più se n'era andata dalla mia testa.» Parlava con lentezza, facendo lunghe pause, come se non volesse perdersi le note dell'*Incompiuta. *Gisella stava immobile, per non rischiare di rompere quell'incantesimo. Era la prima volta che sentiva suo padre parlare del lager.*

«Un ufficiale delle SS mi portava ogni giorno di nascosto un po' di zuppa, rubata al suo cane. Non ho mai capito perché, ma se non sono morto di fame è solo per questo. Volevo che qualcuno lo sapesse.» Si tirò su la manica della maglia, e scoprì il numero tatuato sul polso. Lo sfiorò con la punta delle dita. In quel momento il disco finì. Samsa tirò giù la manica e andò a rimettere la puntina dall'inizio. Aspettò che la musica ricominciasse, emergendo sopra lo scricchiolio dei graffi, poi si lasciò andare sulla poltrona e chiuse gli occhi. Gisella si avvicinò, girò dietro la spalliera della poltrona e ci appoggiò sopra le mani. Rimasero così, in silenzio, ad ascoltare quella musica.

«Rosa, sai cos'ho trovato oggi pomeriggio?»

«La donna della tua vita?»

«Una bara senza il morto.» Bordelli era sdraiato pancia sotto sul divano di Rosa, con gli occhi chiusi. Lei stava seduta sul bordo e gli grattava la schiena con una mano infilata sotto la camicia. Si era tolta le scarpe. Portava sempre i tacchi alti, e appena poteva se ne liberava.

«Una bara senza il morto? E dove?»

«Al cimitero...»

«Quale cimitero?»

«Le Porte Sante.»

«E perché non c'era il morto?»

«Si vede che non gli piaceva il posto e se n'è andato.»

«Io voglio una tomba tutta rosa, con la mia statua alta come me e una bella scritta sul marmo: *Qui riposa la signora Rosa Stracuzzi... amata da molti più uomini di quanto lei volesse...* No, aspetta. *Qui riposa Rosa Stracuzzi*, senza *signora*. E poi: *donna che visse molto e soffrì ancora di più.* Che te ne pare?»

«Molto poetico.»

«Devo ricordarmi di scriverlo nel testamento.»

«Un po' più a destra» disse Bordelli, per guidare le unghie di Rosa...

Rosa era una donna magnifica. Bionda innaturale, sempre truccata, due grandi occhi ricolmi di ricordi. Aveva più o meno trentacinque anni, e per quasi due decenni aveva lavorato nelle case chiuse. Aveva smesso da un paio di mesi. Il 20 febbraio la Legge Merlin aveva abolito le «case di prostituzione» su tutto il territorio dello Stato, fissando una scadenza di sei mesi per la piena attuazione delle nuove regole. Rosa non aveva nessuna voglia di assistere all'agonia di quel mondo, e nemmeno di contare le lacrime di zia Valeria, la *madame* che teneva il villino del Lungarno del Tempio. Si era licenziata il giorno stesso, e aveva deciso che non avrebbe mai più fatto una sola marchetta in vita sua. O il casino o nulla. Durante gli anni di duro lavoro era riuscita e mettere da parte un bel po' di soldi, e si era comprata un piccolo appartamento all'ultimo piano in via de' Neri, con vista sulla Torre d'Arnolfo. Diceva che la Merlin le aveva offerto la scusa per ritirarsi, e quasi sentiva di doverla ringraziare. Quel tipo di vita era difficile da interrompere, si doveva saper cogliere l'occasione. Ma la verità era che si sentiva stanca. Non ne poteva più di tutti quegli uomini che le sospiravano addosso, per poi parlare con malinconia rispettosa di mogli devote ma freddine. Voleva essere libera e godersi la vita, diceva. In realtà non faceva nulla di speciale, ma lo faceva con piacere. Bordelli non poteva più immaginare di vivere senza di lei. Andava a trovarla spesso, la sera tardi, e lei era sempre dolce come una mamma.

«E tu come la vuoi, la tomba?»

«Un po' più su... più a sinistra... Sì, proprio lì... forte... più forte...» disse Bordelli, con la bocca schiacciata contro il cuscino.

«Più forte di così ti faccio uscire il sangue.»

«Ahia... piano...»

«Allora? Come la vuoi la tomba?»

«Una lastra di marmo e una croce.»

«Con scritto cosa?»

«Non ci ho pensato.»

«Pensaci ora» disse lei, curiosa. Bordelli ci pensò qualche secondo.

«*Qui giace Franco Bordelli, il quale vorrebbe essere ancora vivo.*»

«Scemo...» fece Rosa, ridacchiando.

«La cosa più strana è che ci sono anche due tombe con lo stesso nome...» disse lui, pensando a voce alta.

«Ah, sì?»

«...e una è proprio quella senza il morto.»

«Mmm... due tombe con lo stesso nome e una bara vuota.»

«Già...»

«Una volta ho letto un romanzo dove si raccontava che in un vecchio cimitero avevano seppellito una cassa da morto piena d'oro e di gioielli... era divertente...» disse Rosa. Il commissario aprì gli occhi, e dopo un secondo alzò la testa.

«Potrebbe essere» mormorò.

«Che hai detto?»

«Nulla...»

«Come va con Irene?»

«Non saprei» disse Bordelli, ributtando giù la testa.

«È una donna sbagliata per uno come te.»

«Che ne sai? Non l'hai mai vista.»

«Lo so... me lo sento...»

«A darti retta nessuna donna è giusta per uno come me.»

«Potrebbe essere...»

«Forse hai ragione... Più giù... un po' più a destra...»

«Ti va un bicchierino di cognac?»

«Mi hai tolto le parole di bocca.»

Mercoledì a mezzogiorno Diotivede non aveva ancora chiamato, e nemmeno il colonnello Arcieri. Bordelli era sempre più impaziente. Aveva passato metà della mattina a leggere i verbali delle dichiarazioni su Antonio Samsa, battuti a macchina e pieni di cancellature. Nulla d'interessante. Qualcuno aveva sentito dire che Samsa prestava i soldi a usura, altri dicevano che a quanto sembrava era un sant'uomo. C'era chi lo credeva un buon padre di famiglia e chi aveva sentito mormorare che avesse un'amante, o forse anche due. Chi affermava che fosse un uomo molto socievole e chi invece ne parlava come l'individuo più scontroso che avesse mai incontrato. Erano quasi tutte notizie di seconda o terza mano, non vere opinioni. «Il tale mi ha detto...», «Ho sentito dire che...», «Una volta pare che...» Non era saltato fuori nessun particolare che potesse aiutarlo a fare anche un solo passo avanti. Non rimaneva che aspettare i risultati di Diotivede e la telefonata del colonnello Arcieri. E se anche quelle cose non fossero servite a nulla... Be', a quel punto non poteva fare altro che bussare alla porta dell'onorevole Maggini.

Si mise a leggere e a firmare documenti, a correggere rapporti, pensando che la vita del poliziotto era fatta più di carte che di pistole e inseguimenti. I film non raccontavano come stavano veramente le cose. Nel suo ufficio stagnava il fumo di molte sigarette, e alla fine si alzò per aprire la finestra. Forse Rosa aveva ragione. Una tomba poteva essere un ottimo nascondiglio...

La sua pazienza era finita. Appena si rimise a sedere alzò il telefono e chiamò Diotivede.

«Come va con la cassa da morto?»

«Non mi ha dato nessuna soddisfazione» disse il medico.

«Ah, l'hai già fatta?»

«Ho finito da poco, e ti assicuro...»

«Scommetto che non hai trovato traccia di cadaveri» lo interruppe Bordelli.

«Se mi lasci parlare...»

«Scusa.»

«Dicevo, se in quella bara c'è stato un morto ci ha passato solo il fine settimana.»

«Sei sicuro?»

«Non chiedermi sempre se sono sicuro.»

«È un modo di dire.»

«Cerca un modo per non dirlo più.»

«E come farei a divertirmi?»

«Senti Bordelli, se hai finito i bulloni del Meccano non è che devi dare noia agli altri bambini.»

«Non t'incazzare... dimmi della bara.»

«Come sei morboso.»

«A parte il morto che non c'è, hai scoperto qualcosa d'interessante?»

«Molto interessante.»

«E cosa?»

«Che è una bara di mogano» disse Diotivede, impaziente di chiudere.

«Questa notizia mi sconvolge» fece il commissario.

«Cosa ne faccio di questo cassettone vuoto?»

«Non disperare, da un giorno all'altro può capitare un bel cadavere da metterci dentro.»

«Sempre le stesse battute, come al servizio militare...» fece il medico con un sospiro, e riattaccò.

Bordelli uscì dall'ufficio per andare a mangiare un boccone. Non riusciva a smettere di pensare a quella bara senza il morto. Il cadavere non era stato trafugato, semplicemente non c'era mai stato. Dunque poteva trattarsi davvero di un nascondiglio. Nel corridoio incrociò alcuni agenti che scattarono sull'attenti, ma lui non li vide nem meno. Almeno per un po' doveva smettere di rimuginare su quella faccenda delle tombe. Era meglio far riposare la testa e rifletterci con calma il giorno dopo. O magari anche quella sera stessa, a casa, prima di dormire. Attraversò viale Lavagnini pensando che per via di quella bara vuota al cimitero delle Porte Sante si era liberato un posto... magari poteva prenotarlo lui.

Entrò nella trattoria *Da Cesare*, salutò con un cenno il proprietario e i camerieri, poi s'infilò come sempre nella cucina, dove da anni mangiava seduto sopra uno sgabello facendo due chiacchiere con Totò, il cuoco pugliese.

Alle due e mezzo era già seduto nel suo ufficio con una sigaretta spenta in bocca e i fiammiferi in mano. Si era incantato a fissare un portapenne di terracotta appoggiato nell'angolo della scrivania. Mentre era a pranzo lo aveva cercato il colonnello Arcieri, e aveva lasciato detto che avrebbe richiamato lui *alle quattordici e quarantacinque.*

Bordelli continuava a fissare il portapenne, senza più vederlo. Come al solito stava cercando di mettere insieme tutti i pezzi di quella storia, ma seguitava a incepparsi. Due tombe con lo stesso nome, un ebreo deportato, una bara vuota in cui non c'era mai stato il morto. Andava dietro a un'ipotesi, poi a un'altra, finché non si perdeva nella nebbia. C'erano dei punti fermi, ma senza altri elementi chiudere il cerchio non era facile. Di sicuro in quella bara era stato nascosto qualcosa di prezioso, che qualcuno aveva poi trafugato. Ma cos'era? Denaro, oro, documenti? Era una faccenda di spie? In questo caso il colonnello Arcieri lo avrebbe scoperto. Ma quando era stata profanata la tomba? Durante la guerra o dopo? Il *tesoro* nascosto era di Antonio Samsa? Be', se si trattava di oro era possibile. Samsa era un gioielliere e magari aveva accumulato oro prima della guerra, prevedendo il peggio. Era per cercare quella bara che aveva passeggiato a lungo fra le tombe del cimitero di San Felice a Ema? Ma perché allora non era andato alle Porte Sante? Perché quella tomba portava il suo nome? Che senso aveva? Se era stato lui a organizzare quel nascondiglio, come mai non sapeva più dov'era? E se non lo sapeva, come faceva a essere roba sua quella nascosta alle Porte Sante? Forse stava cercando il tesoro di qualcun altro? E da chi aveva avuto la notizia? Dove? Nel campo di Auschwitz? E il suo arresto nel '43? Un tradimento o un caso? E se c'era un traditore, chi era? Perché Samsa stava camminando di notte, in quel sentiero sopra le Cascine del Riccio? E perché insieme a Enzo Maggini? Dove stavano andando? Chi dovevano incontrare? C'era di mezzo la Resistenza? Era una fuga? O era solo una questione di soldi? E come mai Samsa si era suicidato? Be', a quest'ultima domanda non era davvero possibile dare una risposta. Accese la sigaretta, soffiò il fumo in alto seguendolo con lo sguardo, e in quel momento suonò il telefono.

«Sì?»

«Una telefonata per lei, dottore...»

«Arcieri?» disse Bordelli, staccando la schiena dalla spalliera.

«No dottore, è la signorina Gallo» disse Mugnai. Era Irene.

«Passamela» sospirò Bordelli.

«Subito, dottore.»

«Senti... se chiama Arcieri e trovi occupato, trattienilo. Faccio in un minuto.»

«Senz'altro, dottore. Le passo la signorina.»

Si sentirono diversi clac, poi un respiro e un sottofondo di voci lontane.

«Pronto?» disse Bordelli.

«Amore, sono io. Cosa stavi facendo?»

«Pensavo...»

«A un'altra donna?» fece Irene, maliziosa.

«Esistono altre donne al mondo?» disse Bordelli, per nulla convinto di quelle parole.

«Pensavi a me?» chiese Irene, facendo le fusa.

«Anche...»

«Dai, dimmi qualcosa» disse lei in un sussurro, come se non volesse farsi sentire da qualcuno.

«Qualcosa come?» fece Bordelli, guardando l'orologio.

«Non so, qualcosa di carino.»

«Di carino?» Erano le quattordici e quarantaquattro.

«Dai...» insisté lei, impaziente.

«Scusa Irene, sto aspettando una telefonata importante...»

«Uffa.»

«...se mi lasci un numero ti richiamo fra poco.»

«No, stiamo uscendo.»

«Richiama tu quando vuoi.»

«Stai cercando un assassino?»

«Nessun assassino.»

«Ti manco almeno un po'?»

«Irene, scusa ma devo proprio riattaccare.»

«Dimmi solo se ti manco, musone...»

«Moltissimo, ma ora devo lasciarti» disse Bordelli, deciso.

«Va bene, ho capito, non ti chiamo più... Uffa!» e sbatté giù il ricevitore. Non era la prima volta, anzi succedeva spesso. Bordelli si passò le mani sulla faccia, rendendosi conto che con Irene i momenti sereni erano piuttosto rari... e forse... a rifletterci bene...

Squillò di nuovo il telefono.

«Dottore, il colonnel...»

«Passamelo.»

Dopo cena andò a fare un giro in macchina. Guidare senza una meta precisa lo rilassava, e lo aiutava a pensare. C'era stato il sole tutto il giorno, e fuori si stava ancora bene. Prese la via Senese e dopo la Certosa del Galluzzo proseguì verso i Falciani. Era deluso. Il colonnello Arcieri non aveva trovato nulla di interessante su Antonio Samsa. Figlio di un ricco gioielliere di Genova, per molti anni aveva strizzato l'occhio al fascismo, senza sbilanciarsi troppo, e nel '38 se ne era ovviamente allontanato per via delle leggi razziali. Il resto erano notizie che lui conosceva già, o cose inutili per la sua indagine.

Soffiava il fumo fuori dal finestrino e continuava a riflettere. Doveva rassegnarsi. L'ultima possibilità che aveva era una chiacchierata con l'onorevole Enzo Maggini. Forse lui poteva aggiungere qualcosa a quella storia. Non che ci sperasse davvero, ma non aveva altra scelta. Quando arrivò a Ferrone voltò a sinistra e prese la salita per Strada in Chianti, poi scese dalla Chiantigiana e tornò verso Firenze. La guerra era finita da tredici anni, ma per colpa di quella faccenda era costretto a rimestare ancora nelle storie torbide di quel periodo.

Arrivò a casa verso mezzanotte. Si versò una grappa, poi si tolse le scarpe e si sdraiò sul divano davanti al televisore spento. A quell'ora i programmi erano finiti da un pezzo. Aveva lasciato accesa solo la lampada accanto al divano, appoggiata sopra un tavolino tondo. Il resto della stanza era in penombra. Si mise a guardare la vecchia credenza della casa dei suoi genitori. Per un po' si perse a seguire le decorazioni artigianali che aveva visto fin da bambino, pensando che spesso gli oggetti hanno una vita più lunga dei loro proprietari, e si caricano di ricordi. Certe cose avevano la capacità di fargli rivivere immagini precise. Magari semplici fotogrammi, che però si portavano dietro un mondo intero, come gli odori.

Aveva dimenticato il posacenere e per non alzarsi scuoteva la sigaretta sul tappeto, tanto domenica avrebbe passato l'aspirapolvere. Accese una sigaretta e prese dal tavolino il romanzo che stava rileggendo. *I cosacchi* di Tolstoj. Era la quarta volta che lo leggeva. Gli piaceva affondare in quella storia, gli sembrava di vivere davvero in quei posti che non avrebbe mai visto. Anche Irene adorava leggere, ma solo fotoromanzi, torbide storielle d'amore e di passione che viveva sulla propria pelle. Era molto bella, Irene. Aveva nello sguardo una luce pungente che attirava gli uomini, come certe attrici. Con lei non sarebbe durata a lungo, se lo sentiva. Lasciò perdere Irene e continuò a leggere. Dopo qualche pagina sentì che gli si chiudevano gli occhi, ma continuò ad andare avanti...

Si svegliò di soprassalto per colpa del telefono che suonava, e alzò la testa con un grugnito. Nell'aria stagnavano lunghe strisce di fumo, e il libro era caduto giù dal divano. Guardò l'ora, erano quasi le otto. Il telefono continuava a suonare. S'infilò le scarpe, e senza allacciarle andò in camera da letto a rispondere.

«Pronto?»

«Parlo con il colonnello Bordelli?» Era una voce femminile piuttosto decisa. Doveva essere una donna sui quarant'anni.

«Sono io, con chi parlo?» disse il commissario, lasciandosi andare sul letto.

«Come mai si interessa tanto alla vita di Antonio Samsa?» chiese la donna, ignorando la domanda.

«Non ho capito bene il suo nome...» fece Bordelli.

«Non ha importanza.»

«Ha qualcosa da nascondere?»

«La prego di rispondermi, colonnello... cosa sta cercando nella vita di Antonio Samsa? » disse la donna, con un'incrinatura drammatica nella voce.

« Non posso dirle niente, signora. »

« Signorina... »

« Mi scusi. »

« Lasciatelo riposare in pace » disse la donna con una certa commozione. Bordelli pensò che si stava infilando in una telefonata rischiosa. Non se la sentiva di fare lo psicologo, soprattutto alle otto di mattina dopo aver dormito vestito sopra il divano.

« Non ho nessuna intenzione di disturbare il riposo del dottor Samsa » disse, per tranquillizzare la donna. Non vedeva l'ora di riattaccare.

« Perché va in giro a far domande? Cosa vuole sapere? » chiese la donna.

« Non c'è nulla di grave, le assicuro. Sto solo cercando di risolvere un piccolo mistero. »

« Quale mistero? »

« Non posso dirle niente, signorina. »

« Non deve star dietro alle chiacchiere. »

« Quali chiacchiere? »

« Antonio era un uomo meraviglioso » disse la donna, con la voce sgranata. Nel tono di quelle parole Bordelli percepì un amore immenso, e la sua voglia di interrompere la conversazione svanì di colpo. Pensò che forse quella *signorina* poteva sapere qualcosa d'importante. Istintivamente si alzò in piedi.

« Lei conosceva bene il dottor Samsa? » disse. Silenzio.

« È ancora lì, signorina? »

« Sì... »

« Conosceva molto bene il dottor Samsa? » ripeté Bordelli.

«Sì.»
«Eravate... amanti?»
«Perché me lo chiede?» Erano amanti, pensò Bordelli.
«Forse lei può aiutarmi a svelare quel piccolo mistero.»
«Quale mistero?»

La telefonata con la *signorina* anonima finì verso le nove e mezzo. Il commissario si sentiva spossato, ma anche soddisfatto. Dopo quella conversazione era convinto di essere vicino alla soluzione del mistero. Era stato di nuovo il caso a lavorare per lui. Non sapeva nemmeno come aveva fatto a rassicurare la donna, ma alla fine lei si era messa a parlare di Antonio Samsa ed era andata avanti per un bel pezzo. Sembrava che avesse aspettato tutta la vita quell'occasione. In mezzo a tante chiacchiere aveva detto che il *suo* Antonio...

Era il 28 ottobre del '43. Le commemorazioni per l'anniversario della marcia su Roma non erano sfarzose come l'anno precedente, ma non avevano perso nulla del loro carattere. Da qualche settimana Firenze aveva cominciato a riempirsi di tedeschi. Antonio e la signorina avevano appena finito di fare l'amore. Lo avevano fatto moltissime volte, in quei mesi. La morte che aleggiava nell'aria, il senso di precarietà, eccitavano i nervi... fare l'amore era un rito divino, la possibilità di vivere per qualche minuto fuori dal mondo, da «quel» mondo. Erano abbracciati stretti, con il respiro ancora affannato. Lui aveva quarantasei anni, lei ventidue. La campagna intorno era silenziosa, gli strombazzamenti per quella infausta ricorrenza erano lontani. Fra quei lenzuoli sudati Antonio si mise a sussurrare frasi smozzicate, come se avesse la febbre. In mezzo a dichiarazioni d'amore parlò di un nascondiglio sicuro, dove aveva nascosto tutto quello che possedeva di prezioso, oro e vecchi ricordi di famiglia a cui teneva più che a se stesso... parlò di una certa cosa che doveva assolutamente fare per completare l'opera... anche se per riuscirci aveva bisogno dell'aiuto di una persona fidata... ma l'aveva trovata, grazie a Dio... era il figlio di un suo caro amico, lavorava in Comune... una persona sicura, un caro ragazzo... avrebbe pensato lui a sistemare le cose, si erano già messi d'accordo... lo avrebbe visto anche quella notte, per parlare degli ultimi dettagli... sarebbe andato tutto bene... al ragazzo non aveva detto tutta la verità... gli aveva parlato soltanto del valore affettivo di quei ricordi di famiglia che voleva salvare dalla guerra, ma per non correre rischi non aveva detto nulla dell'oro... i soldi fanno perdere la testa anche agli onesti... quel ragazzo era giovane, esposto alle tentazioni... ma senza il suo aiuto Antonio avrebbe perso tutto... quel caro ragazzo lo avrebbe anche accompagnato da un tipo che in qualche modo poteva farlo arrivare in Sicilia nascosto in un camion... ce l'avrebbe fatta, ne era sicuro... poi avrebbe preso una nave per il Libano e con un aereo sarebbe arrivato in Svizzera dalla sua famiglia, dalle sue figlie... le sue bambine che amava sopra ogni cosa...

«Quando?» disse lei.

«Fra una settimana.»

Ma un giorno la guerra sarebbe finita, e lui sarebbe tornato... non le prometteva nulla, non poteva, non se la sentiva... e nemmeno pretendeva promesse... quello che stavano vivendo era distorto dallo sfacelo e dalla solitudine... nessuno poteva sapere cosa sarebbe successo dopo...

«E io? Posso fare qualcosa per te?» disse lei.

«Dammi un bacio...» Fecero l'amore un'altra volta, con violenza, per dimenticare le urla dei nazisti e il mondo intero. Fu bello perché aveva a che fare con la fine di tutto, e vissero quell'orgasmo come se fosse il loro ultimo momento di vita. Lei dopo pianse, nascondendo il viso per non farsi vedere. Sapeva che era l'ultima volta che si vedevano, e voleva accettarlo. Bisognava essere forti. Sorridere. Non doveva pensare a quello che stava perdendo, ma a quello che aveva avuto. L'aveva letta in un libro, quella bella frase. Antonio doveva portarsi dietro la dolcezza di quei momenti, e lei avrebbe fatto lo stesso.

Dopo quel giorno non si erano più rivisti. Nel '46 lei venne a sapere che Antonio era stato nei campi di sterminio polacchi, era sopravvissuto e si era riunito alla sua famiglia, alle sue bambine che adorava sopra ogni cosa. Non lo aveva mai più disturbato.

La mattina del 26 ottobre del '54 lei aveva aperto il giornale ed era rimasta senza fiato di fronte alla fotografia di Antonio. Il «suo» Antonio si era suicidato sparandosi un colpo in testa. Lei non partecipò al funerale, per ovvi motivi, ma da quel giorno aveva preso l'abitudine di andare ogni sabato al cimitero di Caciolle per lasciare un sassolino sulla sua tomba.

Bordelli andò in cucina a farsi un caffè. Ora ne sapeva più di prima, finalmente. Con pazienza mise di nuovo insieme tutti i pezzi di quella storia. Le ipotesi si stavano trasformando in certezze. Il nascondiglio di cui parlava Samsa non poteva essere che una bara, ne era quasi sicuro. Una bara dove aveva infilato le sue ricchezze materiali e i ricordi più preziosi. Il suo piano doveva per forza prevedere che la cassa da morto fosse inumata in un cimitero, perché restasse al sicuro fino alla fine della guerra. L'amico fidato era Enzo Maggini, senza dubbio. Era proprio a lui che aveva chiesto di occuparsi delle pratiche del cimitero. Maggini lavorava in Comune, aveva accesso a documenti e timbri, e soprattutto non essendo ebreo poteva circolare liberamente.

Il commissario versò il caffè in una tazzina e lo bevve in piedi, di fronte alla porta finestra della cucina, guardando fuori. Anche quella mattina c'era il sole.

Il piano di Samsa era andato a monte. La bara non era stata inumata dove voleva lui, nel cimitero di San Felice a Ema, ma in quello delle Porte Sante. E questo poteva significare soltanto che era stato un altro a farlo. A quanto pareva Samsa non ne sapeva nulla. Era stato arrestato mentre Maggini lo stava accompagnando da qualcuno che avrebbe dovuto portarlo in Sicilia, e in quel momento la bara doveva essere ancora da qualche parte. Qualcuno lo aveva tradito, e di solito chi tradisce lo fa per guadagnarci qualcosa. E cosa, se non il tesoro nascosto nella bara? E chi sapeva di quella bara? Solo due persone, Antonio Samsa e il giovane figlio di un caro amico, cioè Maggini, l'onorevole Enzo Maggini. Era stato lui a tradirlo. Sapeva che in quella cassa da morto c'era un tesoro? O lo supponeva soltanto? Non era troppo difficile da immaginare, visto che Samsa era un gioielliere. Un ingenuo gioielliere, a quanto sembrava. Ma come mai non aveva aspettato che la bara fosse al sicuro, prima di andarsene? Era stato costretto dalla situazione? O era stato lo stesso Maggini a convincerlo, per poter attuare con calma il suo piano? Comunque sia Maggini lo aveva denunciato, e lui quasi certamente non ne sapeva nulla. L'unica spiegazione era che Enzo avesse chiesto ai suoi amici fascisti di recitare una commedia al momento della cattura, fingendo di arrestare tutti e due. Forse era per via della vergogna, per non vedere gli occhi dell'amico di suo padre che scoppiavano di delusione, o magari solo per paura che Samsa tornasse vivo. E infatti era andata proprio così. Samsa era tornato vivo. Aveva invitato Enzo a casa sua, gli aveva chiesto cosa ne era stato della cassa da morto con il tesoro... e l'onorevole aveva recitato la sua commedia. Samsa gli aveva davvero creduto? O aveva sospettato che mentisse? Immaginava che dopo la guerra Maggini avesse trovato il modo di recuperare il contenuto della cassa e fosse diventato improvvisamente ricco? E anche se lo aveva immaginato, cosa avrebbe potuto fare? Di sicuro, quando Samsa si era suicidato l'onorevole doveva aver tirato un bel sospiro di sollievo. Solo loro due sapevano di quella bara. Ma come mai al finto morto Maggini aveva voluto dare proprio il nome di *Antonio Samsa*? Perché era convinto che se Samsa fosse tornato non avrebbe mai cercato la *sua* bara sotto una lapide con inciso il proprio nome? O solo per senso dell'umorismo?

A parte qualche zona ancora fumosa, la storia era più che plausibile. S'infilò sotto la doccia, pensando che il caso a volte era davvero strano, così strano che faceva venir voglia di credere al destino. A volte, per via di una coincidenza o di una semplice stupidaggine, potevano emergere dal passato vecchie storie che fino a quel momento sembravano seppellite per sempre. E chissà quante altre restavano sotto terra.

Si vestì in fretta. Arrivò in questura alle dieci passate, entrò nel suo ufficio e si lasciò andare sulla sedia, continuando a riflettere. Aveva proprio una gran voglia di fare due chiacchiere con l'onorevole Enzo Maggini. Doveva trovare il modo di scoprire se le sue ipotesi erano giuste o sbagliate. Ma come? Non aveva in mano nessuna prova. Quasi certamente Maggini era l'unico a sapere la verità, ma ovviamente avrebbe negato tutto. La parola di un commissario contro quella di un deputato democristiano. E se invece Enzo Maggini non c'entrava nulla? Se le cose erano andate in un altro modo? Forse quella storia era destinata a rimanere sepolta per sempre insieme a Samsa... o forse era vero quello che aveva pensato... Maggini aveva tradito Antonio Samsa e si era preso il suo tesoro... forse... forse... non ne poteva più di tutti quei *forse*...

Non aveva scelta... gli restava solo un faccia a faccia con l'onorevole. Doveva scoprire se era stato davvero lui a vendere l'amico di suo padre ai fascisti, ma non poteva certo chiederglielo: onorevole Maggini, sia sincero, è stato lei a tradire Antonio Samsa e a rubare il suo oro? Ridicolo. Doveva trovare un modo indiretto, un cavallo di Troia. Accese una sigaretta e cercò di farsi venire un'idea. Soffiava il fumo verso l'alto, osservando le ragnatele annerite che ondeggiavano leggere, appese agli angoli del soffitto. Nel silenzio ascoltava i rumori della questura, voci, passi nel corridoio, macchine da scrivere. Era un sottofondo familiare che lo aiutava a pensare. A un tratto gli venne in mente come poteva fare, e sorridendo s'infilò la giacca.

Per prima cosa fece una ricerca sommaria su Enzo Maggini, andando di persona in Comune e negli uffici polverosi del Catasto Urbano. Scoprì che l'onorevole abitava a Roma dal settembre del '53, poco dopo essere stato eletto deputato. Nel '49 aveva venduto il suo appartamento di via Masaccio e aveva comprato una villa in via Barbacane vecchia.

Verso l'una s'infilò in un bar pieno di gente, vicino alla stazione. Cercò sull'elenco di Firenze il numero di Maggini Enzo, e come si aspettava non lo trovò. Ma non era un problema. Telefonò a un tipo della TETI che conosceva, si fece dare il numero e lo scrisse sopra un foglietto. Provò subito a chiamare Maggini. Rispose una voce femminile con un forte accento del Sud.

«Casa dell'onorevole Maggini, chi parla?» disse la donna, ripetendo la frasetta che le avevano insegnato. Bordelli mise la mano a imbuto sul microfono e alterò la voce.

«Vorrei parlare con l'onorevole» disse, quasi sussurrando.

«Chi parla?» chiese ancora la donna, agitata.

«Sono un amico, vorrei fargli una sorpresa. Lei è la signora Maggini?» fece il commissario, volutamente un po' aggressivo.

«Sono la governante...»

«Mi passi Enzo.»

«L'onorevole non c'è, sta a Roma.»

«Quando posso trovarlo?»

«Sabato in mattinata ce lo dovrebbe trovare, ma non si può mai sapere. Vuole parlare con la signora?» disse la donna, intimorita dal tono dello sconosciuto. Dopo qualche secondo di silenzio Bordelli riattaccò senza salutare. Non vedeva l'ora di arrivare a sabato. Preferiva aspettare con pazienza che l'onorevole fosse a Firenze, piuttosto che stuzzicarlo a Roma, nel suo ambiente.

La sera andò al cinema da solo. All'Aurora davano *Ascensore per il patibolo*, di un regista francese. Un bel film, pieno di tensione, e Jeanne Moreau era magnifica.

Mentre usciva dal cinema in mezzo a un fiume di gente sentì una donna che diceva: «Peccato che li hanno presi... si amavano», parlando dei due amanti assassini.

Montò sulla 600 e andò a casa. Riordinò un po' la camera, mettendo i vestiti sporchi in un grande sacco di tela. La mattina dopo lo avrebbe lasciato in via dell'Orto, alla lavanderia della signora Lina. Doveva anche ricordarsi di comprare il caffè. Si mise a letto e spense la luce. Nel buio gli passarono davanti agli occhi le facce di alcuni dei suoi compagni morti in guerra, e per un po' si perse in quei ricordi. Molti di loro erano saltati sopra una mina, e a volte ci era voluto impegno per ritrovare tutti i pezzi. Guglielmo era rimasto incastrato fra i rami di un albero, a quattro metri da terra, senza le gambe. A riprenderlo ci era andato lui. Lo aveva sganciato e l'aveva buttato giù. Si ricordava ancora il rumore che aveva fatto il cadavere quando aveva sbattuto sul terreno...

Riaccese la luce e prese il libro dal comodino. Dopo qualche pagina non riusciva più a tenere aperti gli occhi, e spense di nuovo la lampada. Un attimo prima di addormentarsi pensò a Irene, e gli sembrò quasi di sentirla sdraiata accanto a lui, nuda, con la pelle calda.

Sabato mattina verso mezzogiorno parcheggiò la 600 in piazza della Repubblica e andò a bere un caffè alle *Giubbe Rosse*. Il bar era affollato, e parlavano tutti a voce alta. Chiese la linea e fece il numero dell'onorevole Maggini, preparandosi a bluffare. Rispose la governante.

«Casa dell'onorevole Maggini, chi parla?»

«Sono l'amico dell'onorevole, mi riconosce?» disse il commissario, con la solita voce sussurrata.

«Sì...»

«Mi passi Enzo» tagliò corto Bordelli.

«Chiedo se può venire» disse la donna, e appoggiò il ricevitore. Dopo quasi un minuto di silenzio assoluto, Bordelli sentì dei passi che si avvicinavano al telefono.

«Pronto?» disse una voce maschile, piuttosto acuta.

«Come stai, vecchio camerata?» sussurrò Bordelli.

«Chi parla?» fece Maggini, alterato.

«Enzo, davvero non mi riconosci?»

«Se è uno scherzo non è divertente.»

«È così che si trattano gli amici?»

«Non ho tempo da perdere, arrivederci...»

«Ti manda i suoi saluti Antonio Samsa» sparò Bordelli, per trattenerlo. Maggini non riattaccò, ma non disse nulla. Bordelli lo sentiva respirare nel microfono, e continuò il suo bluff.

«Antonio ti ha spedito una cartolina dalla Polonia, ti è arrivata?» Lo disse con un tono molto amichevole, che in una situazione del genere sapeva di minaccia.

«Non so di cosa stia parlando» disse finalmente Maggini. Non aveva più tutta quella fretta di riagganciare.

«Non dire bugie, onorevole... sennò va a finire che ti cresce il naso» disse Bordelli, con un tono allegro.

«Ma insomma, chi parla?» fece l'onorevole, allarmato. In lontananza si sentì la voce della moglie.

«Enzo, chi è?»

«Zitta» disse lui, nervoso.

«Cosa non si fa per denaro, vero Enzo?» fece Bordelli. Cominciava a divertirsi sul serio.

«Un attimo solo, cambio telefono» disse Maggini, e riattaccò. Nell'attesa Bordelli si guardò in giro. Le persone sedute nel bar non potevano certo immaginare che tipo di telefonata fosse quella. Seduta a un tavolino d'angolo c'era una bella donna che sorseggiava un tè, con un uomo davanti e un grande cane peloso disteso ai suoi piedi. Aveva un casco di capelli castani, pettinati con cura, e un cappellino rosso. Non guardava nessuno. Ogni sua mossa era misurata, per sorridere piegava appena le labbra... e il suo braccio nudo sembrava quello di una...

«Pronto? È ancora lì?» disse Maggini, cercando di sembrare tranquillo.

«Allora che mi dici, Enzo? Hai capito chi sono?»

«Me lo dica lei...» fece Maggini. Era il momento di calcare la mano.

«Non usi più il voi, camerata?»

«Ma che dice? Non sono mai stato fascista!»

«Mi risulta il contrario» disse Bordelli.

«Dove ha sentito dire tutte queste baggianate?» disse Maggini, con un riso forzato.

«Non le ho sentite dire.»

«E allora come si permette di insinuare...»

«Io c'ero» lo interruppe Bordelli. Avrebbe dato una mano per vedere la faccia di Maggini in quel momento, ma si dovette accontentare del suo respiro irregolare.

«Che significa?» disse Maggini, con un filo di voce.

«Parlo di quella notte del '43, in quell'oliveto sopra le Cascine del Riccio...»

«Cosa? Quale oliveto?»

«È solo merito tuo se abbiamo preso quell'ebreo.»

«Ma chi sei?»

«Hai reso un grande servizio alla Repubblica, camerata Maggini. Sarebbe bello farlo sapere a tutti, non credi?»

Un lungo silenzio.

«Sei... sei Bertelli?» disse l'onorevole, con la voce rauca.

Bordelli sentì un brivido sulla nuca. Aveva fatto centro, a quanto sembrava.

«Prova ancora» disse, con aria giocosa.

«Rossi?»

«Ci sei vicino.»

«Fantechi...»

«Bravo Enzo» disse Bordelli.

«Ma non ti avevano ammazzato i partigiani?» fece l'onorevole, come se parlasse a se stesso.

«Ti piacerebbe...»

«Da dove chiami?»

«Sono più vicino di quanto credi, se questo può renderti felice.» Quella bassa ironia fece sospirare l'onorevole.

«Cosa vuoi?» sussurrò.

«Sto passando un periodo difficile, e ho pensato che il camerata Enzo mi avrebbe dato volentieri una mano.»

«Cosa vuoi?» ripeté Maggini. Più che una domanda sembrava una preghiera.

«Solo un piccolo favore» disse Bordelli. Sentire l'agitazione dell'onorevole lo divertiva.

«Quale favore?»

«Una cosa da nulla, credimi...»

«Cosa?»

«Dieci milioni in contanti.»

«Sei pazzo.»

«Forse. Ma secondo te cosa succederebbe se la verità venisse a galla?»

«Quale verità?» farfugliò l'onorevole.

«Non fare il finto tonto.»

«Sono cose vecchie... acqua passata...»

«Dillo a quelli che sono morti.»

«...tutti hanno un passato da dimenticare... quando si è

giovani è normale fare degli errori» disse Maggini, continuando il suo discorso.

«Non mi riguarda. Se non mi porti dieci milioni in contanti la tua faccia finirà su tutti i giornali, e non per dire che sei diventato ministro... una bella campagna elettorale, non credi?»

«Cazzo... non puoi farmi questo...»

«Diventerai una palla al piede per il tuo amato partito, ti scaricheranno senza complimenti come una zecca...»

«Mi stai ricattando...»

«Vedi che piano piano ci arrivi?»

«Sei sempre stato un figlio di puttana» disse Maggini, con un filo di voce. Quella frase era quasi una confessione. Era arrivato il momento di fare sul serio. Bordelli cercò il tono giusto, ispirandosi a Bogart.

«Apri bene le orecchie, onorevole dei miei coglioni. Quando hai messo insieme i dieci milioni monta in macchina, da solo, e prendi la strada per Vincigliata...» Gli dette tutte le istruzioni. Doveva parcheggiare in una strada sterrata sopra Vincigliata, davanti a un casolare abbandonato con due grandi portici. Poi doveva scendere dalla macchina, imboccare a piedi un sentiero che s'infilava nel bosco, depositare la borsa in mezzo al sentiero e tornare subito indietro senza voltarsi. Mentre se ne andava con la macchina doveva suonare il clacson ogni dieci secondi, così Bordelli poteva controllare se si stava allontanando. Gli disse anche il giorno e l'ora.

«Mercoledì alle sette di mattina in punto. Niente scherzi da prete sennò per te sono guai. Non ho altro da dire.»

«Aspetta... Fantechi...»

«Ciao, camerata.» Bordelli riattaccò e non trattenne un sorriso. In quel momento si rese conto di non aver mai smesso di guardare la bella castana con il cappellino rosso. Forse era per via di quella donna che si era divertito a fare il duro. Si era immaginato di essere in un film americano.

Durante la notte era caduta una pioggia leggera. Gli alberi gocciolavano ancora, e le pietre del sentiero erano un po' scivolose. Qua e là si vedevano grosse ragnatele disegnate dalla rugiada. Bordelli si fermò un attimo per guardare l'orologio. Le sei e trentacinque. Tra pochi minuti avrebbe saputo se Maggini aveva ceduto al ricatto.

Continuò ad avanzare sul sentiero. Il sole filtrava tra i rami e faceva brillare i cespugli bagnati. Più in basso stagnava ancora un po' di nebbia. Era una zona che conosceva bene. Da quelle parti c'era la Torre del Diavolo, un torrino di pietra che si affacciava su un laghetto lugubre. Ci andava con gli amici da ragazzo, quando faceva forca a scuola.

Aveva lasciato la macchina in una stradina di campagna, lontana da quella che aveva indicato a Maggini, e si era infilato nel bosco. Si sedette sopra una roccia che spuntava dal terreno, e accese una sigaretta. Gli uccellini strillavano come impazziti.

Pensando al suo bluff con l'onorevole gli venne in mente di quando giocava a poker, subito dopo la guerra. Tutti i giovedì si ritrovavano in cinque a casa di un amico. Giocavano forte. Lui non si affidava quasi mai al bluff, ma quando gli capitava andava fino in fondo. Una notte, proprio all'ultima mano, con una doppia coppia alle donne aveva vinto a Gino trentasei stipendi. Gino era terrorizzato. Pallido come uno straccio giurò che avrebbe saldato il debito. Bordelli disse che non li voleva, ma da quel giorno non aveva mai più giocato. Aveva fatto un favore a un amico, ma aveva offeso il poker. Se avesse continuato a giocare avrebbe perso di sicuro, ne era più che convinto...

Sentì il rumore di una macchina che si avvicinava, e dopo un ultimo tiro schiacciò la sigaretta sul muschio. Mancavano pochi minuti alle sette. Doveva essere Maggini. La macchina rallentò, poi si fermò e il motore si spense. Dopo aver sentito la portiera che sbatteva Bordelli si accovacciò dietro la roccia, e si mise a spiare. Vide Maggini avanzare lungo il sentiero, con una valigetta in mano. Aveva un cappello calato sulla testa e una sciarpa che gli copriva mezza faccia. Si fermò e appoggiò la valigetta in terra. Si guardò intorno per qualche secondo, poi si voltò e camminò svelto fino alla macchina. Accese il motore, fece inversione, e si allontanò suonando il clacson ogni dieci secondi. Bordelli si alzò in piedi e andò a prendere la valigetta. Tornò con calma alla 600. Prima di salire si guardò intorno, ma non vide nessuno. Entrò in macchina e chiuse la portiera con la sicura. Si appoggiò la valigetta sulle ginocchia, e finalmente fece scattare le serrature. Alzò il coperchio. Dieci mazzette da un milione, in banconote da diecimila. Sembrava impossibile che quel mucchietto di carta potesse valere dieci milioni. Non aveva mai visto tutti quei soldi dal vero. Ci si potevano comprare più di quindici 600. Richiuse la valigetta e partì. Quei soldi erano la confessione di Maggini. Era stato proprio lui a tradire Antonio Samsa, poi aveva dirottato la bara senza il morto al cimitero delle Porte Sante, e dopo la guerra in qualche modo aveva recuperato il contenuto. Quando c'era di mezzo l'oro, nessun ostacolo era grande abbastanza.

Tornando verso il centro voltò in via Barbacane per andare a vedere la villa dell'onorevole, ma si trovò davanti un alto muro di pietra con i cocci di bottiglia murati sul ciglio, e un grande cancello schermato da una lamiera. Spiò dalle fessure, ma si vedevano solo gli alberi del parco.

Proseguì avanti e scese giù per via delle Forbici. In viale Volta passò davanti alla casa dove era nato, e come sempre sentì uno strizzone allo stomaco. Si ricordò di quando giocava da solo in quel giardino, con le ginocchia sempre spellate. A quei tempi non immaginava che quarant'anni dopo passando in quella strada si sarebbe sciolto di nostalgia.

Arrivò in questura prima delle otto, e mentre saliva le scale incrociò il vice commissario Gunanni che scendeva, con i pollici infilati nelle bretelle.

«Ciao, Bordelli... che minchia c'è in quella valigetta?» disse, senza smettere di scendere i gradini.

«Dieci milioni in contanti» disse Bordelli imboccando il corridoio, e sentì ridere Gunanni. Appena entrò in ufficio appoggiò la valigetta sopra la scrivania. L'aprì di nuovo. Prese le mazzette e le infilò in una grande busta di carta, poi chiuse la busta con un elastico e la ficcò in un cassetto.

Si mise a giocherellare con una matita. Era ormai convinto di aver trovato la soluzione di quella faccenda, ma ancora non era soddisfatto. Voleva sentire tutta la storia nei dettagli, direttamente dalla voce dell'onorevole Enzo Maggini. Era disposto a rischiare la carriera pur di ascoltare con le proprie orecchie quelle parole. Guardare in faccia l'onorevole mentre raccontava di come si era arricchito, e poi... poi non lo sapeva, si sarebbe affidato all'improvvisazione.

Aspettò le otto e mezzo, alzò il telefono e chiamò la casa di Maggini. Come sempre rispose la governante.

«Casa dell'onorevole Maggini, chi parla?»

«Commissario Bordelli. Vorrei parlare con l'onorevole, per favore.»

«Sento se può venire.»

«Grazie.»

Dopo un po' rispose l'onorevole.

«Pronto?»

«Buongiorno onorevole, sono il commissario Bordelli... spero di non averla svegliata.»

«Sono sveglio dalle sei, commissario. Mi dica.»

Lo so che sei sveglio dalle sei, figlio di puttana.

«Desidererei vederla, onorevole.»

«In merito a cosa, se è lecito?»

«Preferirei dirle tutto di persona, è una faccenda molto delicata.»

«Non può anticiparmi nulla?» insisté l'onorevole, un po' agitato. Quegli ultimi giorni erano stati una continua sorpresa per lui.

«Si tratta di una vecchia storia che sto cercando di chiarire» disse Bordelli, gentilissimo.

«Quale storia?»

«Le spiegherò tutto quando ci vediamo, onorevole.»

«Va bene... non so... può venire lei da me? Uscire mi costerebbe fatica.»

«Come vuole, mi dica solo quando» disse Bordelli, accomodante. La verità era che preferiva andare lui da Maggini, per vedere dove abitava.

«Venga... verso mezzogiorno. Non più tardi, nel primo pomeriggio parto per Roma» disse Maggini, con tono autoritario.

«Benissimo, grazie. I miei ossequi, onorevole.»

Una villa del Settecento, molto grande, circondata da un parco bellissimo. Tutto comprato con l'oro di Antonio

Samsa, pensò Bordelli, camminando lungo il vialetto di ghiaia con una vecchia borsa di pelle in mano. Sulla porta della villa, in cima a una corta scalinata, lo aspettava la governante. Una donna un po' grassa, sui cinquant'anni, con un neo sul mento e lo sguardo sottomesso. Bordelli la seguì su per una scala monumentale, poi lungo un corridoio. Pochi mobili, ma molto costosi. Dipinti antichi e tappeti. Tutto comprato con l'oro di Antonio Samsa...

La governante si fermò davanti a una porta e bussò. Si affacciò dentro, poi con un cenno della mano fece capire a Bordelli che poteva entrare.

«Venga, commissario» disse Maggini, seduto dietro la sua scrivania. Era magro. Aveva i capelli grigi incollati alla testa con la brillantina, e le labbra sottili come fili d'erba. Bordelli si avvicinò, e prima di sedersi strinse la mano all'onorevole. Gli sembrò di toccare un pesce morto, e si ricordò di suo padre che diceva sempre: «Da una stretta di mano si capiscono molte cose».

«Lieto di conoscerla, onorevole.»

«Si accomodi, commissario.»

«Grazie.» Bordelli si sedette e appoggiò la borsa sul pavimento, in mezzo ai suoi piedi.

«L'ascolto» fece Maggini.

«Vengo subito al dunque. Il nome Antonio Samsa le dice qualcosa?» disse il commissario, fissandolo con attenzione. Maggini dilatò appena gli occhi e sussultò, ma si riprese subito.

«Certo... lo conoscevo bene, era un caro amico di mio padre. È morto qualche anno fa... perché me lo chiede?»

«Sarei curioso di sapere i dettagli di una vecchia faccenda...»

«Quale faccenda?» disse l'onorevole, con un mezzo

sorriso. Bordelli si chinò per aprire la borsa, tirò fuori la busta di carta con i dieci milioni e la appoggiò sulla scrivania. Maggini lo guardava, senza capire, poi allungò una mano e alzò appena un lembo della busta per sbirciare dentro. Subito cambiò faccia e ritirò la mano.

«Che significa?» disse.

«Fantechi le ha riportato i suoi dieci milioni.»

«Non capisco...»

«Senta, onorevole. Non ho fatto una gran carriera, ma per sputtanare gente come lei sono pronto a giocarmela.»

«Come si permette?» disse Maggini, facendo anche il gesto di alzarsi. Ma quelle parole gli erano uscite di bocca più per istinto che per vera indignazione. Aveva la faccia sudata. Era disorientato, e roteando gli occhi cercava un appiglio. Non disse più nulla, aspettando la mossa successiva... per capire meglio cosa stesse accadendo. Il commissario rimase in silenzio a fissare quella faccia lucida, quegli occhi tondi e smorti che sembravano immersi nell'acqua. Sentì una gran voglia di alzarsi, lentamente, di girare dietro la scrivania... afferrare con una mano l'onorevole per la cravatta e con l'altra mollargli due schiaffi secchi, uno di qua uno di là, come si fa con i vigliacchi. Ma non voleva toccare quella pelle unta.

«Mi racconti tutto» disse, e con una certa sorpresa sentì che il suo tono era stato gentile.

«Tutto cosa?» sussurrò l'onorevole.

«Tutto. Anche di quel pomeriggio del '46, quando è andato a trovare Antonio Samsa... e anche cosa c'era di preciso in quella bara.»

«Quale bara?» fece Maggini, come se cadesse dalle nuvole. Il commissario fece un lungo sospiro, e gli scappò un sorriso che non aveva nulla di allegro.

«Non le conviene fare il finto tonto, onorevole. So già tutto.»

«Ci dev'essere un equivoco...» fece Maggini, alzando il mento. Ogni tanto sbirciava la busta di carta con i dieci milioni, accigliato. Per un istante Bordelli fu preso dal dubbio di aver sbagliato le sue ipotesi. Appunto, erano solo ipotesi, congetture costruite su pochi frammenti sparsi. Forse l'onorevole aveva solo un passato fascista da nascondere, ma con l'arresto di Samsa non c'entrava nulla. Ripensò in pochi secondi a tutto quello che sapeva, rimise insieme i pezzi, ma non ritrovò la sicurezza che lo aveva guidato in quella casa. Doveva bluffare di nuovo, non aveva altra scelta. Doveva farlo fino in fondo, come quando giocava a poker.

«Lei non è mai stato arrestato dai fascisti, come invece ha raccontato ai Samsa... ho controllato» mentì. L'onorevole non disse nulla. Gli tremava leggermente una guancia. Bordelli capì di aver colto nel segno, e continuò.

«Ha denunciato Antonio Samsa ai fascisti e gli ha rubato tutto... Devo continuare?»

«Rubato?»

«Ha capito bene, ma se vuole glielo spiego meglio... Antonio Samsa aveva nascosto un bel po' di oro in una cassa da morto, pensando di farsi aiutare da lei per seppellirla, ma lei lo ha fatto arrestare per...»

«Ma che dice? Quale oro?»

«Lo sa meglio di me.»

«Ma no...»

«Oltre al dottor Samsa, solo lei sapeva di quella bara» disse Bordelli sicuro di sé. L'onorevole scosse il capo.

«Non è come pensa, commissario» disse con aria convinta, come se finalmente avesse trovato la frase che cercava. Ma Bordelli pensò che voleva solo guadagnare tempo.

«È per questo che sono venuto da lei, onorevole, per sentire come sono andate veramente le cose.»

«Deve credermi, non è come pensa...» ripeté Maggini.

«Cominci a raccontare dall'inizio, onorevole. Senza cazzate...»

«Le racconterò tutto, ma lei deve credermi» disse Maggini, asciugandosi la fronte con un fazzoletto ben stirato. Se non avesse avuto il culo sporco non sarebbe stato così mite, pensò il commissario. Il bluff era andato a segno. Con una coppia di assi stava vincendo il piatto.

«Sono tutto orecchi, onorevole, ma l'avverto che se continua a prendermi per il culo mi arrabbio. So molte cose di questa faccenda, e alla prima bugia faccio il grillo parlante... non so se mi spiego.»

«Certo...» sussurrò Maggini, un po' stordito dal tono del commissario. Si vedeva bene che non era abituato a essere trattato così, di solito era lui a dare ordini.

«Cominci dall'inizio, da quando Samsa le parlò della bara e del suo piano per fuggire in Libano» disse il commissario, tirando fuori le sigarette. Se ne mise una in bocca e l'accese, senza chiedere se disturbava. Maggini ignorò il gesto, forse non se ne accorse nemmeno. Aveva lo sguardo smarrito.

«La faccenda della bara è vera... ma non è... sì, insomma...»

«Non tralasci i particolari, per favore» aggiunse Bordelli senza nessuna cortesia, e soffiò il fumo verso il soffitto con aria rilassata. Maggini appoggiò i gomiti sulla scrivania, e si schiarì la voce.

«Sì... è vero... una mattina il dottor Samsa mi telefonò in

ufficio... sarà stata l'ultima settimana di ottobre... parlo ovviamente del '43... e mi chiese di andare da lui quella notte stessa, dopo mezzanotte... doveva dirmi una cosa molto importante... Si era nascosto in una casa di campagna, dalle parti di Santa Margherita a Montici... Mi spiegò come arrivare da lui... non lo vedevo da un pezzo, e non sapevo che fosse ancora in città... ero convinto che fosse già in Svizzera con la sua famiglia, sano e salvo... come ho già detto lo conoscevo bene, perché era un amico di mio padre... sapevo che non era uno stinco di santo... in giro si diceva perfino che prestasse i soldi a usura... ma decisi di aiutarlo senza pensarci due volte... in quel momento era solo un pover'uomo impaurito che cercava di salvare capra e cavoli... »

« Caro Enzo, grazie di essere venuto » bisbigliò Samsa chiudendo piano la porta. La casa era in penombra, e l'aria puzzava di sigarette. Si strinsero la mano.

« Vieni » disse Samsa. Enzo lo seguì ed entrarono nella cucina, illuminata soltanto da una lampadina giallognola. Un tavolo con sopra degli avanzi, tre sedie impagliate, una madia, una credenza a vetri con dentro qualche stoviglia. Gli scuri delle finestre erano chiusi con la sbarra.

« Siediti, Enzo. » Samsa aveva la barba lunga, e i capelli sporchi gli arrivavano sopra le orecchie.

Il camino era enorme, come alari aveva due blocchi di pietra, ma era senza legna. Peccato, pensò Enzo. Gli sarebbe piaciuto scaldarsi un po' davanti al fuoco. Era venuto in bicicletta, e aveva la faccia arrossata dal vento.

« Tua madre sta bene? »

« Bene, grazie. Io credevo che lei fosse sano e salvo in

Svizzera» disse Enzo. Dava del lei a Samsa, e Samsa invece gli dava del tu, perché lo aveva visto nascere.

«Non potevo partire. Ora però... ascoltami, Enzo... ti sto per chiedere un grosso favore.»

«Se posso...»

«Tra qualche giorno cercherò di arrivare in Sicilia...»

«Non è una cosa facile.»

«Ce la posso fare, ho anche dei documenti falsi... ma di questo parleremo dopo. Enzo, tu sai quanto ero amico di tuo padre... un grand'uomo, tuo padre...»

«Sì» disse Enzo, con un brivido. In quella penombra gli occhi di Samsa sembravano due buchi vuoti, e nella sua voce vibrava una disperata voglia di vivere.

«So che posso fidarmi di te... ti ho visto bambino, per me sei come un figlio...»

«Certo...»

«...ho bisogno del tuo aiuto, Enzo.»

«Mi dica.»

«Vieni con me» disse Samsa. Uscirono dalla cucina, e in fondo a uno stretto corridoio imboccarono le scale. Al primo piano Samsa spinse una porta. Nella stanza c'era solo un letto matrimoniale di ferro battuto, e sopra il letto una bara chiusa.

«Chi è morto?» disse Enzo, bloccandosi sulle gambe.

«Non c'è nessun morto. Ho riempito questa cassa con tutti i miei ricordi più preziosi. Fotografie, lettere, oggetti di famiglia. Tutta la mia memoria è qua dentro... per me è più preziosa della mia stessa vita... Devo salvarla, e tu dovrai aiutarmi» disse Samsa, con le lacrime agli occhi. Poi appoggiò una mano sulla bara, e fece strusciare le dita sul legno. In quel momento Enzo pensò che là dentro non

c'erano solo dei ricordi, ma anche oro, molto oro, e riuscì a malapena a inghiottire.

«Dove ha trovato la bara?» chiese, per mascherare l'agitazione.

«L'ho fatta arrivare da Pistoia qualche mese fa, mi è costata un occhio.»

«Vuole che l'aiuti a seppellirla qua intorno?»

«No, potrebbe vederci qualcuno.»

«Possiamo scavare di notte.»

«La notte è peggio... meglio in un cimitero, è la cosa più sicura... Ho già pensato a tutto...»

«Quando?»

«Il prima possibile... ma sarebbe meglio che ti occupassi della bara dopo che sarò fuggito, è più prudente... in questo periodo Firenze è piena di spie... la situazione peggiora ogni giorno... e dopo che saranno venuti i necrofori questa casa non sarà più sicura. Te la senti?» disse Samsa, fissandolo negli occhi. Enzo dovette aspettare un attimo prima di rispondere, perché aveva la gola chiusa, e alla fine riuscì a fare un sorriso.

«Certo...»

«Che Dio ti benedica» disse l'ebreo, mettendogli le mani sulle spalle.

L'onorevole si fermò per asciugarsi la faccia dal sudore. Aveva gli occhi piccoli e arrossati. Le tende della finestra erano bianche di sole, e il fumo della sigaretta di Bordelli stagnava nell'aria in lunghe strisce evanescenti. Maggini respirava male, come se avesse fatto le scale in fretta.

«Credevo che volesse un aiuto per interrare la bara in un campo lì vicino, ma il suo piano era diverso... voleva farla seppellire in un cimitero, e chiedeva che a occuparsi dei documenti necessari per la sepoltura fossi io... a quei tempi lavoravo in Comune, ero vice direttore dell'Ufficio Anagrafe, mi era facile falsificare le carte. Per l'inumazione il dottor Samsa aveva pensato a un nome straniero... John Mallory, o Malley, non ricordo bene. Lui ovviamente non poteva muoversi in città, se lo fermavano i tedeschi non aveva scampo. Mi disse che molti suoi amici e parenti erano stati catturati e spediti in Germania... a quei tempi tutti pensavano che gli ebrei li mandassero in Germania, nei campi di lavoro. Anche io lo pensavo, e invece poi... tutto il mondo ha saputo di quel macello... che cosa terribile, inaudita... si stenta a crederci...» disse Maggini, con aria desolata.

«Vada avanti» lo incalzò Bordelli, vedendo che quelle chiacchiere servivano solo a prendere tempo. L'onorevole annuì e si affrettò a continuare. A Roma nessuno doveva averlo mai visto così arrendevole.

«Le dicevo, appunto... il dottor Samsa voleva che la bara venisse regolarmente seppellita in un cimitero, aveva anche scelto quale...»

«San Felice a Ema» lo anticipò il commissario.

«Come lo sa?» disse l'onorevole, stupito.

«Vada avanti.»

«Oltre a nascondere la bara, il dottore voleva arrivare in Sicilia. Aveva previsto tutto, mi disse. Da Palermo avrebbe preso una nave per il Libano, e a Beirut sarebbe salito sopra un aereo che lo avrebbe portato in Svizzera, dalla sua famiglia. Mi chiese di aiutarlo a organizzare la sua fuga. Un camion, un carro bestiame... gli andava bene qualunque cosa pur di andarsene da Firenze. Aveva un po' d'oro, e poteva pagare bene il favore. Gli dissi che avrei provato a parlarne con alcuni amici fidati, ovviamente senza rivelare il suo nome. E così feci.»

«I suoi amici fascisti?»

«No...»

«Onorevole, ho un caro amico alla *Nazione* che per certe notizie venderebbe la mamma agli zingari. Non mi faccia arrabbiare.»

«Commissario deve credermi, non sono stato io a denunciare il dottor Samsa. Può anche darsi che mi sia lasciato sfuggire qualche parola di troppo, di fronte alla persona sbagliata, e questo peso me lo porto sulla coscienza... ma non ho tradito Samsa con la volontà di farlo. Era un caro amico di mio padre... non avrei mai potuto...»

«Fantechi, sono Maggini.»

«Chi è? Parla più forte, non sento nulla...»

«Sono Maggini!» disse Enzo incollando la bocca al telefono.

«Ciao caro, ma dove cazzo sei? Sento un gran casino.»

«Sono alla stazione.»

«Dimmi tutto.»

«Senti... ti chiamo perché... potrei avere un'informazione che riguarda un... un ebreo.»

«Ah, ce ne sono ancora di quei conigli?»

«Sta per scappare.»

«Dimmi dove si è nascosto e andiamo a fargli una visitina.»

«Non lo so...»

«Parla più forte...»

«Non so dove abita!» mentì Enzo. Si era preparato la risposta, perché si aspettava quella richiesta. Doveva evi-

tare a tutti i costi che i fascisti trovassero la cassa da morto. Quell'oro era suo, solo suo.

«Allora come lo becchiamo?» disse Fantechi, molto interessato.

«Aspetta. Se te lo faccio prendere... poi...»

«Stai tranquillo Maggini, non dimentico mai gli amici.»

«Ho la tua parola?»

«Maggini, stai parlando con un fascista, non con un senza palle badogliano.»

«Certo...»

«Dimmi come faccio a prendere quell'ebreo.» Fantechi era sempre ansioso di fare favori ai nazisti, per mettersi in luce e avere privilegi. Ad esempio quello di andare alle feste delle SS, dove c'erano belle ragazze bionde che per togliersi le mutande ci mettevano meno che a sbattere gli occhi.

«Non ti preoccupare, Fantechi. Ti chiamo nei prossimi giorni e ti dico dove passa e a che ora.»

«Bene.»

«Senti... ci sarò anche io quella notte... e ti chiedo un favore...»

«Un altro?»

«Dovete far finta di arrestare anche me.»

«Perché tutte queste fisime?»

«Non voglio che lui sappia... è uno che conosco...» mentì di nuovo Enzo, pensando all'oro.

«Va bene, va bene... per farti contento ti daremo un po' di legnate» disse Fantechi amichevole.

«Ti chiamo presto.»

«Dormi tranquillo, Maggini, e goditi la vita.»

Enzo riattaccò. Era sudato. Quando si voltò si trovò davanti una donna e sussultò, immaginando che avesse ascoltato la telefonata... sentì una vampata di vergogna e si allontanò in fretta, stizzito. Prima di uscire dalla stazione si voltò. La donna lo stava ancora guardando, ma nei suoi occhi non c'era nessuna espressione. Enzo alzò il colletto del paltò e si avviò sul marciapiede con il cuore accelerato. Aveva per le mani una grande occasione, e un piccolo errore poteva mandare tutto all'aria. Samsa non doveva sapere che era stato lui a...

Non pensava che l'ebreo potesse tornare vivo da quel viaggio, non era questa la sua preoccupazione. Doveva solo tenere i fascisti lontani da quella casa e da quella bara. Se l'avessero scoperta, non gli avrebbero lasciato nemmeno una briciola dell'oro di Samsa, e magari lo avrebbero anche ammazzato. Non doveva rimanere traccia di quella faccenda, nessuno doveva sapere di quella cassa da morto piena d'oro... perché là dentro doveva esserci per forza dell'oro, molto oro... non poteva non esserci, ne era sicuro, sicurissimo... lo aveva letto negli occhi di Samsa, e nella sua mano tremante che aveva accarezzato la bara. Oro. Senza dubbio. Samsa era uno strozzino, non meritava nessun rispetto, doveva ripeterselo spesso. Stava rubando a un ladro. E comunque, nel caso quasi impossibile che quell'ebreo fosse sopravvissuto alla guerra, doveva continuare a credere che Enzo era stato arrestato insieme a lui, e che per la cassa da morto non aveva potuto fare nulla. Non doveva assolutamente sapere di quel tradimento. Che lo sapessero i fascisti non gliene fregava nulla. Quei manichini avrebbero avuto altro da fare che stare a rivangare il passato, dopo aver perso la guerra. Perché era chiaro che sarebbero stati spazzati via dagli Alleati. Nessuno poteva credere il contrario.

Una cassa piena d'oro. Ne era sicuro.

«Come mai lei non è stato arrestato?» lo interruppe Bordelli. L'onorevole lo fissò con uno sguardo confuso, come se cercasse di riunire mille pensieri in un unico gregge. Poi fece ondeggiare lentamente la testa, con aria drammatica.

«Non è vero, commissario. Sono stato picchiato e umiliato in ogni modo, ma alla fine mi hanno rilasciato... è stata solo fortuna... conoscevo bene un... sì, uno di loro, uno importante... non eravamo amici... prima della guerra giocavamo insieme a bridge, gli avevo fatto qualche piccolo favore, tutto qui... e quando lui ha saputo che ero stato arrestato mi ha fatto liberare... non so, magari gli stavo simpatico... Insomma sono stato in carcere solo pochi giorni, e i verbali dell'arresto sono stati distrutti... forse è per questo che non ha trovato nulla in proposito... nemmeno in Comune seppero nulla, e quando tornai a lavorare dissi che ero stato malato.»

«Ai signori Samsa ha raccontato un'altra versione.»

«Ah sì? Non ricordo...»

«Non si sforzi, glielo dico io. Ha detto di essere stato in galera per diverse settimane, e che dopo essere riuscito a evadere si è unito ai partigiani...»

«Può darsi che abbia un po' esagerato le cose... in effetti, di fronte alla tragedia del dottor Samsa mi vergognavo di essermela cavata con così poco, e per giunta per l'aiuto di un fascista. Non me la sono sentita di dire la verità» disse l'onorevole. Bordelli lo guardava con la bocca leggermente piegata dal disgusto, e il deputato si affrettò a continuare.

«Be', lo ammetto... forse volevo anche farmi bello di fronte a loro... stimavano molto mio padre, e così... non so che mi è preso... volevo far credere che anch'io avevo contribuito alla liberazione di Firenze... quando ci penso me ne vergogno, mi creda.» La classica tattica dei politici, pensò Bordelli: dare in pasto una piccola colpa per nasconderne una più grande. Ma era come coprire una merda di mucca con un francobollo...

Bussarono alla porta, e Maggini saltò sulla sedia. Si affacciò una donna bruna sui trent'anni, con i capelli pettinati come Liz Taylor e un seno grandissimo strizzato in un vestito arancione.

«Tesoro, la pasta si raffredda» disse, sbirciando il commissario. Aveva gli occhi molto truccati e il viso polveroso di cipria.

«Ora non posso» fece Maggini, duro.

«Ne hai per molto?»

«Non lo so. Adesso per favore...»

«Poi non ti lamentare se gli spaghetti sono tutti appiccicati.»

«Ti prego, Clara... non è il momento.»

«È successo qualcosa? Hai una faccia...»

«Comincia pure, arrivo subito» disse l'onorevole, e guardò il commissario per capire se era d'accordo con le sue previsioni.

«Arrivederci» disse la donna a Bordelli, con un sorriso forzato. Poi richiuse la porta e se ne andò. Si sentì il rumore dei tacchi allontanarsi lungo il corridoio. Quando tornò il silenzio l'onorevole si guardò le mani, e continuò a parlare.

«Mi detti da fare per organizzare la fuga di Samsa, e dopo qualche giorno riuscii a incontrare un tipo che vendeva sigarette al mercato nero. Se lo pagavano bene, mi disse, avrebbe portato anche il diavolo in paradiso. Aveva molte conoscenze tra i fascisti, e poteva muoversi piuttosto liberamente. Andava spesso a Napoli con un Fiat 621 a caricare frutta e verdura, e sotto il pianale del camion aveva ricavato un doppio fondo per le sigarette. Era un nascondiglio abbastanza grande per contenere un uomo. Fissammo il giorno e l'ora. Ero convinto che sarebbe andato tutto bene, ma forse ero stato poco prudente, quella faccenda era venuta all'orecchio della persona sbagliata... e così ci hanno presi.»

«E la bara?» disse Bordelli. L'onorevole si passò le dita sul mento per togliere una goccia di sudore.

«Della bara non ho saputo più nulla» disse, e abbozzò un sorriso penoso.

«Non è mai tornato nella casa affittata da Samsa per recuperarla?»

«Certo, ci sono tornato subito dopo essere stato liberato... ma la bara non c'era più.»

«Cosa ne avrebbe fatto se l'avesse trovata?»

«Quello che Samsa mi aveva chiesto di fare. Speravo con tutto il cuore che riuscisse a salvarsi.»

«Comunque sapeva bene che quella cassa da morto era piena d'oro...»

«Quale oro? C'erano i ricordi di Samsa... me lo aveva detto lui... fotografie, vecchie lettere, oggetti di famiglia... tutte cose a cui teneva moltissimo...» disse Maggini, con aria ingenua. Bordelli lo guardava fisso negli occhi.

«Come si spiega che al cimitero delle Porte Sante c'è una falsa tomba di Antonio Samsa?»

«Davvero?» fece Maggini, con meraviglia esagerata.

«Davvero. E dentro c'era una bara vuota.»

«Ah, sì?» Maggini aveva gli occhi così falsi che il commissario sentì di nuovo la voglia di schiaffeggiarlo. Riuscì a resistere, ma dovette accendere un'altra sigaretta.

«E questi dieci milioni che mi ha portato cosa dovevano nascondere? Che lei ha cercato di salvare un ebreo e il suo tesoro senza riuscirci?» disse.

«Commissario, lei m'insegna che uccide più la lingua della spada. Nella mia posizione anche una semplice calunnia può causare gravi danni, soprattutto a pochi giorni dalle elezioni... e poi non nego che... come tutti, del resto... be', qualche contatto con i fascisti l'ho avuto... nulla d'importante, non mi fraintenda... comunque erano altri tempi, e io ero giovane. *Errare humanum est*, come recita il famoso detto... l'importante è non perseverare» concluse Maggini, con uno sguardo intelligente.

«Se quello che dice è vero, come mai si è lasciato trattare così da un commissario di polizia?» lo provocò Bordelli.

«Vede, commissario... ehm... ho capito che lei... che lei agiva per una causa giusta, in cui credeva fermamente, e ho sentito di poterla giustificare. Il paese ha bisogno di persone tutte di un pezzo come lei.»

«Lasci stare la campagna elettorale, onorevole. Non ho mai votato per il suo partito e non lo farò nemmeno a maggio.»

«Guarda guarda...»

«E voi dove andate, a quest'ora di notte?»

«Sento puzza di ebrei...»

Dieci uomini, armati di manganelli. Erano sbucati dal nulla in mezzo agli olivi, puntando le torce elettriche negli occhi dei due uomini. Sagome senza volto che si muove-

vano nel buio. Senza tanti discorsi cominciarono a picchiare, ridendo e urlando complimenti. Frugarono nelle tasche dei fuggiaschi. Trovarono l'oro che Samsa doveva dare al camionista, e anche quello che serviva per il suo lungo viaggio. Il fagotto sparì nelle tasche di Fantechi, che era il capo. Non trovarono nient'altro. Le chiavi del cascinale di campagna erano al sicuro, sotto un sasso ai piedi di un olivo, a una trentina di metri dalla casa. Era stato lo stesso Samsa a nasconderle, per sicurezza. Non solo le chiavi, anche diverse monete d'oro. Dovevano servire a Enzo per appianare eventuali ostacoli durante l'operazione bara senza morto, e quelle che avanzavano poteva tenersele. Era molto prudente, il dottor Samsa. Ma non aveva previsto la cosa più semplice.

Alcuni fascisti trascinarono l'ebreo verso una macchina e aprirono la portiera. Prima di sparire dentro l'abitacolo, Samsa si voltò all'indietro, e i suoi grandi occhi smarriti incrociarono per un attimo lo sguardo di Enzo, che veniva preso a schiaffi e sanguinava dalla bocca. Antonio non fece in tempo a vedere altro, perché fu spinto dentro l'auto, che partì con un balzo, e subito i fascisti si misero a cantare una delle loro raffinate canzoncine. Fantechi era rimasto, e aveva ordinato ai suoi di aspettarlo nella Fiat. Offrì una sigaretta a Enzo, che tremava ancora per le botte.

« Allora camerata, ti sono piaciute le legnate? »

« Pagami e facciamola finita » disse Enzo, prendendo la sigaretta. Fantechi gliela accese, ma prima che Enzo potesse buttare fuori il fumo lo colpì in faccia con la mano aperta, e lo mandò bocconi sulle zolle.

« Ti basta o vuoi anche il saldo, spione? » disse con disprezzo, massaggiandosi la mano. Enzo trovò la sigaretta, tutta spiegazzata, e se la rimise in bocca. Non gliene

importava nulla delle botte. Pensava all'oro di Samsa, e dentro di sé sorrideva.

«Stammi fuori dai coglioni, mezza sega» disse Fantechi, avviandosi alla sua macchina.

«È mortificante constatare che lei non è propenso a credere alla mia sincerità, commissario... ma le assicuro che ciò che ho detto corrisponde al mio vero pensiero. Chi è guidato da alti ideali è perdonabile anche nell'errore» disse Maggini, e se non ci fosse stata quella busta piena di soldi appoggiata sulla scrivania, forse avrebbe alzato un dito in aria. Bordelli fece ondeggiare la testa con aria delusa, e soffiò una boccata di fumo verso Maggini.

«Onorevole... con tutta la buona volontà, non credo a una sola parola di quello che ha detto.»

«Sono desolato, ma mi rendo perfettamente conto che la sua sete di giustizia...»

«La prego, onorevole. Sto esaurendo la mia pazienza.»

«Le ho detto tutto, commissario... non ho tradito Antonio Samsa e non so nulla di quella bara» disse Maggini, con un tono persuasivo.

Il 31 dicembre del '45 Enzo entrò nel cimitero delle Porte Sante con una grande borsa in mano, una mezz'ora prima della chiusura. Si nascose in una cappella mortuaria e aspettò che arrivasse la notte. Nella borsa aveva tutto quello che serviva, una torcia elettrica, un mazzuolo, due scalpelli, una lunga fune del diametro di quasi due centimetri, un panino con la mortadella, una bottiglia d'acqua e una fiaschetta di grappa.

Due anni prima, dopo aver consegnato Antonio Samsa ai fascisti, si era occupato della bara. Era tornato a Santa

Margherita a Montici, di notte, per recuperare le chiavi e le monete d'oro sotto il sasso ai piedi dell'olivo. Era entrato in casa per qualche minuto, per rilassarsi e fumare una sigaretta, ma non si era neanche seduto per un secondo. Quelle stanze vuote e fredde lo avevano messo di malumore. Si era nascosto le monete d'oro e le chiavi nelle mutande e se n'era andato in fretta, pedalando come un pazzo. La cassa non aveva nemmeno voluto aprirla, per non rischiare di sciuparla e di creare inutili sospetti. Voleva solo sbrigare in fretta quella faccenda, prima che le cose precipitassero. Oro, altro che ricordi di famiglia, ne era sicuro. Un gioielliere sapeva bene come fare ad accumulare oro e gioielli. Adesso non restava che trovare il modo di far seppellire la cassa in un cimitero, ma ce l'avrebbe fatta. Tutto sommato l'idea di quell'ebreo era buona, anzi ottima. Il camposanto era il posto più sicuro. Il nome inglese scelto da Samsa, John Mallory, non l'aveva preso nemmeno in considerazione. Temeva che dalla bocca di Samsa potesse uscire qualcosa su quella bara, e che qualcuno si mettesse a cercarla. O magari che per un miracolo l'ebreo potesse ritornare vivo. Doveva per forza usare un altro nome, e alla fine aveva deciso. Antonio Samsa. Gli era sembrata una buona idea. I nascondigli migliori sono sempre i più assurdi.

Il commissario si alzò in piedi e appoggiò le mani sul bordo della scrivania. Si stava per buttare nell'ultimo bluff. Era disposto a rischiare, perché sentiva di non essersi sbagliato. La storiella dell'onorevole con un po' di volontà poteva anche stare in piedi, ma lui *sapeva* che le cose erano andate diversamente. Se lo sentiva nello stomaco. Doveva smascherare quell'uomo, non poteva farne a meno.

Rannicchiato nella cappella del cimitero, Enzo continuava a ricordare...

Aveva scritto un falso certificato di morte, firmandosi dottor Giovanni Costa, medico condotto. Un nome inventato. Gli altri documenti li aveva confezionati all'Anagrafe del Comune, dove lavorava come vice direttore già da qualche anno, ma per non lasciare tracce non aveva fatto nessuna registrazione. Alle pompe funebri aveva dichiarato che Antonio Samsa era morto a Genova, ma che nel testamento aveva lasciato scritto che voleva essere seppellito a Firenze. Al becchino aveva detto che il morto era un suo conoscente, un ebreo che non era riuscito a fuggire in tempo... purtroppo, *avrebbe voluto aggiungere, ma si era fermato, per non sbilanciarsi. Anzi aveva buttato lì con noncuranza che il povero Antonio Samsa era un ebreo convertito al cattolicesimo. Aveva studiato tutto nei particolari, si era preparato a rispondere a qualsiasi domanda. Nessuno doveva insospettirsi. Aveva ottenuto di far sistemare la bara in un colombario nella parte alta del cimitero, dentro un loculo a un metro da terra. Sarebbe stato più facile recuperare l'oro, dopo la guerra. Mostrando una moneta luccicante aveva chiesto allo scalpellino di fare più in fretta possibile una lapide con il nome, le date e una croce, e il giorno dopo la lapide era pronta. Insomma le cose erano andate lisce come l'olio. In quel periodo nessuno la faceva troppo lunga. I veri problemi erano altri, primo fra tutti mettere qualcosa sotto i denti.*

«Se non la smette di prendermi per il culo appena esco di qua scateno una caccia al criminale di guerra che le farà venire la diarrea. Le do dieci secondi, come nei film con i poliziotti cattivi. Uno... due... tre...»

Maggini aveva la bocca aperta, e il labbro inferiore gli pendeva come fosse stato tagliato.

«...quattro... cinque...» L'onorevole era paralizzato.

«...sei...»

La sua testa cominciò a tremare.

«...sette... otto...» Unì le mani.

«...nove...»

Maggini scoppiò a piangere... prima un singhiozzo, con gli occhi tondi, poi le sue spalle cominciarono a sussultare senza che dalla sua bocca uscisse alcun suono... alla fine serrò le palpebre, e mentre la sua faccia si accartocciava in modo mostruoso, grosse lacrime gli uscirono quasi a spruzzo dagli occhi. Si mise a singhiozzare come un bambino. Chinò la testa e si coprì il viso con i pugni chiusi. Andò avanti per almeno un minuto, poi lentamente si calmò. Senza alzare la testa si soffiò il naso a lungo, scosso da piccoli conati. Tossì, infine alzò la testa e guardò il commissario.

A mezzanotte tutta la città era in festa. La guerra era finita da pochi mesi, e l'inizio del nuovo anno era carico di speranze. Nessuno pensava ai cimiteri, nemmeno i becchini. Enzo uscì dal suo nascondiglio e si avviò verso la tomba di Antonio Samsa. In lontananza si sentivano grida di gioia e qualche sparo. C'erano ancora molte armi in giro. Enzo imboccò la scalinata di destra e salì nella parte alta del cimitero. A sua madre aveva detto che andava a fare festa da amici. Tolse delicatamente la lapide di marmo del loculo, e l'appoggiò in terra. Poi si piegò sulle ginocchia e cominciò a demolire la parete di cemento che lo separava dall'oro. Dava grandi martellate e si fermava di continuo, perché gli sembrava di sentire dei rumori. Tendeva l'orecchio, si guardava in giro, poi ricominciava a picchiare. Erano solo i rumori della festa. Faceva un gran freddo, ma lui sudava come un porco e la sua pelle mandava vapore. Via via spazzava i calcinacci con lo scalpello e li faceva cadere per terra. Ogni tanto gli appariva in mente un'immagine: Antonio Samsa che si voltava, un attimo prima di sparire dentro la macchina dei fascisti, e lo guardava con gli occhi smarriti. Finalmente bucò la parete, e con il mazzuolo finì di spaccare i mattoni. La cassa era lì. L'afferrò per le maniglie, e con l'aiuto di qualche bestemmia riuscì a farla scivolare verso di sé. Non la tirò fuori tutta, lasciò la parte superiore appoggiata allo spigolo del loculo, per non doverla poi sollevare da terra. Scardinò il coperchio della bara, emozionato e quasi tremante. Lo alzò e fece luce con la torcia. La sua tenacia era stata premiata. Nella cassa c'erano delle sacche di pelle piene di lingotti d'oro, gioielli e monete. C'erano anche le fotografie e le lettere di cui aveva parlato Samsa. La sua memoria. Enzo buttò tutto giù dall'alta muraglia cinquecentesca e sentì i tonfi dell'oro che cadeva sul prato del parco. Bevve un sorso di grappa, e si asciugò le labbra con le dita. Il cuore gli batteva forte, ma non solo per la fatica. Gli sembrava che un vento caldo gli passasse attraverso la pancia. Richiuse la bara, e con un ultimo sforzo la spinse dentro il loculo. Poi prese da terra i calcinacci con le mani, li sparpagliò ai lati della cassa e rimise la lapide al suo posto. Controllò che non si vedesse niente, e cancellò le tracce sulla ghiaia passandoci sopra una scarpa. Bene, ora doveva pensare a uscire dal cimitero. Tirò fuori la corda e buttò anche la borsa giù dal muro. Fece passare la fune dietro la sbarra di ferro di un'aiuola, senza fare nodi, e tenendola per tutti e due i capi si calò giù lentamente aiutandosi con i piedi. Quando arrivò in terra lasciò un capo della fune e tirò l'altro. Si sentì un sibilo, e un istante dopo la fune si afflosciò ai suoi piedi. Caricò tutto sulla sua macchina, che aveva parcheggiato là vicino. Quando arrivò a casa rovesciò tutto l'oro sul tappeto, e passò qualche ora a guardarlo. Ce l'aveva fatta. Non restava che bruciare le lettere e le fotografie di Samsa nel caminetto.

«Dieci» disse Bordelli, ispirandosi a James Cagney. L'onorevole aveva gli occhi piccolissimi, rossi come il culo di una scimmia. Rimise il fazzoletto in tasca, tirando su con il naso. Continuò a fissare il commissario senza parlare, con uno sguardo smarrito. Bordelli sentiva la faccia dell'onorevole che invocava i suoi schiaffi. Non era così sicuro di riuscire a resistere. Quel desiderio aveva la stessa potenza della voglia di fumare.

Poi successe una cosa. L'onorevole allungò lentamente le braccia sopra la scrivania, appoggiò con delicatezza le mani ai lati della busta con i dieci milioni... e la fece scivolare di un centimetro verso il commissario. Subito dopo, sempre con movimenti lentissimi ritirò le mani e le appoggiò sul bordo della scrivania. I suoi occhi adesso erano pieni di domande e di speranza.

«Si tenga i suoi soldi, onorevole. Ma le do una settimana per dimettersi da ogni carica politica» disse Bordelli.

«Dim... dimettermi...» balbettò l'onorevole.

«Se non lo fa di sua spontanea volontà la costringerò io, ma dopo non si lamenti se a scuola i suoi figli saranno additati con disprezzo.»

«Io... non...»

«Il suo futuro è nelle sue mani, onorevole. Ci pensi bene.» Bordelli continuava a sentire quella voglia irresistibile di schiaffeggiarlo, ma riuscì a trattenersi. Spense la cicca sulla scrivania e senza dire più nulla si avviò alla porta, ignorando i mugolii dell'onorevole. Quando uscì dalla stanza vide nel corridoio la signora Maggini che si allontanava di corsa, sculettando sui tacchi. Aspettò di vederla sparire dietro una porta, poi scese la grande scala di marmo che portava a pianterreno. In quel punto il soffitto era alto almeno otto metri. Arrivò all'ingresso, dove spiccava un dalmata di ceramica a grandezza naturale, seduto sulle zampe di dietro. Aprì il portone, scese con calma i gradini di pietra e s'incamminò sul vialetto di ghiaia che portava fino al cancello. Dappertutto aiuole fiorite, gonfie di primavera. Lungo le siepi d'alloro erano allineati grandi vasi di fiori e statuette di marmo. C'erano anche delle fontanelle. Bordelli accese una sigaretta, e quando arrivò al cancello l'aveva già finita. Appena mise i piedi sulla strada si sentì più leggero, ma anche più pesante. Montò sulla 600 e partì. Leggero perché era uscito da quella casa, perché non aveva più davanti l'onorevole Enzo Maggini. Pesante perché aveva avuto a che fare con lui. Era riuscito a svelare il mistero delle due tombe, ma forse avrebbe preferito non riuscirci. Ci aveva guadagnato solo nausea e amarezza.

In fondo a via Barbacane imboccò viale Volta verso le Cure. Nessuno avrebbe mai condannato l'onorevole Maggini per aver tradito Samsa, e nemmeno per avergli rubato l'oro o per aver fatto, quasi certamente, passare da un camino i suoi ricordi di famiglia. Di cosa lo potevano accusare? Su quali basi? Non esisteva nessuna prova, soprattutto per la faccenda della cassa da morto. E per il tradimento, poi... anche se i tre fascisti nominati dall'onorevole, Bertelli, Rossi e Fantechi, fossero stati ancora vivi, e lui fosse riuscito a trovarli, a cosa poteva servire? Era ovvio che quei signori non avevano nessun interesse a raccontare la verità. E anche se l'avessero detta? Loro non sapevano nulla di quella cassa da morto. E poi... be', più di dieci anni prima c'era stata la famosa amnistia « pacificatrice »... niente Norimberga in Italia, paese di pizza e mandolini. C'erano più fascisti in circolazione che pesci in Arno... e nessuno aveva voglia di rimestare ancora nelle vicende torbide di un passato che era meglio seppellire. Tutti volevano dimenticare. L'unica possibile giustizia poteva venire dalla demolizione della carriera politica di Enzo Maggini...

Non passò davanti alla casa dov'era nato. Voltò in via Pacinotti, attraversò il Ponte del Pino e arrivò fino a piazzale Donatello. Costeggiò il cimitero degli Inglesi, pensando che quella domenica sarebbe andato a fare due passi in mezzo a quelle tombe. Voltò a destra in via Alfieri e parcheggiò in piazza D'Azeglio, di fronte al numero 49. Scese e si fermò di fronte al portone. Si voltò a guardare la cupola verde della sinagoga, poi alzò la mano per suonare, appoggiò l'indice sul campanello... rimase così per qualche secondo, a pensare, poi abbassò il braccio. Fece un passo indietro e sollevò lo sguardo verso le finestre del primo piano. Fra le stecche delle persiane vide un po' di luce. Immaginò la signora Rachele che prendeva il tè seduta sul divano, con la schiena dritta.

Salì in macchina e se ne andò, con una sigaretta spenta in bocca. Adesso Antonio Samsa aveva una sola tomba, ma le date erano comunque sbagliate. Lui non era morto a Firenze nel '54, ma su in Polonia, ad Auschwitz, in una data imprecisata, forse il giorno in cui non era più riuscito a cantare nella mente l'*Incompiuta* di Schubert...

No, il commissario Bordelli non avrebbe mantenuto la sua promessa. Non avrebbe detto alla signora Samsa che suo marito era stato venduto ai fascisti dal figlio di un caro amico, per una bara piena d'oro. Non gli sembrava giusto. Quella donna forte era riuscita nel tempo a mitigare il dolore creandosi intorno un fragile edificio di ricordi e di indispensabili fantasie, che uno scossone del genere poteva far crollare. Lui non aveva il diritto di cambiare le cose. No. La Procura non avrebbe mai saputo nulla di quella storia. Il fallimento della carriera politica di Enzo Maggini era un obiettivo importante, ma non valeva la serenità di Rachele Samsa e delle sue figlie. Loro non dovevano sapere. Avevano pagato un prezzo molto alto alla guerra, e riscrivere la vera storia di quei giorni sarebbe servito solo a farle soffrire ancora. No, non dovevano sapere. Bordelli poteva solo sperare in una cosa: che Enzo Maggini cedesse alle minacce di un commissario di polizia e per salvarsi dall'infamia gettasse nel cesso la sua carriera politica. Ma se non lo avesse fatto, Bordelli lo avrebbe lasciato in pace. Non poteva fare altro. Non poteva far scoppiare uno scandalo senza che la signora Samsa e le sue figlie venissero a sapere com'erano andate le cose. E quello non doveva succedere. E poi, anche se avesse cercato di rovinare un onorevole della Democrazia Cristiana... ci sarebbe davvero riuscito? Avrebbe sollevato un bel polverone, questo è certo, ma fino a che punto? E per quanto tempo? Magari avrebbe solo rischiato di perdere il posto... e alla fine gli italiani avrebbero comunque dimenticato, come sempre.

NATALE DI GUERRA

Firenze, 24 dicembre 1966

Era la vigilia di Natale, mancava poco a mezzanotte. Il commissario Bordelli sonnecchiava seduto in poltrona, davanti al televisore spento. Era passata appena qualche settimana dall'Alluvione. La città stava lentamente risorgendo, senza curarsi troppo delle profonde ferite lasciate dalla devastazione. Dal fango non ci si poteva che risollevare.

Bordelli aveva passato la serata nella cucina di Totò, alla trattoria *Da Cesare*, e come al solito aveva mangiato e bevuto troppo. Aveva rassegnato le dimissioni dalla Pubblica Sicurezza da poco più di un mese, per via di una brutta storia. Ogni tanto apriva gli occhi e guardava lo schermo verdognolo del televisore. Sonnecchiava, ma a dire il vero stava pensando. Cosa si poteva fare nella notte di Natale, da soli, davanti a un televisore spento, se non pensare al passato, viaggiare nella memoria...

Ricordava con nostalgia la notte di Natale del '43, in Abruzzo, alle pendici della montagna sulla cui sommità si trovava Torricella Peligna, quando il fronte era incagliato lungo la Linea Gustav. Qualche settimana dopo l'8 settembre, la Marina Militare aveva cominciato a reclutare sulle navi i volontari per ricostituire il Reggimento San Marco, che durante la campagna d'Africa si era coperto di gloria difendendo Tobruk. Erano tornati in pochi da quella tragica avventura, ma adesso per cacciare i tedeschi dall'Italia c'era di nuovo bisogno di un corpo speciale, capace di facilitare l'avanzata degli Alleati. Franco Bordelli non aveva esitato un secondo ad accettare la proposta. Dopo due anni di navi e uno di sommergibili sentiva il dovere e la smania di scendere a terra, spinto dall'avversione che aveva sempre provato nei confronti del Terzo Reich.

Mentre a Brindisi si addestravano i volontari del San Marco dei futuri battaglioni Grado e Bafile, da mandare in prima linea, il comandante Bordelli, insieme ad altri pochi ufficiali, era stato inviato al fronte per raccogliere informazioni e per prendere contatti con il generale Clark.

Era arrivato da appena una settimana. La notte di Natale nevicava, fiocchi enormi che volteggiavano leggeri nel chiarore spettrale della luna. La campagna attorno era silenziosa. Dopo i bombardamenti dei giorni precedenti, quel silenzio aveva qualcosa di irreale. Senza che nessuno lo avesse annunciato, era stato deciso da entrambe le parti in conflitto che quelle ore sarebbero passate senza combattimenti.

A notte inoltrata, Bordelli si era ritrovato per caso in una stalla con due sconosciuti, a qualche centinaio di metri dagli avamposti tedeschi. Tutti e tre, si confessarono, erano in cerca di solitudine. Accesero un paio di candele, che facevano più ombra che luce. Ma dopo un po' si abituarono all'oscurità quel tanto che bastava per vedersi in faccia. Ognuno di loro aveva qualcosa da mangiare nello zaino, nulla di così speciale, e senza troppe parole avevano messo in piedi una cena di Natale che non avrebbe fatto gola a un gatto randagio. Nessuno dei tre aveva avuto da ridire sulla parca mensa, anche perché la scarsità del cibo era compensata dall'abbondanza di whisky e di sigarette americane.

Il commissario sorrise, continuando a ricordare quella notte. Era stata la prima volta che dopo una cena aveva proposto ai commensali di finire la serata raccontando una storia. Non aveva mai più rivisto i due uomini con cui aveva passato quelle ore di tregua natalizia...

Il più giovane era un ufficiale del San Marco di appena vent'anni che si chiamava Franco come lui, un fiorentino bello quanto una statua antica, elegante nei modi, anche lui in avanscoperta in attesa dell'invio dei battaglioni. L'altro aveva quarantacinque anni, e si chiamava Curzio Malaparte. A quel tempo Bordelli non sapeva troppo bene chi fosse quell'uomo raffinato con lo sguardo doloroso e ironico e la bocca da francese, anche se negli ultimi anni doveva aver letto il suo nome su qualche giornale. Malaparte era sulla Linea Gustav come ufficiale di collegamento presso l'Alto Comando Americano, con il grado di capitano, anche in virtù della sua ottima conoscenza della lingua inglese.

«Chi vuole cominciare?» chiese Bordelli, seduto in terra con la schiena appoggiata alla mangiatoia.

«Lei, naturalmente» gli disse Malaparte, osservandolo con due grandi occhi malinconici. Era seduto con disinvoltura su una vecchia sedia di paglia un po' sbilenca, le gambe accavallate, come se si trovasse nel salotto di una nobildonna. Franco *il giovane* invece era seduto sopra un barile, e lo faceva oscillare leggermente.

«Bene, comincio io... Mi sembra giusto...» disse Bordelli, sorridendo. Accese un'altra sigaretta, e senza doverci riflettere troppo pescò dalla memoria una storia che aveva vissuto da bambino.

Avevo nove anni, la Grande Guerra era finita da pochi mesi, ma a continuare il lavoro di mietitura per conto della signora Morte era arrivata la Spagnola. Grazie a Dio i miei genitori e io eravamo stati risparmiati, ma dappertutto morivano come mosche, e anche alcuni dei nostri parenti erano stati stroncati da quel morbo impietoso. Mio padre era tornato vivo dalle trincee, e aveva riaperto la sua bottega di falegname. Abitavano, e ancora abitiamo, al piano terra di un grande palazzo di quattro piani, diviso in sette abitazioni. All'ultimo piano c'era un unico grande appartamento, dove viveva la proprietaria dell'intero edificio, una zitella magra come uno stecco, molto gentile, che si chiamava Ermelinda. Abitava tutta sola in quella grande casa buia e misteriosa. Usciva di rado, e nessuno andava mai a trovarla. Ad aiutarla nelle faccende di casa e a portarle la spesa era una vecchia donna di servizio, Attilia, che andava da lei ogni mattina per qualche ora. Mia mamma ogni tanto faceva qualche lavoretto di cucito per lei, e mio padre le aveva rimesso in sesto dei mobili antichi e qualche persiana dello stabile.

Non ricordo quale fu la prima volta che mi capitò di entrare in casa sua, ma da quel giorno cominciai a bussare spesso alla sua porta. Andavo quasi sempre a trovarla a metà pomeriggio, e lei mi rimpinzava di caramelle e di cioccolatini. A volte mi suonava qualcosa al pianoforte, in un salotto ampio come quasi tutta casa mia, mentre io me ne stavo stravaccato su un grande divano ad ascoltare, guardando i ritratti e i busti in bronzo dei suoi avi che mi fissavano con aria solenne. Ogni tanto capitava che Ermelinda andasse a prendere dei grandi album di vecchie fotografie. Ci mettevamo seduti sul divano e mi faceva vedere i suoi antenati, indicandomi i dipinti e le sculture per farmeli riconoscere. Altre volte mi leggeva una fiaba, con quella sua voce un po' stridula. Io mi sdraiavo e ascoltavo, con la testa appoggiata sulle sue ginocchia, mentre lei mi accarezzava i capelli. Oppure mi raccontava con passione vecchie storie della sua giovinezza. Aveva visto con i propri occhi Vittorio Emanuele II, aveva toccato Garibaldi, aveva visto buttare giù le antiche mura di Firenze, e mille altre cose che amava ricordare e che a volte la facevano piangere. Allora prendeva un bicchierino di liquore e lo mandava giù tutto d'un fiato, poi sorrideva, e magari me ne faceva assaggiare appena una goccia, facendomi promettere di non dirlo alla mia mamma, che sennò si sarebbe arrabbiata e non mi avrebbe più lasciato salire da lei. Insomma la signorina Ermelinda mi voleva bene, e anche io gliene volevo. Può sembrare strano da dire, ma eravamo amici, anche se lei aveva quasi ottant'anni più di me. A volte passavo da lei l'intero pomeriggio, fino a che la mamma non mi veniva a cercare per andare a cena, scusandosi con la signorina per il disturbo. Ma Ermelinda diceva che per lei era un piacere, che potevo scorrazzare in quella casa tutto il tempo che volevo.

Finché un giorno, dopo aver passato l'intero pomeriggio in sua compagnia a fare questo e quello, quando stavo per tornare a casa Ermelinda mi chiese di sedermi accanto a lei in salotto. Mi prese le mani e mi guardò fisso negli occhi, con un sorriso che non le avevo mai visto.

« Sai mantenere un segreto? »

«Che succede?» farfugliai, sentendomi mancare il respiro. Ero sicuro che stava per succedere qualcosa di brutto.

«Non devi dirlo a nessuno.»

«Che succede?»

«Ecco... Presto dovrò partire.»

«E quando torni?»

«Vedi... Non sempre si può decidere...»

«Quando torni?» dissi di nuovo, con un nodo alla gola.

«Non credo di poter tornare.»

«Perché?» Stavo per mettermi a piangere, ma lei mi prese il naso tra le dita e me lo strinse.

«Suvvia, sei un omino oramai.»

«Dove devi andare?»

«Lontano lontano, ma non so dirti dove... Adesso vieni con me, devo farti vedere una cosa» disse lei. Mi accompagnò lungo un corridoio che non finiva mai e aprì l'ultima porta in fondo. Entrammo in una stanza con grandi mobili scuri, e sopra il letto c'era una cassa da morto vuota, foderata di seta bianca. Il coperchio era appoggiato al muro, in un angolo.

«Stai per morire?» dissi, senza fiato.

«Mi chiuderanno là dentro e farò un viaggio molto molto lungo.»

«Come fai a sapere che stai per morire?»

«Me lo ha sussurrato un angioletto.»

«E quando... morirai?»

«Proprio stanotte.»

«Ma perché?»

«Ti prego, non farmi domande... Saprai tutto dopo che me ne sarò andata.»

«Forse l'angelo si è sbagliato... Forse si è sbagliato...» Ormai piangevo a dirotto, e abbracciandola nascosi il viso contro la sua camicetta.

«Gli angeli non sbagliano mai, dovresti saperlo. Su, soffiati il naso...»

«Magari ogni tanto sbagliano anche loro... Ogni tanto sbagliano...» continuavo a dire. Come mai quei pomeriggi emozionanti e divertenti non potevano durare per sempre? Odiavo con tutto il cuore quell'angelo venuto ad annunciare a Ermelinda che sarebbe morta...

La signorina aspettò che mi calmassi, e ritornammo in salotto. Ci sedemmo e lei mi versò una goccia di un liquore rossastro in un bicchierino, mentre per sé ne riempì uno fino all'orlo.

«Ho un regalino per te» disse. Sfarfallò per la stanza e mi portò una piccola aquila in bronzo con le ali aperte, e dal gancio che aveva sul becco pendeva un orologio d'oro a cipolla.

«Che bello...»

«Sentimi bene, Franchino. Devo affidarti un compito molto importante.»

«Sì.»

«Mi posso fidare di te?»

«Sì.»

«Mi prometti che non lo dirai a nessuno?»

«Lo prometto» dissi, un po' spaventato dal tono della sua voce. Lei fece un bel respiro.

«Ecco... Quando sarò partita, arriveranno qui delle persone che tu non hai mai visto, e frugheranno dappertutto.»

«Chi sono quelle persone?»

«Nipoti e pronipoti, che però non mi vogliono bene. Aspettano solo che io faccia questo lungo viaggio per dividersi tutti i miei averi, ma avranno una bella sorpresa» disse Ermelinda, sorridendo. Non capivo come potesse essere così serena sapendo di dover morire quella stessa notte.

«Perché non ti vogliono bene?»

«Be', certe cose non si possono decidere. Adesso ascoltami bene: come ti ho detto vorrei affidarti un compito molto importante, ma devo essere sicura che tu riesca a portarlo a termine.»

«Sì.»

«Aspettami qui.» Ermelinda uscì dalla stanza e tornò poco dopo con una grande scatola di latta per caramelle, con sopra disegnate delle leggiadre fanciulle che danzavano in cerchio. Se la posò sulle ginocchia, la aprì e tirò fuori una busta chiusa. Me la mostrò, c'era scritto sopra il mio nome.

«È per me?» dissi.

«Sì, ma devi aprirla soltanto dopo che me ne sarò andata. Promesso? Su, non piangere. Vedi come sono allegra, io?»

«Sì.»

«Nella lettera troverai tutto quello che ti chiedo di fare. Ma devo assolutamente essere sicura che eseguirai ogni cosa come un bravo soldatino.»

«Lo prometto.»

«Nessuno deve sapere nulla, nemmeno la mamma, è un segreto fra me e te.»

«Sì.»

«A casa devi farti vedere allegro come sempre, me lo prometti? Devi pensare che lo fai per me.»

«Lo farò, te lo giuro.»

«Sei un tesoro. Mi raccomando, non aprire questa scatola prima che io sia partita. Nessuno deve trovarla, e soprattutto non deve finire in mano ai miei nipoti» disse la signorina, rimettendo la lettera nella scatola.

«Stanotte posso venire a salutarti?»

«Meglio di no, devo preparare le valigie.»

«Questa è l'ultima volta che ci vediamo?»

«Chissà, magari diventerò un fantasma e verrò a tirarti i piedi mentre dormi, oppure ti apparirò in sogno» disse lei. Io non riuscivo più a parlare. Mi sembrava impossibile non rivederla mai più, non volevo crederci. Lei era lì, potevo toccarla, parlarci e dopo quella notte, invece...

Ermelinda mi baciò sulla testa, dolcemente. La abbracciai forte e ricominciai a piangere. Lei mi disse che i ricordi erano la cosa più preziosa della vita, e che nulla e nessuno poteva rubarci tutte le ore belle che avevamo passato insieme. Restammo così a lungo, come due innamorati, poi la signorina mi accompagnò alla porta e mi porse la scatola di latta, assai più pesante di quel che avevo immaginato. Ci salutammo con un lungo e tenero abbraccio, per me carico di un'angoscia che prima di allora non avevo mai provato, se non quando mio padre era al fronte e non sapevamo se lo avremmo rivisto. E questa volta anche la signorina aveva gli occhi umidi. Stavo per parlare, o per singhiozzare qualche parola, ma lei si mi-se un dito sulle labbra per chiedermi di non dire nulla. E dopo un'ultima carezza chiuse delicatamente la porta. Mi rimase negli occhi il suo sorriso buono, e scesi giù per le scale con il cuore a pezzi. Se avessimo avuto la stessa età, pensavo, ci saremmo certamente sposati.

Appena entrai in casa corsi a nascondere la scatola di latta sotto il mio letto, e misi l'aquila con la cipolla sopra il comodino. Era un regalo bellissimo, e a guardarlo mi veniva da piangere.

A cena mi sforzai di essere allegro, come avevo giurato, e con mia grande meraviglia riuscii a non far trapelare la mia angoscia. Era per lei che lo facevo, e questo mi aiutava a non cedere.

Passai una notte infernale, piena di incubi, sudando e scalciando nel letto. Ogni tanto mi svegliavo e nel buio mi sembrava di sentire la voce di Ermelinda che mi chiamava.

La mattina dopo andai a scuola con un macigno sulle spalle, sperando che l'angioletto si fosse sbagliato. Ma quando tornai a casa, appena vidi mia mamma capii subito che doveva darmi una bruttissima notizia. Insomma Ermelinda se n'era andata per davvero, era partita per il suo lungo viaggio. L'angioletto non aveva mentito.

Riuscii a non piangere, anche perché non avevo più lacrime. Ma sentivo dentro di me un vuoto immenso, che non sapevo come colmare. A tavola parlammo di Ermelinda, di quanto fosse buona e gentile. A trovarla morta era stata Attilia, la donna di servizio, che si era precipitata giù per le scale rischiando di rompersi l'osso del collo.

«Aveva già comprato la bara» disse il babbo.

«Si vede che se lo sentiva» mormorò la mamma.

«Attilia l'ha trovata seduta sul divano, come addormentata.»

«Una bella morte...» Poi tutti e due dissero che nel pomeriggio sarebbero andati a renderle omaggio.

«Vengo con voi» dissi. I miei si scambiarono una lunga

occhiata, e dopo averci pensato per qualche istante annuirono.

Dopo pranzo andai a chiudermi in camera, per aprire la scatola di latta. Eseguire i desideri di Ermelinda me la faceva sentire vicina, e nessuno avrebbe potuto impedirmi di portare a termine la mia missione. Guardai sotto il letto, e il cuore mi si fermò: la scatola non c'era più. Ero disperato, non potevo crederci e infatti la scatola era là, un po' spostata verso il muro, forse dalla scopa di mia mamma. Ero stato uno stupido a metterla in un posto così poco sicuro. Da quel momento in poi sarei stato più attento. Mi distesi bocconi sul letto, sollevai il coperchio della scatola con le fanciulle danzanti e aprii la busta indirizzata a me:

Caro piccolo Franco,

ti porterò per sempre nel mio cuore, ovunque mi trovi. Non piangere per me, io sto bene, e sono certa che prima o poi ci rivedremo. Abbiamo passato insieme giornate bellissime, e tra noi c'era qualcosa di speciale, qualcosa che non si può spiegare con le parole. Non lo hai mai detto, ma so per certo che lo pensavi anche tu: se avessimo avuto tutti e due vent'anni, ci saremmo sposati. Certe cose non importa dirle con le parole. Ma non sempre Dio fa incontrare le anime gemelle nel momento giusto, non so spiegarne il motivo. Sii sempre bravo e sincero come ti ho conosciuto, e non dimenticare che in ogni momento della vita ci si trova a scegliere tra il bene e il male, anche quando non ce ne rendiamo conto. Mi raccomando: scegli unicamente il bene, anche se spesso sarai costretto a percorrere la strada più difficile.

Ma adesso basta con queste ciance da vecchia zitella. Ecco arrivato il momento in cui devo chiederti di fare per me alcune cose molto importanti. Sono partita per questo lungo viaggio con serenità, sicura di poter contare su di te. Sei pronto, soldatino?

«Sono pronto...» sussurrai, sapendo che avrei fatto tutto quello che mi chiedeva.

Leggi attentamente e rispetta ogni cosa nei dettagli. Nella scatola che ti ho consegnato troverai un cofanetto chiuso a chiave e un'altra lettera. È per la pizzicagnola di viale dei Mille, dove va la tua mamma a fare la spesa. Si chiama Italia Bagnoli. Anche il cofanetto è per lei, ma nel caso glielo porterai più avanti, dopo che avrà letto la lettera. Però mi raccomando: devi trovare il modo di darle la busta senza farti vedere da nessuno, e in un momento in cui può leggerla davanti a te, perché deve darti una risposta. Quando Italia leggerà la lettera, forse piangerà. Ma tu non preoccuparti. Grazie, omino. Un grande bacio.

La tua affezionatissima Ermelinda.

Post Scriptum – Ti ho voluto bene come a un figlio.

Mi asciugai le lacrime, e guardai dentro la scatola. Il cofanetto era piuttosto pesante, e sulla busta della lettera c'era scritto: PER ITALIA BAGNOLI.

Rimisi tutto a posto nella scatola di latta e la nascosi in fondo a un cassetto, dietro a un mucchio di cianfrusaglie. Non avrei detto nulla ai miei genitori, e questo segreto mi faceva sentire un vero uomo. Non avrei mai tradito la fiducia della mia amica, per nessun motivo.

Nel pomeriggio andammo a trovarla. La sua casa era piena di gente che non avevo mai visto, come mi aveva detto Ermelinda. Fingevano di essere addolorati, ma si vedeva che non gliene importava nulla, e giravano per le stanze con aria indaffarata. Di certo stavano cercando la scatola di latta che io tenevo nascosta in camera mia.

Ermelinda era distesa nella cassa da morto, e i suoi capelli bianchi come la neve si confondevano con la seta della fodera. Aveva il viso sereno e un leggero sorriso sulle labbra, come se fosse soddisfatta del suo lungo viaggio. Mi sentivo strozzare la gola dal pianto, ma ricordando le sue parole mi sforzai di non piangere.

Quando i miei genitori se ne andarono chiesi il permesso di poter rimanere, e mi lasciarono da solo. Non proprio da solo, perché appunto c'erano i nipoti e i pronipoti che continuavano affannosamente a rovistare tutta la casa. Entrai nel salotto, dove avevo passato interi pomeriggi in compagnia di quella donna meravigliosa. Sentivo nell'aria il suo odore, un misto di acqua di colonia e di fiori vecchi. Era strano non vederla seduta al pianoforte, o a sfogliare un album di vecchie foto, o a girare il cucchiaino nella tazza del tè. Tutte quelle persone che vagavano nervosamente per le stanze mi sembravano finte, ritagliate nella carta. Era più presente lei senza esserci, che tutti loro messi insieme.

«Ma tu chi sei?» mi chiese una donna, guardandomi come se avesse visto uno scorpione.

«Sto a piano terra, conoscevo Ermelinda, eravamo amici.»

«Non dire sciocchezze. Sei un bambino e lei era una vecchia di novant'anni.»

«Eravamo amici» dissi di nuovo, ma la donna si stava già allontanando. Continuò insieme agli altri a frugare, aprire, sollevare. Li spiavo di nascosto, e ogni tanto ne vedevo uno che si metteva in tasca qualcosa. Era disgustoso, ma mi piaceva sapere che non avrebbero mai trovato quello che stavano cercando. Insomma me la ridevo, e fingevo di non sentire i loro sussurri.

«Dove li avrà nascosti, quella megera?»

«Prima o poi li trovo, dovessi smontare la casa pezzo a pezzo.»

«E se ha lasciato tutto alle monache?»

«Quella strega è capace di tutto.»

«Avrà un nascondiglio segreto.»

«Magari li ha messi nella cassa da morto.»

«Vuole portarseli sotto terra, quella puttana.»

«Andiamo a vedere...»

Fu una scena squallida. Sollevarono Ermelinda e la depositarono accanto alla bara, sopra il materasso. Si misero a tastare la fodera, a frugare in ogni angolo della cassa, mordendosi le labbra per il nervosismo. Non trovarono nulla, e rimisero a posto la morta senza troppi complimenti. Ermelinda adesso era spettinata, e appena mi ritrovai da solo le sistemai i capelli. La sua fronte era fredda come il ferro. Rimasi a guardarla. Ecco, mi dicevo, adesso apre gli occhi, mi guarda e mi dice qualcosa. Aveva ragione Ermelinda, il ricordo non me lo poteva rubare nessuno. Questo pensiero mi diede un grande sollievo, e in quel momento capii che non avrei pianto mai più per lei. E sapevo che lei ne sarebbe stata contenta.

Bordelli si accese l'ennesima sigaretta, e si mise a passeggiare su e giù per la stalla con le mani in tasca. Malaparte e il giovane Franco aspettavano in silenzio il seguito della storia. La notte era ancora lunga, e il freddo si faceva sentire.

Riuscire a parlare da solo con Italia non fu facile. Il suo negozio era sempre pieno di gente, e anche quando era vuoto c'era il garzone. Una mattina, tornando da scuola, aspettai che arrivasse l'ora della chiusura. Vidi andare via il garzone, e mentre Italia chiudeva la porta della bottega le dissi che dovevo parlarle di una cosa molto importante, però dovevamo essere da soli. Lei si mise quasi a ridere, non capiva cosa avesse da dirle di così segreto Franchino, il figlio del falegname. Ma io non ridevo, e insistevo, e dal tono della mia voce capì che non stavo giocando. Riaprì il negozio, e appena ci infilammo dentro chiuse a chiave la porta. Per non essere disturbati da qualche cliente ritardatario andammo nel retrobottega, in mezzo ai prosciutti, ai barilotti di acciughe, alle scatole di tonno...

«Eccoci qua, cosa mi devi dire?» chiese lei, gentile ma impaziente, restando in piedi con la borsa in mano. Sembrava leggermente preoccupata. Era una donna magra, non troppo alta, con gli occhi un po' tristi e i capelli legati in una crocchia dietro la nuca. Le porsi la lettera di Ermelinda, senza dire nulla. Lei la prese, e con una certa sorpresa lesse il proprio nome sulla busta.

«Chi è che mi scrive?»

«La signorina Ermelinda. È morta qualche giorno fa.»

«Sì, l'ho saputo... Poverina...»

Quando aprì la busta si ritrovò in mano un foglio piegato in quattro, una piccola chiave e un'altra busta più piccola sigillata con la ceralacca. Cominciò a leggere la lettera, con una ruga in mezzo agli occhi. Dopo qualche secondo vacillò, emettendo un lungo gemito, e per non cadere fu costretta a sedersi sopra uno scatolone. Continuò a leggere avidamente tirando su con il naso, mentre le lacrime le gocciolavano dal mento, proprio come aveva detto Ermelinda. Asciugandosi gli occhi con le dita riuscì a finire la lettera, poi abbassò la testa e le sue spalle cominciarono a ballare. Singhiozzava senza troppo rumore, solo ogni tanto si sentiva un gemito acuto che faceva stringere il cuore.

Finalmente si asciugò il viso con un fazzoletto, e mi lanciò un'occhiata. Cercò anche di sorridere. Aprì la busta sigillata con la ceralacca, sfilò un foglietto e lo lesse lentamente mettendosi ogni tanto una mano sulla fronte, con aria teneramente rassegnata. La parte più violenta della burrasca sembrava passata, adesso era come se stesse vagando tra le macerie di una casa colpita da un uragano. Piegò il foglio e lo rimise nella busta. Mi guardò a lungo, prima di darmi la risposta di cui mi aveva parlato Ermelinda.

«Va bene, puoi portarmi il cofanetto» mormorò, alzandosi. Sembrava un fantasma capace di attraversare i muri. Uscimmo in strada. Italia chiuse la porta, e il suo saluto appena sussurrato fu coperto dal rumore di una carrozza che stava passando nel viale. Mi ricordo ancora la sua figura magra che si allontanava sul marciapiede con il passo incerto.

Quando tornai a casa trovai mia madre ad aspettarmi sul cancello del giardino, preoccupata come non l'avevo mai vista. Mi abbracciò come se fossi sopravvissuto a una catastrofe. Le dissi che avevo fatto tardi per accompagnare a casa un amico di scuola che si era fatto male a un piede, e lei finalmente sorrise. Nel pomeriggio riuscii a portare il cofanetto a Italia, chiedendomi cosa mai ci fosse scritto nella lettera per darle tutte quelle emozioni. Non ebbi il coraggio di chiederle nulla, e me ne tornai a casa a passo lento, fiero di aver rispettato le volontà della mia amica Ermelinda. Continuai ogni giorno a immaginare le parole di quella lettera, e quale fosse il contenuto del cofanetto. Ci pensavo la mattina a scuola, il pomeriggio mentre cercavo di giocare, la sera a letto quando il sonno veniva a chiudermi gli occhi.

Qualche mese dopo Italia si trasferì insieme al marito all'ultimo piano del palazzo dove abitiamo noi, nell'appartamento di Ermelinda. E così scoprimmo che lo aveva ereditato.

Bordelli tirò un sospiro, e andò ad affacciarsi all'unica finestra della stalla. La neve continuava a cadere in fiocchi grandi come patate, e in lontananza il massiccio imbiancato della Maiella riluceva sotto la luna. Era la notte di Natale, e immaginava sua madre che sospirava di dolore, aspettando notizie del suo unico figlio di cui non sapeva più nulla da quasi quattro mesi. Chissà se le era arrivata l'ultima lettera che aveva scritto a casa, con la data del 9 settembre, il giorno dopo l'annuncio dell'Armistizio. Ma la sua storia non era ancora finita, e dopo aver bevuto un lungo sorso di whisky continuò a raccontare.

Diversi anni più tardi, quando ormai il paese era ben saldo nelle mani del Duce, una domenica pomeriggio bussai alla porta di Italia e le chiesi se potesse finalmente dirmi cosa c'era scritto nella lettera di Ermelinda. Avevo sedici anni, ma ero cresciuto in fretta e sembravo molto più grande. L'appartamento era rimasto uguale a prima, nulla era cambiato. Mi faceva una grande impressione ritrovarmi tra quei mobili che conoscevo quanto quelli di casa mia. Eravamo seduti nello stesso salotto dove avevo passato infiniti pomeriggi con Ermelinda, e in quella luce dolce come allora mi sembrava di essere tornato indietro nel tempo. Non ero più un bambino, e quei ricordi mi sembravano mitici e distanti come un grandioso sogno a occhi aperti.

Italia mi guardava, con un sorriso che annunciava la rivelazione. A un tratto si alzò e uscì dal salotto, con un sospiro doloroso. Tornò poco dopo con una lettera in mano. Era la lettera di Ermelinda, quella che le avevo consegnato alla pizzicheria sette anni prima. Si mise a camminare nella stanza, lentamente, rasentando le pareti. Dopo un po' si fece il segno della croce, s'infilò gli occhiali e cominciò a leggere la lettera.

Cara Italia,

quando leggerai queste parole io sarò già volata al Creatore. Ho pensato a lungo se fosse giusto raccontarti la verità, e alla fine ho pensato che...

Ermelinda le annunciava di essere la sua madre naturale, ma la pregava di continuare a leggere affinché potesse raccontarle come erano andate le cose. Era rimasta incinta a trentadue anni, di un forestiero che l'aveva presto abbandonata per tornare da sua moglie. Aveva vissuto un periodo di profonda disperazione, nascondendo la propria colpa, ma il peggio doveva ancora arrivare. Quando la pancia crebbe, rivelando la verità della sua condizione, in casa successe il finimondo. Lo scandalo, il disonore... Non era sopportabile. Si doveva rimediare a ogni costo, e dopo lunghe e dolorose riflessioni era stato deciso il da farsi. Il parto sarebbe avvenuto in tutta segretezza, alla presenza di un medico chiamato da una regione lontana. Il nascituro sarebbe stato affidato a un'altra famiglia, e per qualche tempo Ermelinda sarebbe andata a vivere in un convento, accompagnata da un lauto compenso per le monache. La peccatrice non ebbe il coraggio di protestare, e lasciò che tutto andasse come avevano stabilito i suoi genitori.

Nacque una femminuccia, che venne portata via immediatamente. Tutto era già stato organizzato. La bimba fu affidata a due giovani sposi che non potevano avere figli. Lui era il pizzicagnolo di viale dei Mille, lei era la figlia di un macellaio di Santo Spirito. Era il 1862, e la bimba venne chiamata Italia. Alla coppia erano stati dati molti soldi, a fronte di un solenne giuramento, con tanto di mano sulla Bibbia: nessuno doveva sapere nulla di quella faccenda, nemmeno e soprattutto la loro figlia adottiva.

Ermelinda fu spedita in un convento sulla montagna pistoiese, e ci rimase tre lunghi anni, senza mai smettere di pensare alla bambina che aveva messo al mondo. Quando finalmente tornò a casa, era una donna spezzata in due. Continuava ad avere in mente sua figlia, ma non si azzardava a parlarne. Si fece coraggio e cercò di riprendere il filo della propria vita. Andava a teatro, leggeva, lavorava a maglia... Di certo non si sarebbe mai sposata, e nemmeno lo voleva.

Poi accadde una cosa. Un giorno d'estate, passeggiando per la strada insieme a sua madre, Ermelinda vide una bambina con i boccoli neri tenuta per mano dalla pizzicagnola, e all'istante riconobbe la sua bambina. Una mamma, scriveva nella lettera, anche se vede il proprio figlio soltanto per qualche secondo, fossero pure passati trent'anni lo riconosce immediatamente. E quella bella bimba non aveva più di quattro anni. Era lei, non poteva avere il minimo dubbio. Dopo i primi istanti di smarrimento riuscì a controllarsi, e continuò a conversare con sua madre come se nulla fosse. Da quel giorno aveva trovato ogni scusa per andare alla bottega a fare la spesa, per vedere sua figlia. L'aveva vista crescere, diventare una ragazza e poi una donna, ma non aveva mai avuto il coraggio di rivelarle la verità. Continuava ad aver paura delle conseguenze, che non sapeva immaginare. Come avrebbe potuto affrontare lo sguardo di sua figlia, nel momento in cui le avesse detto di essere la sua vera madre? Si sentiva vile, ma non solo per quello. L'idea di affrontare uno scandalo la atterriva. Suo padre, sua madre, i parenti... Non voleva rischiare di essere spedita di nuovo in quel monastero sperduto sulle montagne. Ma nemmeno quando i suoi genitori erano morti aveva trovato il coraggio di farsi avanti con Italia. Ormai aveva raggiunto una specie di equilibrio, o per meglio dire, si era abituata alla rassegnazione. Però non sopportava l'idea di andarsene dal mondo senza che Italia sapesse la verità. Voleva dirle che le voleva bene, voleva farsi perdonare... Ma per farlo doveva prima rivelarle la propria colpa, e non ne aveva il coraggio.

Poi un brutto giorno aveva avuto delle bizzarre allucinazioni, e aveva capito che sarebbe finita come sua madre. Era una malattia ereditaria. Una sorta di pazzia. Sua mamma era morta con gli occhi pieni di terrore, dopo mesi di visioni mostruose. Lei non voleva fare la stessa fine. Dopo anni di sofferenze aveva trovato un po' di serenità, e voleva uscire di scena con eleganza. Aveva comprato la cassa da morto, e aveva scelto il giorno in cui avrebbe concluso la sua avventura terrena. Si era procurata tre bottigliette di laudano in un negozio di Por Santa Maria. Una morte dolce e lenta. Ma prima di andarsene doveva scrivere una lettera a sua figlia, per farle sapere la verità. Scrisse anche il testamento, lo chiuse in una busta e lo sigillò con la ceralacca. Lasciava ogni suo avere a Italia Bagnoli, nata il eccetera. Tutto in regola. Le sembrava la cosa più giusta da fare. Ai suoi nipoti e ai loro figli non doveva toccare nulla. Gente meschina. Non vedevano l'ora di spartirsi il patrimonio della vecchia zia Ermelinda, ma sarebbero rimasti a bocca asciutta.

Sempre per sua figlia radunò anche i gioielli più preziosi in un cofanetto, perché non finissero in mani sbagliate. Se Italia non avesse voluto accettare l'eredità, magari per un legittimo rancore nei confronti di una madre così vile, Ermelinda anche da morta ne sarebbe stata infinitamente addolorata. Era proprio così che aveva scritto. Ma nel testamento aveva previsto questa possibilità, e se Italia avesse rifiutato quei beni, che moralmente le spettavano, l'intero patrimonio sarebbe andato alle monache di Ponte alle Riffe.

Dopo aver messo tutto in una scatola di latta aveva chiesto al piccolo Franco di fare da messaggero, sapendo che quel caro bambino non si sarebbe tirato indietro. Poi si era seduta sul divano e aveva bevuto una dopo l'altra le tre boccette di laudano...

Solo quando Italia finì di leggere la lettera, mi resi conto di quanto somigliasse a sua madre.

Bordelli si versò ancora del whisky nella stessa tazza di porcellana che usava anche per radersi e per bere il caffè.

Per concludere la storia disse che un anno prima della guerra anche Italia se n'era andata. Aggiunse che soltanto qualche anno prima gli era venuto in mente di aprire la cipolla d'oro che gli aveva regalato Ermelinda, e dentro il coperchio aveva trovato una fotografia di lei da giovane, una signorina graziosa e un po' civettuola.

Aveva finito il suo racconto, e lanciò un'occhiata agli altri due per vedere chi avesse voglia di essere il secondo. Per un sacco di tempo restarono in silenzio, come se aspettassero senza nessuna fretta che svanisse dalla stanza il fantasma della povera Ermelinda, donna d'altri tempi, che aveva passato la vita in compagnia del proprio segreto... Poi il giovane ufficiale di Firenze fece un lungo sospiro.

«Dopo una storia triste ce ne vuole una divertente, che ne dite?»

Gli altri due approvarono con un cenno del capo.

«Questa me l'ha raccontata mio zio Renzo, il fratello minore di mio padre, che adesso ha più di quarant'anni. Abitavano in una grande villa a Settignano, dove sono rimasti a vivere solo i miei nonni. Lo zio Renzo da bambino era una vera peste. Si divertiva a fare gli scherzi più irritanti, facendo imbestialire tutti, come ad esempio quando si infilò sotto il tavolo dove sua madre e le sue amiche erano sedute a conversare, per attaccare insieme le loro grandi sottane con delle spille da balia, oppure quando mise i cacherelli di capra nel barattolo delle olive nere, di cui suo padre era goloso a tal punto da mangiarne a manciate, con le conseguenze che si possono immaginare. Un giorno ne fece un'altra delle sue, mettendo una lucertola viva nella borsetta di sua mamma, che quando si ritrovò la bestiola tra le dita gridò di terrore. Quella sera era la festa del patrono, in paese c'era una grande fiera, con luminarie e bancarelle. Ma fu deciso che per punizione Renzino sarebbe rimasto a casa. Così avrebbe imparato che per le cattive azioni si deve pagare un prezzo, disse sua madre sulla soglia, vestita di tutto punto. Renzo abbassò la testa, con aria pentita. Aspettò che tutti se ne fossero andati via, e si mise a rimuginare. Non gli andava giù di essere stato lasciato a casa. Doveva inventarsi qualcosa, se non altro per divertirsi. E alla fine gli venne un'idea. Aveva campo libero, la donna di servizio e la tata si erano già ritirate nelle loro stanze. »

Il giovane Franco mandò giù un lungo sorso di whisky, e si asciugò le labbra con la manica della divisa con un gesto così elegante che pareva avesse usato un tovagliolo ricamato. Poi continuò, con l'aria nostalgica di chi sente la mancanza della propria casa e delle persone care.

« A Settignano era arrivata la corrente elettrica da poco più di un anno, e due cavi aerei passavano nel parco, non distanti dalla villa, qualche metro sopra la terrazza. Renzo andò a prendere il suo aquilone, e con un po' di pazienza riuscì ad agganciare il cavo più lontano. Adesso veniva la parte più divertente. Si mise a tirare la corda dell'aquilone, piano piano, fino a che non riuscì a far toccare insieme i due cavi elettrici, e dopo una grande scintilla e uno sfrigolio che somigliava a un fulmine, tutto il paese rimase al buio. Renzo recuperò quel che restava dell'aquilone bruciacchiato, e con l'aiuto di una candela corse a nasconderlo in cima a un armadio. Poi andò a sedersi nell'ingresso, fingendo di leggere un libro. Dieci minuti dopo, come si aspettava, i suoi genitori e suo fratello tornarono a casa. *Siete già qui?* chiese Renzo. *Non era divertente la festa?* Sua madre disse che era andata via la luce, per chissà quale motivo. Era delusa e contrariata. A quanto sembrava il danno era stato notevole, si era fulminata la cabina elettrica che portava la corrente a tutta Settignano e alle colline là intorno. Un vero disastro, continuava a dire. E per consolarsi andò nel proprio studio per guardare il progetto dell'architetto Michelazzi, al quale aveva commissionato la facciata in stile Liberty di una palazzina di Borgo Ognissanti di sua proprietà. E con grande orrore, nel disegno a china della facciata trovò, al posto dei due leoni alati, due grandi galline. Altro non poteva essere che un nuovo stupido scherzo di quella peste di Renzino, che a quel punto ne buscò di santa ragione.» Il giovane Franco sorrise, e accese un'altra sigaretta. Era contento di aver fatto sorridere anche gli altri due, soprattutto Malaparte, che sembrava impregnato di tristezza.

«Adesso dov'è questo magnifico zio? In guerra?» disse Bordelli, versandosi un po' di whisky.

«Niente guerra, è a casa per via di una ferita. Per divertirsi ha sparato con la pistola contro un elmetto che aveva appoggiato in terra, con la cavità verso l'alto. Il proiettile ha fatto un bel giro dentro l'elmetto ed è tornato verso di lui, colpendolo alla pancia» disse il ragazzo, sempre sorridendo. Malaparte tirò fuori una tavoletta di cioccolata, la spezzò in tre e ne lanciò un pezzo per uno ai suoi commensali.

«La tua storia era divertente ma troppo corta. Devi raccontare qualcos'altro» disse, fissando il giovane ufficiale con quel suo sguardo penetrante. Bordelli era d'accordo, e annuì. Quel ragazzo fiorentino gli piaceva. Oltre a essere bello aveva uno sguardo che ispirava fiducia, ed era un bravo cantastorie.

«Be', posso raccontarvi un altro aneddoto della mia

famiglia, breve breve, poi tocca a lei» disse, guardando Malaparte.

«Affare fatto.»

«Bene, eccolo qua. Uno degli zii di mia mamma, Angiolo Vannetti, che tutti in famiglia chiamiamo lo zio Angiolino, è un pittore e scultore affermato che ha lavorato in tutto il mondo.»

«Lo conosco di fama» lo interruppe Malaparte.

«Scusate l'ignoranza, ma io non lo conosco» disse Bordelli.

«Non ha importanza, non è della sua arte che voglio parlarvi. Lo zio Angiolino si era sposato con la piccola Anna nel giugno del 1914, una settimana prima dell'attentato di Sarajevo. Si amavano con passione e tenerezza, stavano sempre insieme. Quando un anno dopo anche l'Italia entrò in guerra, e Angiolino fu richiamato, Anna giurò che non lo avrebbe mai lasciato andare da solo. Fu così che decisero di chiedere un incontro riservato con il generale della caserma dove lui era distaccato. Angiolino era già piuttosto conosciuto in città come artista, e il generale lo ricevette con piacere. Anna prese subito la parola, e disse che sarebbe andata insieme al marito ovunque lo avessero mandato. Con i capelli tagliati corti e la divisa militare, nessuno si sarebbe mai accorto che era una donna. Non avrebbe mai aperto bocca e avrebbe obbedito agli ordini come un vero soldato. Se il generale non le avesse consentito di accompagnare il marito in guerra, si sarebbe uccisa. Il generale ci pensò sopra per qualche minuto, poi diede il suo assenso. E così fu. Anna e Angiolino partirono insieme per il fronte, e vissero fianco a fianco tre lunghi anni di trincea, rischiando la morte, soffrendo la fame e il freddo, senza che mai la piccola Anna si lamentasse. Tornarono vivi dalla guerra, e Angiolino riprese a lavorare alle sue opere, che dopo qualche anno gli vennero commissionate da tutto il mondo. Quando lui fu invitato alla Corte Imperiale di Tokyo, Anna fece i bagagli senza battere ciglio, così come lo seguì in altri paesi lontani, ad esempio a Cuba nel '29, quando Angiolino vinse il concorso internazionale per il monumento al presidente Alfredo Zayas, una statua alta diciotto metri. Non si sono mai separati, nemmeno per un giorno, e non si sono mai venuti a noia» disse il giovane Franco, sorridendo con aria meravigliata.

«Dunque le anime gemelle non appartengono alla mitologia» disse Bordelli, e dette un altro morso alla cioccolata.

«La razza umana è quanto di più sorprendente esista sotto il sole» mormorò Malaparte.

«Adesso tocca a lei» disse il giovane Franco. Spense la sigaretta e ne arrotolò subito un'altra, con l'abilità di chi ne fuma molte ogni giorno.

«Il privilegio di essere l'ultimo» aggiunse Bordelli, facendosi sciogliere la cioccolata in bocca lentamente, per farsela durare il più possibile. Rimasero in silenzio come dopo aver ascoltato la storia di Ermelinda, per non interrompere troppo bruscamente l'atmosfera di quelle vicende. Finché Malaparte accennò un sorriso amaro.

«C'è chi dice che io mi inventi spesso delle storie turpi per impressionare gli altri, o magari per attirare l'attenzione, o ancora peggio per cinismo. Tutte stupidaggini. Sono inorridito dalla bassezza che può raggiungere l'uomo, così come sono ammirato dal sublime che ogni tanto sa esprimere. Ma quando mi metto a scrivere, è la bassezza che mi preme di raccontare. Forse per liberarmene, per non far marcire dentro di me quello che ho visto con i miei occhi. Ho quasi finito una specie di romanzo che racconta quel che mi è toccato vedere quando ero corrispondente di guerra, un libro molto spiacevole. Ma che posso farci se l'umanità è spiacevole? Adesso sto lavorando a un altro libro, che non piacerà per niente ai vincitori di questo conflitto. I liberatori hanno distrutto Napoli più di quanto non abbiano fatto i tedeschi. E non con le bombe, ma con l'arroganza del vincitore, che usa la terra conquistata per soddisfare i propri desideri e per darsi continuamente la prova di essere appunto il vincitore. Un popolo ridotto in miseria non può che essere sconvolto dall'arrivo di un vincitore carico di denaro. La sera, a Napoli, andavo spesso a passeggiare con un ufficiale americano, divenuto un caro amico. Una persona colta e intelligente. Ma nemmeno lui capiva quanto male stessero facendo i *salvatori* a quella città, e quanto la loro presenza somigliasse più a un'invasione che a una liberazione. Allora lo portavo a vedere la miseria che si vendeva per pochi spiccioli, e lui scuoteva il capo, dicendo che chi fa certe cose forse le ha sempre fatte. E comunque, aggiungeva, la colpa non poteva essere di chi andava a liberare un paese che non aveva impedito a Mussolini di diventare il padrone assoluto. Gli dissi che dunque considerava quelle violenze fisiche e morali una sorta di punizione, e per di più legittima. E lui non seppe cosa rispondere.» Si fermò il tempo di bere un sorso, e subito riprese a raccontare.

«Ho visto madri vendere i propri figli, bambini e bambine, a militari ubriachi, e ho visto nonne fare la stessa cosa con i nipoti. Ho visto uomini in coda che per un dollaro potevano girare e rigirare un dito nella vagina di una vergine, per constatare quanto fosse stretta. Ho visto la miseria trasformare Napoli in un grande bordello, dove non c'era nulla che non potesse essere venduto e comprato. La miseria e l'ignoranza sono quasi sempre innocenti, ma quello che ho visto mi fa innanzitutto ribrezzo. E se lo racconto, ecco che sono cinico. I miei libri sono ricolmi di magnifici esempi di abiezione, di immoralità, di violenza, di crudeltà inaudita, di azioni umane difficili da sopportare, ma non è altro che il mondo così com'è, l'uomo così com'è, non ho inventato nulla, ho soltanto scelto le parole per raccontare tutto questo. Non c'è alcun compiacimento. Quando ero corrispondente di guerra, nei salotti nazisti del Nord Europa ho visto uomini colti e raffinati che decidevano la morte e la distruzione, e non dovrei raccontarlo? C'è una vicenda a cui ho assistito a Napoli che non metterò nelle mie pagine. È così disgustosa che ho deciso di non scriverla. La racconterò solo a voi in questa bella notte di Natale, prima che ricomincino i bombardamenti. Non so come mai, però mi sembra la notte giusta.» Sorrise, sistemandosi meglio sopra la sedia e fissando il soffitto sudicio della stalla. Forse un po' giocava davvero a fare il cinico, ma nel fondo dei suoi occhi bruciava una sofferenza autentica, come quella di un bambino che non vorrebbe mai aver visto certe cose. Il giovane Franco lo fissava con attenzione, aspettando che andasse avanti. Malaparte si passò le dita sugli occhi, poi continuò.

«Dopo l'ennesimo giro nei quartieri poveri avevo accompagnato l'ufficiale americano al suo comando, e prima di andarmene a letto mi ero messo a passeggiare di nuovo nei vicoli più miseri di Napoli, osservando i soliti traffici di carne umana. Ogni tanto davanti a un portone si vedeva un gruppetto di americani in divisa con gli occhi accesi dall'alcol e dal desiderio. Passai accanto a una decina di militari che parlottavano davanti a una casupola miseranda, e vidi che uno di loro se ne voleva andare con aria schifata, mentre i suoi compagni cercavano di trattenerlo, dicendogli che una cosa del genere non sarebbe mai più capitata, che in fin dei conti valeva la pena di provare, che forse il giorno dopo potevano essere morti. Ma il ragazzo si svincolò e se ne andò via. Lo raggiunsi, e gli chiesi cos'era successo. Mi disse che in quella casa c'era una donna che vendeva la figlia di sedici anni, e fin qui nulla di nuovo. Sapeva anche lui che per fame si vendevano perfino le bambine e i bambini. Ma quella sera la ragazza era morta per un'infezione, e sua madre aveva pensato bene di continuare a venderla ancora per una notte. Si era sparsa la voce, e si erano fatti avanti in molti per provare quella emozione. Lo lasciai andare per la sua strada e tornai indietro. Volevo capire se mi aveva raccontato il vero. Non volevo crederci, ma dovevo sapere. Mi misi davanti alla porta insieme agli altri, ad aspettare il mio turno. Anche dopo di me continuavano ad arrivare altri militari, più o meno ubriachi. Quei ragazzoni ben nutriti entravano nel portone con aria famelica e uscivano con lo sguardo smarrito, incapaci di parlare, fuggendo a grandi passi da quella casa e da se stessi. Quando toccò a me, entrai nella catapecchia e mi trovai in un corridoio puzzolente, che percorsi fino in fondo. Da una porta aperta filtrava la luce di una candela. Dentro, seduta su una seggiola di legno, c'era una donna con un fazzoletto nero sulla testa e gli occhi vuoti. Mi chiese cinque dollari per lasciarmi usare a piacimento il cadavere di sua figlia. Scostai una tendina lurida, e nella penombra vidi il corpo della ragazzina disteso sul letto a gambe larghe. Mi avvicinai, per vederla da vicino. Aveva il viso grassottello color della cenere, le labbra socchiuse e gli occhi mezzi aperti. Glieli chiusi, le misi addosso una vecchia coperta e tornai da sua madre. Le chiesi come poteva fare una cosa del genere. Lei mi guardò, e fece più volte il gesto di ficcarsi le dita dentro la bocca: aveva fame.

Quella notte era l'ultima occasione che aveva per racimolare qualche soldo. Le dissi che fuori c'erano ancora sei o sette militari americani, e le offrii cinquanta dollari per lasciare in pace sua figlia. La donna disse che sua figlia era già in pace, ma accettò il denaro e mi baciò le mani. Tornai in strada, e annunciai a quei poveri ragazzi che se volevano sfogare le loro voglie dovevano andare a cercarsi della carne viva. Si allontanarono ciondolando, vagamente delusi, come se non fossero riusciti a trovare i biglietti per il teatro. Non ce l'avevo con loro, e non ce l'avevo nemmeno con quella povera donna. Ma quella notte non sono riuscito a prendere sonno.» Tirò fuori un pacchetto di sigarette americane, se ne mise una in bocca e ne lanciò una per uno agli altri, che la presero al volo. Accesero, rimanendo in silenzio. In mezzo alla stanza era distesa la ragazzina morta, con il viso grassottello color della cenere, le labbra socchiuse e gli occhi mezzi aperti. Svanì lentamente, molto lentamente, e uno dopo l'altro i tre uomini si addormentarono.

In ordine sparso ringrazio...

Per *La casa di tolleranza*: Paola Capitani, per i suoi interessanti appunti (anche se lei non sa che li ho letti)
Leonardo Gori, per i preziosi suggerimenti
Filippo Focardi, per la rassicurante consulenza storica
Gianni Biondillo, per le «faccende milanesi»
Giampiero Gabelli, per le notizie sull'Ufficio Tecnico Erariale e sulle leggi urbanistiche dell'epoca
Jacopo Folco Peruzzi, per il suo avo Angelo Ciabattini

Per *Morto due volte*: Enneli Haukilahti e Leonardo Gori per le utili indicazioni che hanno saputo darmi in fase di correzione

La presenza di Curzio Malaparte in *Natale di guerra* è frutto della fantasia dell'autore ed è intesa come un omaggio alla sua opera, e in particolare al suo libro *La pelle* (ultima edizione, Adelphi, 2010)

Il colonnello Bruno Arcieri, che ormai da molto tempo compare nei romanzi del commissario Bordelli, è un personaggio creato da Leonardo Gori, protagonista di una serie di romanzi – cominciata con *Nero di maggio* (2000) – attualmente in corso di pubblicazione presso la casa editrice TEA

Indice

MARCO VICHI

RAGAZZE SMARRITE

Firenze, marzo 1970. Al commissario Bordelli manca poco più di una settimana alla pensione, e ancora non riesce a immaginare come si sentirà. Si augura che in questi giorni non avvengano altri omicidi: non vuole rischiare di lasciarsi alle spalle un mistero non risolto, ma il destino gli ha riservato una spiacevole sorpresa, e si trova ad affrontare il suo caso forse più difficile. Lungo il greto di un fiumiciattolo del Chianti, in località Passo dei Pecorai, proprio a pochi chilometri da casa sua, viene scoperto il cadavere di una ragazza. Nessuna denuncia di scomparsa, nessun documento d'identità, nessun testimone, nulla di nulla. Si avvicina il due di aprile, il suo sessantesimo compleanno, dunque il suo ultimo giorno di lavoro, e il commissario comincia a temere che quel delitto, dietro il quale sembra nascondersi qualcosa di disgustoso, resti impunito. Il tempo passa, e non emerge niente che aiuti l'indagine. Bordelli è sempre più amareggiato, non può sopportare che i colpevoli restino in libertà, e nonostante tutto giura a se stesso di trovarli...

GUANDA

Fotocomposizione Editype S.r.l.
Agrate Brianza (MB)

Finito di stampare
nel mese di novembre 2021
per conto della Ugo Guanda S.r.l.
da Elcograf S.p.A.
Stabilimento di Cles (TN)
Printed in Italy